三京畫本

盛顏

推薦語

盛顏作品，氣魄偉岸，壯觀遼闊，動人心弦，具超級好看武俠小說一切該具備的條件，是近期武俠小說的一大發現。

——倪匡

盛顏以空靈、唯美而纖細的女性筆觸，結合真實歷史和虛幻巫術，創造出《三京畫本》中波濤壯闊、風雲詭譎的江湖。她寫活了天真可喜的觀音奴，以及她身邊形形色色的一眾癡情兒女，令人低迴不已，流連不捨。《三京畫本》乃是言情武俠中的上品！

——鄭丰

既有粗獷雄渾的架構，又有柔婉綺麗的風情，更有轉折跌宕的節奏，允為新時代武俠文學的一道異彩。

——陳曉林

從女性觀點出發，展開遼闊的視野，瑰麗的想像。大幅武俠畫卷，氣勢懾人；展讀中，卻被文字的華美色澤勾留低迴。

——宇文正

好看！看完第一本立馬就問第二本什麼時候出？

作者不以大中國史觀思維——即宋史為主的背景書寫，而將歷史背景放在遼金強盛宋羸弱時期，紮實基本功詳盡爬梳其史，不枯燥不說教，是一種如同鼓聲雖無音律，但卻令人安穩的存在，貼切自然融入故事情節之中。神祕詭譎的異域風情引人入勝，在還珠樓主奇幻武俠之外再闢嶄亮新局。閱讀武俠難免不自覺與金庸比較，但盛顏的文字奇幻美豔，直描書中人物內心情感是相當令人驚喜的特色，人物亦正亦邪，看似邪派人物亦有令人感傷、激起讀者理解其人內心糾葛的一面，細膩之處亦頗令人激賞。集歷史、推理、情愛的武俠小說，好看！

——南崁1567小書店店主 夏琳

「武俠大乘」書系前言：

流光，漫游

十年流光匆匆，武俠歷史光影中的漫游。

二〇〇三年始，開辦武俠小說大獎，一場長達十年的文學遠征之旅，目的地是一傾頹的古城廢址。如同電影鐵達尼號結尾的歡娛盛宴，死亡早已全面降臨，那些栩栩如生的華服麗景，觥籌交錯，皆是死亡的倒影，光輝的幻象——那些美是真實的，亦是虛幻的。

追尋不再存在的光影到底意義何在？漫游的過程我不斷自問。

這一路採擷了許多故事，結識了許多作家。驚歎於黃金盛世雖逝，可是凝結的回音似乎餘韻綿綿，每幾年就有大師的武俠電影重掀波瀾，從臥虎藏龍到聶隱娘，金古作品一再翻製改編——武俠彷彿是華人文化的內建基因，撒豆成兵，只要稍加點撥，處處即江湖，處處皆是俠骨柔腸。

追尋一段靜止的記憶，是幸也不幸。武俠是消逝的話語，繁華或許，但早已不在，所有的重現都是時光的諷刺——因為那些追尋是如此惘然。遠征的道途中，各種樣式的靈魂相合而來，同行一段。幽微如符咒的文字線索一一破解，有人仍在吟咏故事，有人還在書寫新章……。

只要尚有同行者，就算不上孤獨。且讓我們結伴再行，暫莫道別。

「武俠大乘」，俠之入世，如佛利他。期盼華人獨有之武俠文化深廣於眾。

日初總編輯　劉叔慧

目錄

三京畫本

南金東箭卷

自序／緣來如此

《三京畫本》二〇〇五年二月十五日發表在中國的「榕樹下」網站，不過大多數讀者是通過《今古傳奇．武俠版》的雜誌或「晉江原創網」讀到這個故事。從二〇〇四年開始寫《三京畫本》，到現在已經十一個年頭，我最常見到的催更留言就是：「看《三京畫本》的時候在念中學，現在已經大學畢業（讀研、工作、當媽）了，作者還沒寫完……」

十一年間，我結婚、升職、生小孩，女兒都三歲了，想必讀者們的變化就更大。就好比我十二歲時，覺得《少年文藝》真好看，我是一輩子都要看這個雜誌的，結果兩年後就對它不感興趣了。少年時代喜歡的東西，雖然真摯，卻也易變，大部分只好拿來懷念。所以《三京畫本》何德何能，讓讀者們記掛至今？我應該感恩的，因為讀者們的不離不棄。

對臺灣的讀者來說，等待的時間沒有這樣長，卻也不算短了。自二〇一〇年四月在臺灣出版《三京畫本》的第一冊（黑山白水卷、南金東箭卷），屈指算來已然五年餘。今年夏末，日初出版社準備再版《三京畫本》，總編輯叔慧囑我交代一下新版修訂的緣由。

五年來，我對第一冊的修改非常隨性，對這塊從自己腦海裡撈出來的頑石，雖然不是時時放在心上，偶爾翻出來打磨一下總是有的，於是會發現某處表達不夠順暢，抑或人物互動不太自然，甚至情節發展不盡合理……如此種種不勝枚舉，當時已然更正，現在問我改了哪些地方，一時間竟答不上來。

由於患有嚴重的拖延症，我的完稿信用一直都不太好，甚至為負，但這次已然下定決心，務必要有契約精神，讓《三京畫本》完美收官。

感謝讀者們多年以前看過《三京畫本》，現在居然還肯聽我嘮叨這些廢話，我能說這就是真愛麼？在世間浩如煙海的故事裡，《三京畫本》能與讀者諸君相遇併合了眼緣，我該歡喜和慶幸的。

緣來如此，豈可辜負。

二〇一五年八月二十八日於築城

黑山白水卷

第一折　宛轉豔歌行

大興安嶺曼衍北疆，到與燕山交接之處，生出一座挺秀的峰來，契丹人呼作黑山，後世稱為賽汗罕烏拉。傳說黑山是天神居所，契丹人死後，靈魂必定歸於此處，受黑山之神管轄，所以契丹人視黑山為聖地，若非祭祀，不敢近山。

遼國天祚帝乾統七年（一一〇七年）的夏天，黑山道上，轔轔的車聲碾破了一山寂靜。車帷挽著，露出一個碧衣女子的側影，鴉鬢雪膚，風致楚楚。車後，兩名男子騎馬相隨，當先一騎白衫素履，神情軒朗如朝霞初舉，光耀幽深山道；殿後的少年著淺藍布袍，身形瘦削，氣質乾淨。

行至半山，車中突然響起嬰兒的啼哭，白衫男子縱馬上前，在車窗邊道：「希茗，夜來醒了麼？我想她是餓了。」

碧衣女正給嬰兒哺乳，聞言笑道：「是餓了呢。今天這孩子倒乖，睡了一路，讓我也悶了一路。逸哥，你唱首歌來解解乏。」

崔逸道睨著她，微笑道：「希茗想聽什麼呢？」他想了想，彈鋏而歌：「男兒欲作健，結伴不須多。鷂子經天飛，群雀兩向波。」聲音清越，激起群山回應，將一首簡單的北朝民歌唱出單騎入陣、所向披靡的慷慨來。

李希茗抿嘴一樂，逗著懷中嬰兒，「夜來，阿爹沒嚇著你吧？姆媽給你唱一首柔和的。」她曼聲歌道：「月既明，西軒琴復清。寸心鬥酒爭芳夜，千秋萬歲同一情。歌宛轉，宛轉淒以哀。願為星與漢，光影共徘徊。」清冽陽光穿過縹青山林，映著她晶瑩肌膚和淺紅嘴唇，淡到極致反成濃豔。

崔逸道心中一醉，低聲道：「希茗若是星辰，我便是天河，總是陪著你的。」

李希茗不說話，低著頭整理嬰兒襁褓，素白的頸項卻沁出微紅。蜷在錦褥上打瞌睡的小丫鬟玎玲半睜眼睛，偷偷笑起來。

說話間，山道已盡，一條窄徑壁立於前，只堪人行，再容不下車馬了。崔逸道右手攬著李希茗，左手抱著嬰兒，足尖輕點，瞬息間已攀到幾丈外，藍袍少年緊隨其後。

玎玲仰著脖子，悻悻地對車夫崔穆道：「穆叔，阿躬的功夫這樣好了，卻不肯帶我上去，忒也小氣。」

崔穆裝了一鍋煙，美美地吸了一大口，「未必摘下來的金蓮就不是金蓮了，在這裡等著，一樣得見。」

玎玲嚮往地道：「咱們淮南的荷花都是紅白兩色，這深山老嶺裡倒長出金黃的來了，真想不出是怎麼個好看法。」

崔穆嗤地一笑，「那可是太夫人的藥引子，再好看也不能簪到你小丫頭的腦袋上。」

玎玲鼓起腮，「噘，穆叔別把我當小孩兒取笑。」

黑山如此峭拔，料不到峰頂平坦如砥，方圓足有十餘里。雲煙淡淡，及膝深的草上，冶豔的夏花錦一般鋪開。花海中央的天池，赤金色荷花吐蕊綻放，華麗花光與碧綠水色相映，如夢如幻。

李希茗只覺麗色流轉、花香繚亂，不由讚歎：「逸哥，見到這等景致，一路辛苦都不枉了。」

崔逸道微笑頷首，打量四圍，見遠處有八九個左衽窄袖的契丹人，牽著白馬白羊，抱著白雁，想必是來祭祀山神的。他將嬰兒遞給她：「希茗，我去摘金蓮。」言罷雙臂展開，鷹一般掠過長草。

崔逸道落到天池中的荷葉上時，李希茗身側忽有異動。一名戴著青狼面具的契丹人向她衝來，將草叢分出筆直的一線，其勢如同破竹裂帛，眨眼間已距她七尺。契丹人的長鞭似靈蛇一般鑽到李希茗懷中，勾著嬰兒的襁褓，一回手，竟將嬰兒生生奪了過去。得手之後，契丹人絕不耽擱，轉身狂奔而去。

侍立在旁的崔躬應變不及，倉皇中將佩劍當暗器來使，朝那契丹人擲去。長劍破空，釘在契丹人臀上，他踉蹌前撲，卻將手中嬰兒奮力拋向夥伴，另一人接了就跑，如同接力。

李希茗叫著「夜來」，拔步便追，但她不會武功，情急之下一腳踩到裙裾，反而跌進草叢。

變生俄頃，待崔逸道掠回，搶到嬰兒的以敵烈已快奔到山峰邊緣。崔逸道拔劍追去，有如隼擊長空，將攔路的契丹人一個個劈翻在地。劍光雪亮，一蓬蓬血花在草場上綻開，他的身法卻無半點窒礙。

以敵烈流星般向下墜去，身影很快沒於蒼茫林海。

崔逸道放聲長嘯，候在峭壁下的崔穆聽到主人嘯聲，已然警覺，旋即見一個懷抱嬰兒的契丹男子從小徑奔下，鵝黃色襁褓赫然是自家幼主的。

崔穆迎上去，怕傷著孩子，攻的是以敵烈下盤，紫銅煙鍋狠擊在他的髕骨上，火星四濺。

以敵烈只覺一股開碑裂石的大力斫在骨頭上，身子晃了晃，死抱著嬰兒不放手，步伐卻慢下來。

崔穆這一阻，崔逸道便追了上來，踏著雲杉的枝條，風一般捲過山林，躍過以敵烈的頭，落在山道上。崔逸道出劍的速度極快，劍勢夭矯，屈曲盤旋的劍路似一場凍雨般裹住了以敵烈。

以敵烈只覺全身要害都籠罩在他冰冷的劍光下，惶惶不知向何處反擊，忽然耳郭劇痛，漫天劍光斂於一泓碧水，八寶崔氏的碧實劍已削去他一片耳朵，架在他頸上突突跳動的血管旁。

崔逸道見夜來吃了這番驚嚇，竟然不哭，一雙烏溜溜的眼睛瞧著自己，心中頓時安穩，冷冷道：「還我女兒來。」

以敵烈並不退讓，怒視著崔逸道，牙齒咬得格格響。他長得極高大，髠髮空頂，只在兩鬢留了兩股長髮，被耳朵上的兩個金環收束著。此刻少了一片耳朵，頭髮便披散下來，髮梢猶在滴血，樣子極凶。

崔逸道怕他傷著女兒，不敢硬奪，出手點他穴道，卻覺指下一滑，明明點在實處的穴道竟成了虛的。這契丹人並非內家高手，絕不可能練成轉移穴道的神技，但崔逸道連試幾處都是如此，不由震駭。

遠遠傳來一個柔媚的聲音：「這位官人，可以放開我的同伴麼？」

崔逸道偏頭一看，臉上忽然沒了表情。來的是個薩滿教中的巫女，抄一把解腕尖刀抵在李希茗心口，後面跟著眼神迷蒙的崔躬。

巫女郁里的白衣在風中翻飛，馥郁的香氣像河水一樣漫過。她細腰柔軟，步伐如舞，腕上繫著的金鈴發出叮叮之聲，並不是什麼出色的美人，卻帶著難描難畫的魅惑。

玎玲怔怔地瞧著，只覺脈搏與這巫女行走的節奏漸漸一致，心跳聲似春雷一般在耳邊迴響，極恐懼，卻又極歡喜。連崔穆這樣的老江湖也露出恍惚神色，唯有崔逸道不為所動，冷冷地站在當地。

郁里眼色媚人，道：「你，兩個裡選一個。要娘子，就放我同伴走；要孩子，你娘子就死。」她的漢話頗流暢，只是腔調怪異，像咬著舌頭說話。

崔逸道方才連斃八人，就是為了避免後顧之憂，殊不料這巫女暗中埋伏，竟挾持了李希茗。一邊是傾心相許的妻子，一邊是如珠如寶的女兒，又有哪一邊捨得下？一顆心頓時如煎如沸。

郁里見他不語，手上微微加力，已挑破李希茗的羅衣，霎時鮮血湧出，濕透前襟。李希茗痛得全身發抖，被巫女迷惑的神志卻清明過來，正看到以敵烈卡著女兒的脖子，似掐非掐，表情猙獰一如惡鬼。李希茗顫了一下，果決地道：「逸哥，你不必以我為念，先顧著夜來。」

崔逸道望著她，夫妻對視，彷彿過了良久時間，在旁人來說不過頃刻。崔逸道不再猶豫，沉聲道：「我放他走，你就保我娘子周全？」

李希茗急了，厲聲道：「逸哥，你別糊塗！」

郁里抬手在尖刀上一抹，豎起鮮血淋漓的手掌，「我以血為誓，你讓我的同伴帶了小孩走，我絕不要你娘子性命。如違此誓，叫我血液乾枯而死。」

崔逸道撤劍，喝道：「滾！」

以敵烈沿山道狂奔而去。李希茗聽著孩子尖利的哭聲越來越遠，眼眶一熱，奮力掙扎，卻被郁里牢牢扣住。

崔逸道眼神冰冷，雖是盛夏，郁里卻覺得一股肅殺秋氣直砭肌膚，令寒毛都立了起來。她咬牙苦撐，捱了一炷香時間，算著崔逸道再也追不上以敵烈，才挾持著李希茗慢慢挪到崔逸道的馬旁。

崔逸道的明雪駿向來認主，絕不容生人靠近，在郁里面前竟很馴順，低下頭舔著她手上的傷口。郁里輕輕啟齒，婉轉一笑，其媚術之瑰麗，只可用驚心動魄形容，崔穆等自不待言，連崔逸道都有些眩暈。

便當此際，郁里突然發力，將李希茗往山道旁一塊稜角鋒銳的巨石上拋去，自己身子一旋落到明雪駿背上，迅疾拍馬而行。

崔逸道在十步外飛身躍起，挽住李希茗的羅袖。夏衫輕柔，承受不了李希茗的重量，嗤的一聲，只留了半幅袖子在崔逸道手中。幸虧他反應極快，使出汴京紫衣秦家的神通拳，臂膀喀地一響，似突然長了一截，拿住了她的手腕。他攬著李希茗，不由得冷汗涔涔，方才若稍晚一步，她必然重傷。

「要找回你的孩子，到上京來。」郁里卻已逃到二十丈外，遠遠地撂下這話，笑聲灑落一路。

崔逸道恨極，惜乎日行千里的明雪駿被郁里奪走，想追上她卻是萬萬不能了。他低下頭，見妻子白著一張臉，黑色眼睛裡水氣迷濛，忙將她抱進馬車，仔細包紮。

李希茗掙扎著道：「別管我，逸哥，快去把夜來追回來，快啊！」

「已經追不上了。」崔逸道頓了一下，「希茗，當時若不答應那巫女，只怕你已經遭她毒手，這個險，我真的冒不起。」

她咬緊嘴唇，定定地看著他，怒氣鬱結在胸口，卻沒辦法發作出來，只能澀聲道：「我寧肯自己當人質，寧肯自己受磨折，也不願夜來吃一點苦。我的意思，你竟不明白。」

崔逸道心裡並不好受，雖說是安慰妻子，也是在安慰自己：「這些蠻人處心積慮地奪了夜來去，自然是想要脅我什麼，不會為難夜來的。八寶崔家不敢說要什麼有什麼，但凡這世上有的東西，我都會為夜來弄到手，你只管放心。」

他微微仰起頭，「咱們崔家的基業，幾百年來都在淮南，從未伸到北方。這次來遼國求金蓮，卻令你受傷，又失了夜來，這場子我一定要找回來。連妻兒都保護不了，我還算人麼？」

崔逸道另有一層想法，是決計不敢對李希茗提起，倘若夜來是被崔沈兩家放逐到遼國的對頭劫走，情形就不妙了。屈指算來，那被逐走的孩子現在才十五歲，短短三年就能設下這個局，驅使這許多高手來復仇，實在可怕。

李希茗知道夫婿少年得意，是南方武林的第一人，聽他說得這樣有把握，終於鎮定下來：「我並不是怪你……逸哥，我已經失去了阿元，再不能失去夜來了。這些蠻人哪裡會照顧孩子，夜來餓了怎麼辦？傷著怎麼辦？回不來怎麼辦？」她越想越怕，到末一句時難以為繼，哽在了喉嚨裡。

崔逸道低頭吻住她蒼白的嘴唇，不欲她再說下去，那唇涼得他的心微微一顫。他輕聲道：「希茗，我一定會找回夜來，帶你們娘倆平安回家，你安心歇著。」

給李希茗裹上羽緞披風，崔逸道出了馬車，卻見崔穆等人兀自癡癡呆呆，那巫女的攝魂術還真是了得。他出掌擊在三人的玉枕穴上，崔穆、崔躬只覺一股清涼之氣直透腦門，醒了過來；玎玲卻嚶嚀一聲，暈了過去，被崔穆一把托住。

崔逸道伸兩指搭在玎玲脈上，道：「不礙事，放她到車裡陪著夫人。崔穆守在此處，我與崔躬再去查勘一下，隨後趕赴上京。」

上到峰頂，被崔逸道殺死的八名契丹人竟已不見，現場只剩八灘深褐色的汙跡，散發出淡淡的腥味。崔逸道歎了口氣，料想是那巫女動的手腳，用祕藥化盡了屍體的衣服血肉。他找不到線索，只得悻悻離開。

遼立國以來，先後建有五京，即上京臨潢府、中京大定府、東京遼陽府、南京析津府與西京大同府。太祖阿保機在臨潢建造的皇都，太宗德光時改稱上京，終遼之世，一直是國家的統治中心。

白石山中淌出的南沙水，在靜穆的草原上流過，水之北是上京的皇城，水之南是上京的漢城。皇城的布局仿唐都長安之制，然除了宮室官署、貴族宅院，城中也多氈廬，循的卻是契丹舊俗。漢城規模稍小，雜居著漢人、回鶻人、渤海人等，驛館和集市也設在此間，倒比皇城還熱鬧些。

乾統七年的夏天，濕熱不堪，尤勝往年，天祚帝早率百官去了散水原清暑，上京城中一時空了許多，守軍也有些微懈怠。皇城大順門的衛兵站在烈日下，眉梢掛著汗水結成的鹽晶，眼神渙散。驀地，他的表情專注起來，定定地看向對岸。

一名白衣男子隨一輛馬車馳來，長髮在風中揚起，容顏耀眼，令正午的熾烈陽光也為之黯淡。這一騎一車徑直入了漢城北門，衛兵忍不住閉了閉眼睛。

馬車在南橫街的客棧前停下，崔逸道躍下馬，一言不發地托著李希茗往內院去了。店主極會看事，笑嘻嘻地迎上來與崔穆交涉。崔騶茫然地站在當街，被玎玲狠狠擰了一把：「阿騶，你不要時時擺出這種如喪考妣的樣子，惹得公子和夫人更煩。」

崔逸道將李希茗放到客房的床上，正好小二端了新汲的井水來，他便取了巾子為她拭汗。李希茗額上一涼，周身的暑氣散去好些，卻只是懶怠說話，將袖子掩了面，悶悶地躺著。

崔逸道坐在床沿，神情似一把出鞘的劍，離上京越近，鋒芒越利，似乎看一看也能傷了人的眼睛。

李希茗的袖子漸漸濕了，崔逸道拿開她的手，見到不及掩飾的淚痕。玎玲冒冒失失地闖進來，見到這光景想要縮腳，卻來不及了，只得硬著頭皮道：「我和阿躬在街邊買到一種稀罕果子，聽說解暑得很，請公子和夫人品嘗。」將一個碧綠的西瓜往案上一擱，一溜煙去了。

這是西域傳到遼國的水果，中原沒有的。崔逸道瞥了一眼，道：「希茗，我切開來給你嘗嘗。你總不肯吃東西，傷口怎麼復原？」他拿起來在手上掂了掂，一劍斬下，清香四濺，露出漆黑的籽兒鮮紅的瓤。

李希茗瞧著這豔麗水果，頓時想起黑山天池畔的那場殺戮，想女兒落到那些蠻人手中，不知會招致怎樣的報復。她痛苦地喘了一聲，轉過頭去。

崔逸道看在眼裡，走過去握住她的手，緩緩道：「這兩天你總做噩夢，除了擔心夜來，也因為那場血腥吧？黑山是契丹人的聖地，他們敢在那裡動手，是什麼後果都不計了。」他的手突然用力，「我擔心你和夜來，下手就沒留餘地。」

李希茗勉力笑道：「逸哥，我既然嫁了你，就不該懼怕這種局面。就算前路血雨腥風，我也會隨你去，你不必向我解釋什麼。我只是著急，擄走夜來的那些人怎麼一去無消息了？」

「到了上京，那撥人也該現身了。無論如何，我一定會找回夜來，你別急壞了身子。」

事情的發展卻出乎崔逸道的意料，擄走夜來的契丹人再沒現過身。若在淮南，他自有大批人手調度，黑白兩道也都買他的帳；在遼國，他空有一身卓絕武功，卻只有束手等待隱在暗處的敵手。

三日後，崔逸道打發崔穆將製成乾花的金蓮送回淮南，順道聯絡遼東大豪郭服的半山堂，以極昂貴的代價換來半山堂的支持。然而半山堂的人將上京道所轄州縣和部族細細篦了三遍，也沒得到夜來的半點消息。

秋天來臨的時候，崔逸道和李希茗終於絕望，離開了上京。

長空黯淡，連著無邊無際的衰草，空氣裡浸染著淒清的蒼黃。道旁有兩個人目送崔氏車馬隆隆而去，當先的少年突然微笑起來：「八寶崔家的人，不是這麼容易死心的，以後還有文章可做。」

落後一步的是個老年僕婦，聞言躬了躬身：「主人說的是。只可惜郁里和以敵烈兩個蠢材誤事，害主人白白丟了這麼重要的籌碼。」

「丟了也罷。」少年蒼白韶秀的臉上，兩道長得幾乎連在一起的眉微微揚起，深藍的眸子裡閃著凶光，「千丹，讓他們這樣不知生死地牽掛著，這滋味才叫好呢。」

這少年只有十四五歲，說起話來卻陰冷徹骨：「想動搖這些根深葉茂的世家大族，並不是一蹴而就的事，是我操之過急了。真寂寺才復興就遭此重創，總要好幾年才恢復得過來。以後須更加耐心，慢慢布局，下好這盤棋。」

注：

《遼史》卷三十二《營衛志中》：「黑山在慶州北十三里，上有池，池中有金蓮。」

第二折　蕭家觀音奴

郁里下黑山，疾馳十三里，在白水之濱追上了以敵烈。蒼鬱的山掩住了西沉的太陽，淡金的光芒灑滿草原。以敵烈等在約定的側柏林裡，看她自無垠綠野中嫋嫋娜娜地行來。他的眼睛裡迸發出歡喜的光芒，放下嬰兒迎上去，大力抱住她。

郁里的身量只及以敵烈的肩膀，口鼻都被他的胸膛封住，頓時喘不過氣來。她奮力掙脫，嗔道：「你幹什麼？」

以敵烈打量著郁里，再度攬住她，慶幸道：「只是手上有傷。」

郁里摸著他結了血痂的耳根，「可憐的以敵烈啊，沒了耳朵的以敵烈，幸虧我們都活著。那個煞神，殺死了我們帶出來的八個人傀儡。」她猛地想起一事，驚惶地拉開以敵烈衣襟，見他貼身穿的貔貅軟甲上，赫然十幾個指甲大小的圓洞。

兩人相顧駭然，以敵烈吸了口氣，「強弓也射不穿的甲，竟然被他一指戳穿，你家傳了三代的寶物讓我給毀了。」

郁里顫抖著道：「多虧這寶甲，讓那煞神兩頭都顧不到，否則他奪回孩子再來對付我，我們只好一起送命。」她反手勾住他，大叫一聲以敵烈，似是恐懼，又似狂喜。

郁里在以敵烈懷中抖個不停，讓這粗魯漢子感到從未有過的愛憐。她溫暖而馥郁的體香滲進他的每一寸肌膚，於是每一寸都像著了火，古老的渴望猛然甦醒。

劫後餘生的歡慶，一點火星便可燎原。

她躺在林間空地上，最後的陽光傾瀉一身，蜜色肌膚閃著柔和的金光。他熱切地覆蓋下來，充滿了她。

郁里的頸項向後彎著，彎出一個令他熱血沸騰的弧度。她睜大眼睛，望著夕陽在側柏的樹枝間燃燒，隔著寥廓的草原，是慶州城外的釋迦佛舍利塔。七十三米高的潔白寶塔，秀美無倫地立在草原上。

她注視著玲瓏的塔尖，只覺軀幹化為鄉線菊在青蔥的大地上生長，四肢化為常春藤在湛藍的穹隆上伸展，而世界成為她的花園。

白水奔流不歇，在他們身邊唱著亙古不變的調子。夏夜的暖風裡，一頭大狼悄然接近，叼起嬰兒，輕捷地去了。兩個人胡然而天，胡然而帝，正是意亂情迷之際，渾然不覺。

月亮升起又沉，柔光穿過暗綠的枝葉，彷彿碎的水晶，落在地上有錚錚之聲。

以敵烈的歎息從胸腔裡直透出來，抱著郁里道：「我們搶到這孩子，主人給我再多的賞賜也不要，我只要你。」

她水一般從他懷抱裡滑出來，惡狠狠地道：「呸，我可不是主人的賞賜！」

以敵烈靠著樹幹，愉快地大笑起來。

郁里哼了一聲，轉過頭去，臉上的玫瑰紅突然褪盡，澀聲道：「孩子呢？那孩子哪兒去了？」

以敵烈一躍而起，撲到放孩子的地方，查看四周的足跡，仰起臉在空中嗅了嗅，臉色發暗，「是野狼叼走的，咱們快追。」

郁里反而鎮定下來，「還追什麼？昨天路過涅剌越兀部時，聽說他們族中的獵手射死了狼王的孩子，惹來狼群報復，拖走了好幾個小孩，吃得骨頭都不剩。恐怕這漢人小孩已經到了狼肚子裡。」

以敵烈頹然道：「郁里，這都怪我，讓我來領主人的責罰。」他懊惱地敲著自己的頭，「方才已經把咱們得手的消息傳給主人了。」

郁里打了個寒噤：「主人為了得到這孩子，費了無數心思，我們卻把她送進了狼肚子裡。我不敢去見主人，」她一把握住他的手，「以敵烈，我們快逃走吧。」

以敵烈身體一震，「你想背叛主人？也許那孩子還活著呢，我們應該追上去。」

「若那孩子死了呢？追上去不過是空耗時間。這次帶出來的人傀儡全部折損在那煞神手裡，再空著手回去，只怕主人的懲罰比死還可怕。」郁里笑容惑人，眼神卻悲哀，「以敵烈，你沒想過離開真寂寺嗎？今天我們在黑山做了冒犯山神的事，死後一定會沉進暗黑地獄，永無出頭之日，既然如此，還顧慮什麼呢？快活一天是一天。」

說出逃走的話後，這念頭就像落到乾草堆上的火星，越燒越旺，她怕他不肯，竭力遊說著：「趁主人還沒練成冰原千展炁，我們逃走吧。到主人練成的那天，種在我們體內的烈陽珠就會被冰原千展炁感應到，從此過著縛手縛腳的日子，跟那些吃了千卷惑的人傀儡有什麼差別？」

以敵烈看了她一眼，目光炯炯如閃電，決然道：「好！」

他攔腰抱起她，翻身坐到明雪駿背上，解開韁繩放馬而去。獵獵風聲中，他大喊：「痛快，這煞神的馬比主人所有的馬都跑得快。」

郁里辨著方向，忽然道：「錯了，以敵烈，別走這邊。趁主人還沒發現，我們一直逃到宋人的地方去。」

以敵烈吃了一驚：「什麼？到宋人的地方去？」

「是，有一次主人喝醉了，我親耳聽到他說，他這一生都不能踏進宋國。」

崔逸道那匹萬中選一的神駒越跑越歡，托著兩個逃亡者，四蹄彷彿不沾地一般，溶進如洗的月色裡。

母狼的利爪撥弄著嬰兒。夏天食物充足，牠並不飢餓，只想撕裂人類的小孩，看血肉飛濺，如牠自己的孩子。但這嬰兒與以前叼到的那些不同，不哭不鬧，帶著初涉塵世的新鮮和好奇盯著牠，那樣純淨的眼睛，黑的似星光微微的夏夜，白的如嘉鹿山中的初雪。母狼的爪子慢慢鬆開，她格格地笑，向牠伸出胖乎乎的小手。

也許是餓得狠了，也許是湊巧，嬰兒本能地找到了母狼的乳頭，用力吮吸起來。母狼一激靈，眼中爆出噬血的凶光，又一點點褪去，漸漸溫柔。失去六隻小狼崽後，牠夜夜在草原上遊蕩，尋覓報仇的物件，然而那飽脹到不可宣洩的痛楚，並不是將人類的小孩連皮帶骨地吞下去就能舒緩。

牠側躺下來，讓她可以吃得更舒服。她滿足的咿呀之聲，填平牠失去孩子後的空洞。月光下，十幾雙綠油油的眼睛悄然接近，母狼警覺地站起來，齜著白牙低嘯一聲，身子微微弓起。狼群停住，面面相覷，不明白母狼的敵意從何而來。

頭狼站在離狼群較遠的高處，凶狠地瞪著母狼。頭一次，牠們沒了默契和溝通，頭狼不理解妻子這種異乎尋常的反應。對峙良久，頭狼忽然昂首長嘯，狼群漸漸散開，母狼銜著嬰兒往黑山深處奔去。

昏暗的洞穴裡，母狼撕開嬰兒的襁褓，她頸上掛的磨牙棒亦滑落到浮土中，玉色青翠，寶光瑩然。

母狼將這嬰兒的身體細細舔了兩遍，認定了她。狼群來去如風、四處遊移，母狼只能獨力養育她，而這次牠找到一個更隱蔽的洞穴，絕不讓人再奪走牠的心愛。

母狼粗糙的舌頭在細嫩的嬰兒肌膚上舔過，她放聲啼哭，似乎到此時才知害怕。嬰兒哭得倦了，昏昏沉沉地睡過去，醒來不見父母，小小人兒也不會言語，只是哭，連母狼給她哺乳時也噙著淚。

母狼也不哄她，倒有大半時間在外覓食，回來時還給她帶些新鮮血肉，嚼碎了餵她。可憐四個月大的孩子，哪裡嚥得下去，咳得臉皮紫脹，盡數吐了出來。母狼圍著她轉圈兒，雖然著急，卻是無法。

到半夜，嬰兒更發起熱來，燒得臉蛋通紅，身子滾燙。母狼遍山去找藥草，黎明才回來，在嘴中嚼出汁液，一點點餵給她。如此反覆數日，將母狼折騰得夠戧，她倒慢慢好起來。

失去人間父母的溫柔看顧，嬰兒逐漸適應了母狼的照料，細聲細氣地學著母狼嗥叫，學牠的舉止。

秋風起時，嬰兒長出了門齒，母狼開始教她撕咬血食，並且日日迫她自己爬出狼穴。狼的孩子到這年紀，早已精壯俐落地跟在母親身後到處跑了，似她這樣，實在令母狼憂心。

這狼穴隱在山腹，洞道深而陡，她每次爬到第一個緩坡便骨碌碌滾下來。母狼絕不心疼，低嗥著督促她繼續向上爬。如此過得兩月，她的四肢強壯許多，有一日竟真的爬到了洞口，母狼在她身後一頂，將她推出洞去。

天是冰晶樣的藍，陽光毫無保留地傾瀉下來，造出一個燦爛世界，一草一木，皆生光輝。彼時已是晚秋，黑山的樹大半紅透了，其間綴著金黃淺碧，世間的許多顏色突然向這孩子席捲而來，與她局促洞中時在山縫裡見到的一痕青天，不啻天壤之別，不由開心得手舞足蹈。

自此母狼便常常放她出來玩耍。從遷到此處，已經幾個月不見人跡，母狼的警戒心也就淡了。某日牠出山覓食，走得遠了些，遇上了自己那一群的狼。此時正是狼發情的季節，且頭狼與牠夫妻重逢，分外親熱，到牠離開，也戀戀不捨地跟了去。

兩匹狼一前一後地掠過草原，百米外有個十二歲的男孩，瞇著眼睛，彎弓搭箭朝牠們射去，卻哪裡射得到，只見兩匹青灰的大狼向著金紅的落日奔去，似要奔進太陽一般。男孩身後的羊群潮水般湧來，褐袍老人揚著鞭子，喊道：「鐵驪，羊要歸圈了。」

蕭鐵驪僵直的手臂頹然垂下，「阿刺爺爺，我看見叼走觀音奴的狼了，可惜隔得太遠。」

阿刺嚴肅地道：「是那條缺了左耳的頭狼和牠的母狼？鐵驪，你年紀還小，對付不了牠們。」

蕭鐵驪不服氣，卻也不多話，盯著越來越遠的兩個黑點，嘴唇緊抿著，抿出兩道細長的紋，倔強地劃過下巴。

蕭鐵驪站在黑山的隘口，身體的重心從左腳換到右腳，又從右腳換到左腳，他微微晃動著，心情也搖擺不定。最後，找到狼穴的決心戰勝了對山神的敬畏，男孩悄無聲息地穿過山體投下的巨大陰影，走進這收納所有契丹靈魂的神聖所在。他戰戰兢兢地走著，心裡反覆念誦：「黑山的神啊，我不是故意冒犯你。阿爹的魂啊，請你保佑我。」

月黯星疏，白日裡燦爛至極的一山紅葉都模糊著，整座山便似一塊碩大無朋的雞血石，細潤的黑底子上泛著微微紅暈。蕭鐵驪呼吸急促，除了深入禁地的恐懼，竟還有些興奮。他找到一棵巨大的山檀，爬進它的樹冠裡藏好。

那天陪阿剌大爺牧羊，見頭狼和母狼一起奔進山中，蕭鐵驪就留了心。這七八日，他都見到母狼銜著食物進這隘口，不禁懷疑族裡的獵手並沒將母狼的孩子全部射死，山裡還藏著母狼的幼崽。

蕭鐵驪空等了一夜，卻不氣餒。等到第三夜，果然見到母狼從山裡出來，只是過隘口時步伐有些遲疑。蕭鐵驪不知牠是否聞出了自己的味道，抱著樹幹，大氣兒不敢透一口。他每次出來，都在白水洗過，衣帽靴襪一概不穿，赤身進山，此刻不由懊惱地想，狼鼻子靈得很，多半瞞不過去。

母狼東張西望了一陣便去了，蕭鐵驪仍然一動不動地伏在樹上。他聽族裡的獵人講，狼性狡猾，既然起了疑，只怕還會折回來。蕭鐵驪等了良久，只覺耐性磨成了一張紙，一捅就要破了。就在他再也忍不住時，母狼的身影在隘口一晃而過，輕巧得沒半點聲音。

瞧著母狼沒進草原的夜色，蕭鐵驪又等了小半個時辰，方才下樹，長吁一口氣，想這回母狼是真的去了。他潛行到山外的一個草窪子旁，穿上衣服，彎指打了個呼哨，一條健碩的大狗便竄了出來。男孩帶著狗直撲母狼頭次現身時的林子，狗低頭在地上嗅著，果決地往山上奔去，在一道山脊上停住，狺狺低吠。

蕭鐵驪見再行幾步便是黑沉沉的山谷，分明找到一條絕路上來，不由詫異。他走到山脊邊緣向下看去，發現山壁上裂著一道大縫，怪石嶙峋，犬牙交錯，彷彿一個上古怪獸踞伏在他腳下，等他掉進張開的大嘴。這怪獸的嘴是俗稱地包天的那種，下唇凸出很多，方圓足有七八丈。

風中飄來淡淡的狼臊味兒，狗先耐不住，一躍而下，對著主人興奮地狂叫。蕭鐵驪做了個噤聲的手勢，慢慢滑下去，在怪獸的「唇」上站定。一直躲在雲層後的月亮恰在此際探出臉，銀練似的光輝瀉下來，令蕭鐵驪看得分明，怪獸的「咽喉」部位有個黑沉沉的洞口。

蕭鐵驪知道狼崽多半在春天出生，長到這時候已不會躲在狼穴裡，但母狼的行蹤證實牠還有幼崽。男孩沒有半點猶豫，喝住躍躍欲試的狗，自己鑽進洞去。他要親手逮到狼崽子，用作引誘整個狼群的餌，給可憐的妹妹報仇。

狼穴很深，一直鑽到盡頭，蕭鐵驪方能直起腰來。洞壁的縫隙透進一線月光，雖然昏暗，但他目力甚好，借著這縷光已瞧見壁角縮著一隻瑟瑟發抖的小獸。

蕭鐵驪鬆開汗濕的刀柄，撲上去逮那小獸，觸手之處滑膩無比，令他大吃一驚，拎到光下看時，哪裡是什麼狼崽，竟是個一歲不到的孩子，雙足亂蹬，嘴裡發出尖利的嗥叫。

蕭鐵驪歡喜得一顆心像要從腔子裡蹦出來。「觀音奴還活著，觀音奴還活著……」他迷糊了一會兒，猛地省起母狼隨時都會回來，連忙脫下短袍，嚴嚴實實地裹好孩子，縛到自己背上。男孩渾身都是勁兒，飛快地爬出狼洞。

直到出了黑山，淌過白水，瞅見部族的營盤，蕭鐵驪懸在半空的心才踏踏實實地歸了位。緊繃的神經一鬆下來，隨即感到頸項疼痛難忍，他伸手一摸，指上帶出淡淡的血痕，卻是背上的孩子咬的，不由低聲道：「觀音奴啊觀音奴，你變得跟狼一樣了，才長出幾顆乳牙呢，咬人就這樣狠。」說著埋怨的話，快樂卻漲滿胸膛，一溜煙地跑向自家氈房。

氈房裡傳出模糊的人聲，蕭鐵驪詫異地停住腳，略一分辨，頓時僵在當地，面孔漲得通紅。

他聽到母親綿軟的聲音：「移剌，你該走了。」

蕭移剌懶洋洋地回答：「鐵驪要回來了，所以趕我走？我來找你是光明正大的事情，為甚要躲著藏著？大哥死了，你自然歸我，連鐵驪都是我的。」他說的是契丹人「報寡嫂」的風俗，哥哥死了，弟弟便可娶嫂子為妻，這是宗族賦予弟弟的權利，同時也是他的責任。

女人長歎一口氣，「你還不明白鐵驪的性子麼？他死也不肯的。」

蕭移剌大聲道：「這可由不得他！」他話音未落，氈房的簾子已被人挑開，清澈的晨光和著微涼的空氣一起湧入，男孩逆光而立，怒目瞪著糾纏在一起的男女。

耶律歌奴慌忙推開蕭移剌，掩住裸露的前胸。

蕭鐵驪右手握著一把鑌鐵長刀，轉側間刀光雪亮。蕭移剌一驚之下也拔刀而起，兩條腿卻被耶律歌奴死死抱住，不由發急：「放開，放開，你這婆娘到底幫誰？」

耶律歌奴叫道：「你要碰我兒子，除非殺了我。」她轉向男孩，「鐵驪，你想做什麼？這是你親叔叔！我為你阿爹守了一年，現在決心嫁給他了。」

蕭鐵驪見母親伏在男人腳下，神情倉皇，卻有種說不出的嫵媚宛轉，是父親在世時從沒有過的，不由得熱血直衝頭頂，狂怒中舉刀道：「黑山大神作證，我蕭鐵驪只有一個阿爹，絕不會再認第二個。我也只有一個阿媽，絕不與移剌家的孩子一起奉養。我只聽你一句話，要我還是要他？」

耶律歌奴愕然鬆手，慢慢站起來，心想：果然是他的孩子，一樣的強橫霸道，一樣的不顧惜人不體恤人。多年潛藏的怨恨忽然在這刻洶湧而出，她站得筆直，一字字道：「當年是移剌聘了我，卻被你爹強奪過來。我幾次逃走，都被你爹攔下，後來有了你，我才認命。

如今你爹死了，我要嫁自己喜歡的男子，憑你去問天上地下所有的神，看誰說我耶律歌奴不該。」

蕭鐵驪眼中的火苗忽然熄滅，手中長刀無聲無息地落在氈毯上，頭也不回地衝出了氈房。耶律歌奴追了幾步，伸出手去，只挽住了清冷的空氣。鐵驪的名字在她舌尖滾得幾滾，終於未能出口。

蕭移剌攬住她，苦笑道：「歌奴，你既然選了我，就別想留得住鐵驪了。」他疑惑地摸摸頭，「不過，鐵驪背的是什麼東西，軟綿綿的還在動。」

蕭鐵驪僵著脖子走出母親的視線，拔足狂奔起來。呼嘯的風拍打著他的身軀，疼痛中滿含快意。他不知跑了多久，直到腳下一絆，跌進草叢。

他爬起來抹了一把臉，濕漉漉地有汗也有淚，這才清醒些，記起自己還背著狼穴裡揀回來的觀音奴。男孩解開短袍，見髒兮兮的小孩兒蜷成一團，眼睛緊閉著，似乎很畏懼白天的光線。

蕭鐵驪低聲道：「觀音奴啊，阿爹死了，阿媽也不要我們了。你害怕麼，你難過麼？」他問著問著，只覺眼眶一陣發熱，勉力忍住，將那溫暖的小東西貼在自己胸口，「你別怕，哥哥會護著你，再不讓狼把你叼走，不讓任何人欺負你。」

他抱著她沒有目的地亂走，搖搖晃晃地走了許久，來到白水的一條支流旁，男孩忍不住跳了進去。浸在清涼的水裡，他覺得好過很多，小孩卻很抗拒，嗚嗚叫著，使勁撲騰。

「觀音奴，你一身狼味兒，要好好洗洗。」蕭鐵驪嘀咕著，不理她的抓撓撕咬，透徹地將她洗了一遍。

蕭鐵驪站在齊腰深的水裡，舉起洗乾淨的小孩，不由呆住了。秋日的明淨光線裡，孩子極少接觸陽光的皮膚好似新鮮羊乳，潔白晶瑩。他想不到一個人的眉眼能生得這樣好看，而這夢一般的美麗竟托在自己掌心。

他猶豫地伸出手，拍拍她的臉蛋，被她一口逮住，再不鬆開。男孩痛極，卻笑道：「觀音奴餓了麼？哥哥給你找吃的去。」

蕭鐵驪明白她不是自己的妹妹，而是母狼從別家叼來，可這有什麼關係？他丟了一個觀音奴，黑山之神便還了他另一個。從此這高天廣地，他只能與觀音奴一起相依為命了。

注：

《遼史》卷五十三《禮志六》：「黑山在境北，俗謂國人魂魄，其神司之，猶中國之岱宗雲。每歲是日（即冬至日），五京進紙造人馬萬餘事，祭山而焚之。俗甚嚴畏，非祭不敢近山。」

第三折　草色一萬里

蕭鐵驪在草原上露宿一夜，第二日回了部族的營盤。各家的氈房都折了，牛車上堆滿家什箱籠，他才記起部族的司徒大人定在今日遷到冬季牧場。

蕭鐵驪用自己的袍子裹著觀音奴穿過零亂的營地，族人們見到這瑟瑟冷風中赤著上身的孩子，都停下手中的活兒，沉默地看著他。男孩不以為意，徑直走到自家車旁。蕭移剌的老婆和三個孩子也在，嘰嘰喳喳鬧成一團，見了蕭鐵驪，都安靜下來。

耶律歌奴又驚又喜，扎煞著手喚了聲鐵驪。他身子一側，將她晾在當地。蕭鐵驪放下觀音奴，旁若無人地打開牛車上捆好的箱子，翻出父親留給他的鑌鐵長刀，又取了一件父親的袍子套上。那袍子拖到地上足有尺餘，他揮刀斬去前襟和後襬，刀勢圓轉，殺意卻不可遏制地滲出來，迫得旁邊的人呼吸一窒。

偏移剌家的老大不知好歹，湊上來喊了聲鐵驪哥哥。蕭鐵驪見他抱著父親生前常用的燕北膠弓，眼睛都紅了，劈手奪過來，一把推開他。

蕭鐵驪天生神力，那孩子吃不住這一推，仰面跌倒，後腦勺正撞到箱子的銳角。蕭移剌的老婆扶起來一摸，滿手是血，不由破口大罵：「歌奴你養的好兒子！連自己的兄弟都不放過，比狼還狠。」

蕭鐵驪並非故意，卻不解釋，背著父親的刀和弓，帶了觀音奴要走，被耶律歌奴攔住。女人與他僵持著，憋出一句：「你從哪裡抱來的小孩？」

「是母狼養著的觀音奴，從狼窩裡抱回來的。」男孩笑了笑，露出一口雪白牙齒，「以後我就和她做伴兒。」

蕭移剌的老婆聞言冷笑，「天下竟有這等事，看來我沒說錯，果然什麼樣的人生出什麼樣的種。」她不滿丈夫安排自己來幫歌奴收拾東西，又心疼兒子的傷，借這事兒發作出來，「歌奴賤人」罵個不休。

耶律歌奴充耳不聞，想到被狼叼走數月的小女兒還活著，一陣狂喜，伸手要抱觀音奴。嗆的一聲，蕭鐵驪恰在這時拔出刀來。耶律歌奴縮回手，只覺一盆冰水兜頭淋下，委實沒想到辛苦養育的兒子竟決絕如此。

蕭鐵驪的刀尖卻是指著蕭移剌的老婆：「你再罵一個字，就同這簪子。」他大步走上去，那女人嚇懵了，眼睜睜地看著長刀挑起自己頭上的木簪，凌厲刀風割得臉生疼，而指頭粗細的簪子已被劈成四片，散落地上。蕭鐵驪的第一刀從簪頭剖到簪尾，這不出奇，難的是兩片簪子未及分開，他已回刀橫劈，將兩片削成四片，拿捏之準，令人咋舌。

耶律歌奴知道亡夫是契丹各部族公認的勇士，不想他教出的兒子也這樣了得，又驕傲又辛酸地站在旁邊，聽那孩子低聲問：「阿媽，你真要嫁給叔叔，和這些人住到一起麼？」她不願捨棄一雙兒女，也不願捨棄一生中真正想要的男子，蕭鐵驪卻不肯妥協，定要她作非此即彼的選擇，不由得茫然失語。

蕭鐵驪等了一刻，聽不到母親回答，便決然去了。他才出營盤，阿剌大爺駕著一輛破舊氈車追上來，喊道：「鐵驪，你常幫我做事，沒什麼好東西謝你，帶上氈車，晚上睡覺也可以遮風擋雨。」

蕭鐵驪胸口一熱，搖頭道：「我不要。」

「好孩子，送你一輛車，我阿剌窮不了。」

這時陸續有族人過來，手中拿著家常用的衣物器皿等，默默放到車上便去了，沒一會兒竟堆了半車。蒲速盌大娘牽了一隻奶水充足的小母羊過來，拍拍鐵驪的肩，又說不出什麼，只道：「可憐。」

蕭鐵驪並不覺得自己可憐，卻也無法拒絕族人的好意。男孩跪下來，額頭貼著故鄉的熱土，暗暗發誓：「總有一天，我得到的這些，要十倍百倍地還給族人們。」

蕭移剌沉著臉站在遠處，他不認為娶歌奴有錯，自己也容得下鐵驪，但那孩子執意帶著妹妹離開。族人們的反應似一記耳刮子，火辣辣地搧到他臉上。回顧披頭散髮的妻子和面色慘白的長子，蕭移剌想不通自己被大哥壓了一輩子，到如今還要受他兒子的氣。眼見歌奴嘴唇顫抖，拔足去追鐵驪，他搶上前攥住她的手，喊道：「歌奴！」

耶律歌奴觸到蕭移剌被憤怒燒紅的眼睛，聽他嘶聲叫著自己名字，正如被蕭迭剌搶走的那夜，他在氈房外痛楚難當的一聲呼喚。當年在心底烈烈燃著的野火又燒了起來，她反過來抓緊他的手，指甲陷進他的手背：「移剌，我與你前生作了什麼孽，今世要受這種苦。」

蕭移剌舔了舔乾裂的嘴唇，一腔激憤化為烏有，低聲道：「歌奴，是你看錯了人，遇到我這沒擔當的懦夫。」

兩人牽著手，目送蕭鐵驪駕車遠去，心中百種滋味，難以言表。

蕭鐵驪帶著觀音奴在草原上遊蕩，以長天為幕，以大地為家。父親生前豢養的狗跟著他跑了出來，加上他箭法精準，常獵到狐狸或麅子與人交換所需之物。

這個棄絕了自己親族的男孩在草原上頗為出名，所遇的牧民大多願在自己能力所及的範圍內幫他，尤其是看到他裹在粗布襁褓中的妹妹時。那嬰孩的美貌，像最陰晦的天氣裡突然露出的一線陽光，清澈明亮，一直照進人心裡。

善良的牧民們感歎：勇士蕭迭剌的兒子竟淪落到這一步，而他美麗的女兒一生下來就在吃苦，真是可憐啊。

進入漫長的冬季後，蕭鐵驪的日子就不太好過了，天氣越來越冷，獵物越來越少。他記起父親說過，木葉山的廣平淀寬大平坦，冬天時比其他地方都暖和，便想帶觀音奴到那兒去過冬。奈何拉氈車的馬已經很老了，走一段路就喘得不行，他也只能慢慢將息著趕路。

十一月的最後一天，樹葉大小的雪片漫天飛舞，三步外就已看不清楚任何東西。老馬拚盡了最後一分力，倒斃在離廣平淀二十里的路上。

蕭鐵驪從馭手的位置上跳下來，摸摸牠溫熱的身體，拔刀切斷牠的頸動脈，接了一缽血。他打開氈車的門，與獵狗抱在一起睡覺的觀音奴聞到血的味道，立即向他爬來。觀音奴大口大口地呑嚥著馬血。蕭鐵驪知道妹妹餓壞了，怕她嗆著，將陶缽移開一些，立即招致她激烈的反抗。小人兒低嗥著，晶亮的眼睛在昏暗中閃閃發光。蕭鐵驪等她喝飽了，也捏著鼻子把剩下的倒進口中，腥澀的馬血令他想要嘔吐，被他強壓下來。

蕭鐵驪彎腰鑽出氈車，取了一大塊馬肉，分成三分。人和狗的牙齒與老得嚼不動的生馬肉纏鬥著，車裡充斥著痛苦的咀嚼聲。

吃完肉，人和狗便擠在一起相互取暖，等著風雪過去。下半夜時，蕭鐵驪被狗的狂吠聲驚醒，他拉開車門，隨即被洶湧而來的雪淹沒，原來堆積的雪已經沒過了車廂。蕭鐵驪抱著觀音奴，與獵狗一起爬到雪地上。

雪仍然沒停，大得可以迷住眼睛，蕭鐵驪無路可走，只有選擇馬頭對著的那個方向走下去。他的運氣很不好，因為遼國的第一個皇帝到最後一個皇帝都保持著契丹人逐水草而居、以車馬為家的習俗，一年四季各有行在之所，稱為「捺缽」，而廣平淀恰好是皇帝冬捺缽的地方，牙帳周圍三十里都沒有牧民的營地。他的運氣也很好，在獵狗的帶領下，一直沒有偏離方向，在看到宿衛士兵的篝火時才倒下。

士兵們救了奄奄一息的男孩。他凍得像一塊冰，身體唯一還有溫度之處便是胸口，那裡伏著一個更小的孩子，一綹黑髮露在外面。他們用刀劃開男孩凍得硬邦邦的皮袍，發現小女孩已經昏迷，兩隻手卻牢牢摟著男孩的脖子，以致士兵們很費了點力氣才把兩個孩子分開。士兵們給兩個孩子灌下烈酒，用雪來摩擦他們的身體。小女孩還好，男孩的三個腳趾和左手的小指卻保不住了。

蕭鐵驪清醒以後的第一件事就是問觀音奴。對於失去的，蕭鐵驪不在乎，他感激天神保全了他和觀音奴的性命，而他還有一隻完好的右手來握刀。

觀音奴畏懼火焰又敵視生人，狂躁得士兵們沒法安撫，直到蕭鐵驪摟住她才平靜下來。老年士兵琢磨著小女孩這半日的反應，忍不住問：「小兄弟，這是你妹妹？我瞧著脾性跟狼似的。」

觀音奴正啃著蕭鐵驪的手，他抽出來摸摸她的頭髮，「觀音奴曾經被母狼叼走，在狼窩裡養了幾個月。」

年輕士兵瞪大眼睛，好奇地盯著觀音奴，「還有這種事？」

老年士兵呷了口酒，「原來如此。記得小時候我們部族也有個狼養的孩子，長到十來歲才被父母找回來，可人已經毀了，不肯穿衣服，學不會人話，只能爬著走路，每天晝伏夜出，對著月亮嚎叫。」

蕭鐵驪的臉白了，想著他描摹的前景，忍不住打了個寒噤。

老年士兵安慰道：「你妹妹還小呢，多跟她說話，好好教她走路，可以教回來的，不要擔心。」

蕭鐵驪休息了一天，向士兵們辭行，得到若干食物和酒，他坦然接受。

幾天後這場雪化淨，出去巡邏的士兵在二十里外找到了男孩提到的氈車。之前沒有人相信男孩的話，十二歲的孩子在那樣惡劣的天氣裡徒步行走二十里，已經不能叫勇悍，而是近於傳奇。

漫長的冬天終於過去，微藍的堅冰綻出一道道裂縫，露出下面縹碧的河流，爾後裂成碎塊，在河道中相互撞擊，直至消融成水。此時的河流呈現天空般高遠的藍，白色雲朵在水間搖蕩，風起時泛著細碎的波紋。

蕭鐵驪沿著西遼河流浪。他行走的這塊土地，後世稱為科爾沁草原，碧色千里，在春天的陽光裡散發著令人迷醉的芬芳。在熟悉的地方，人們同情的目光壓在蕭鐵驪身上，有時候會覺得喘不過起氣來，他願意走得更遠些，到沒有人認識自己的地方去。

蕭鐵驪每天走很多路，對觀音奴說很多話。某個溫暖的午後，他昏昏欲睡地躺在草叢裡，向觀音奴指點著周圍的羊群，「看那些沒有角的北羊，肉很細嫩，蕭鐵驪以後要養一大群北羊，烤給觀音奴吃。那些大尾巴的韃靼羊，剪下的毛可以撚出很多線，蕭鐵驪的媳婦兒織成毯子，鋪滿觀音奴的氈房。」

這時，他聽到她在咕嚕：「鐵驪，鐵驪……」第一個音含混不清，隨後便清晰起來。他喜不自勝，將她高高拋起，嚇得她又發出狼嗥。很多次，他夢見觀音奴變成一隻灰色的小狼，拚命啃他的身體，他不覺得痛楚，只是說不出的傷心，如今總算擺脱了這夢魘。

蕭鐵驪走走停停，在青草六榮六枯後流浪到西夏國的居延海。

居延是匈奴語，意為幽隱。祁連山的雪融化成河，即是古籍記載「不勝鴻毛」的弱水，而三千弱水歸於居延海，成為漠南大小湖泊裡至為美麗的一個，形若少女面上的眉，九月初三夜的月。

正是濃秋，弱水兩岸的紅柳與白色蘆葦異常豐美，蕭鐵驪沿著河岸踏進居延綠洲。純藍的天穹與湖水相映，成片的胡楊林金紅璀璨，令他一時恍惚，不知何為天空何為海子。

居延綠洲嵌在蒼黃的大戈壁中，是分隔漠南與漠北的要衝，歷來兵家必爭之地。唐時，王維出使居延，寫下「大漠孤煙直，長河落日圓」的詩句，後世再沒人能用十個字寫出這裡的壯美。

觀音奴並不關心風景好壞，穩穩地騎在馬上，興奮地道：「鐵驪，今天我們抓魚吃。」

蕭鐵驪將她抱下馬來：「你乖乖等著，不要亂跑。」言畢解下佩刀，脫了衣衫，分水刺一般滑進居延海。

彼時蕭鐵驪已長成身形高大的少年，方臉闊口，濃眉深睛，行走時帶著不易察覺的微跛，較少女們心目中的英俊兒郎差之甚遠，唯舉手投足已有男子的沉穩氣概。觀音奴八歲，精靈頑皮，不復昔日的狼孩模樣。小女孩赤著腳，一個人在只及腳踝的淺水處玩得很是高興。

蕭鐵驪一直游到湖心才逮著一尾大魚。他抱著魚自水中探出身子，魚尾甩在他胸膛上，劈啪作響。瞅見空空如也的湖岸，他的手一鬆，那魚便高高躍起，一個漂亮的折身，遁入水中。

蕭鐵驪面容沉靜，卻有種淩厲的寒意一絲絲鑽進骨頭縫裡。他親手養大的妹妹，脾性為他深知，斷然不是丟下他的刀和馬到處亂跑的孩子。

岸邊的濕泥上布滿觀音奴的小腳印，還有兩個新鮮的大腳印，相隔不過尺餘，足尖的指向卻是相反的。蕭鐵驪仔細分辨，那腳印長而闊，顯見得是個成年男子，但印痕極淺，似乎身體只有幾斤的分量。蕭鐵驪大聲喚著觀音奴，沿著湖岸搜尋。五尺外的胡楊樹下，他找到第二個腳印，沿著足尖的方向走下去，第十尺處又發現一個。

腳印每五尺便有一個，蕭鐵驪找到後來，背心沁滿冷汗。他想像一個不知何處飄來的妖魅，悄無聲息地攫住觀音奴，在原地轉身後，又用這種步伐飄走。腳印止於通向居延城的車道，人馬錯雜，車轍零亂，他再找不到任何線索。觀音奴就這樣不見了。

居延城是西夏的軍事重鎮，貿易也相當發達，然而蕭鐵驪穿行城中，卻覺滿街繁華化作光影，穿過自己的身體後呼嘯而去。失去世間與他唇齒相依之人，竟是如此空虛絕望之事。他渾渾噩噩地走了許久，歇在一家破落客棧。

第二日，蕭鐵驪正與店主結帳，忽聽門外有人尖聲銳笑，一個女子狂舞而過，手中揮著看不出顏色的孩子衣服。店內兩個夥計低聲議論：「可憐可憐，青姑竟然瘋了。」

「好端端地怎麼變成這樣？」

「唼，嬰鬼攝走了她家老五，那是青姑唯一的兒子呢。」

「這個月又丟了兩個小孩，幸虧我家阿仁已經送得遠遠的。唉，這日子什麼時候是個頭啊。」

蕭鐵驪懂得党項語。鐵石般黯沉沉的少年猛然迸出奪人光芒，腰間鋼刀彈出刀鞘三寸，耀得店主眼睛一花。他一個箭步衝上去，揪住說話那人的領子，一字字地問：「你方才說的嬰鬼是什麼東西？」

那滑舌的夥計喘著氣道：「小哥，這樣我怎麼說話，你好歹也鬆一點兒。」

蕭鐵驪放開他，聽他道：「我看小哥是外地來的吧？這一兩年，我們居延莫名其妙地丟了很多小孩。老人們都說是嬰鬼作祟，攝走孩子的魂靈去修煉呢。」

蕭鐵驪窒了一下，問：「這種嬰鬼多久出現一次？一般在什麼地方出沒？」

夥計驚駭地睜大眼睛：「我怎麼會知道它的蹤跡。銀州大法師都對付不了的惡鬼，招惹不得呢！」他咽了一口口水，「你家裡有孩子被攝走了？嬰鬼只喜歡生得好看的小孩。」

蕭鐵驪尋遍居延的大街小巷，發現這兒的確是一座沒有孩子的歡顏笑語的城市。偶然見到一兩個，也是面色蒼白、神情萎靡，見蕭鐵驪目光灼灼地盯著自己，便驚惶地躲到父母身後，全沒一點孩子的生氣。

僅有一次，蕭鐵驪在居延城主的府第外見到一個豔麗如薔薇的女孩。那一刻，蕭鐵驪右臂的肌肉緊張得微微發抖，右手握成一個中空的拳。他緊握住意念中的刀，想：「如果我是嬰鬼，不會放過這樣的孩子。只要盯住她，一定會找到觀音奴。」

那是一個淺金色的黃昏，居延城主的獨生女兒衛慕銀喜在車帷中探出頭來。她看到對街有一個高大黝黑的契丹少年，表情猙獰，眼神銳利，緊盯著自己就像獵鷹俯視草叢中的兔子。車子很快滑過街市，少年的面孔也隨之滑過，銀喜惱怒地撅起嘴。

成年後的銀喜回想起當日之事時，悲哀地認定：一切不幸，皆始於這日街中的驚鴻一瞥。

第四折　清晝逢妖鬼

居延城主衛慕諒有一匹赤血駿，是西夏皇帝嵬名乾順賞賜，衛慕諒對牠珍愛異常。某日衛慕諒出遊，歸途中赤血駿突然發狂，將他顛下馬來。居延的醫生對赤血駿的狂躁之症盡皆束手，城主府貼出榜文，宣稱有人治好寶馬，賞銀二十兩。

第二日，一個契丹少年來揭榜，藥到病除。衛慕諒大喜，兌現賞銀，契丹少年堅辭不受，說只願城主收留，給自己一個遮風擋雨的棲身地。

衛慕銀喜認出這少年正是當日街中遇到的那一個，隱約有些害怕，拖住衛慕諒的袖子問：「父親，你要留下他麼？」

蕭鐵驪驚奇地啊了一聲，衛慕諒道：「怎麼？」

蕭鐵驪回答：「你是她父親？我以為你是她哥哥。」話說得粗魯，也非有意恭維，卻將衛慕諒的每一個毛孔都熨貼得舒舒服服。

坐在暗影裡的衛慕諒微笑著，將手中把玩的玉如意碰碰蕭鐵驪的肩：「管家，安排他到馬房幹活兒。」斜光中，只見衛慕諒的手潔白晶瑩，竟與如意無甚分別。

當夜蕭鐵驪宿在僕人房裡，睡到半夜時他突然醒來。淡淡的月影裡，一個瘦小的老頭兒正在翻檢蕭鐵驪的包袱。蕭鐵驪才睜開眼，手還未觸到枕邊的刀，那人已經察覺，回頭笑道：「赤血駿的病是因為這個？」他舉起一根長針，根根白髮亦如針一般閃著刺目的光。

老頭兒話音未落，蕭鐵驪已和身撲上，刀勢狠而絕。薄薄的刃緊貼著老頭兒的頸項，甚至已感覺到了他皮膚下的脈動。

老頭兒不慌不忙地扣住蕭鐵驪的脈門。蕭鐵驪只覺一股澎湃的力量直貫指尖，還來不及反應，掌中刀已經墜下，被老頭兒奪去。

蕭鐵驪怔住。他自幼學刀，與人對決無數，大敗小挫不少，卻從沒輸得這樣徹底，連還手的餘地都沒有。失去武器的恐懼像一條冰冷黏膩的長蟲，沿著指尖爬上來，盤踞在他的胸口。

那老頭兒瞪著蕭鐵驪，憤憤地道：「一言不合就拔刀相向，指人要害，哼，刀劍本是凶器，哪能這樣隨隨便便地拔出來與人搏命。」說著，將蕭鐵驪的鑌鐵刀當廢紙般團了幾團，扔到地上，「年輕人，刀不是這麼用的。」末一句話餘音嫋嫋，人已越牆而去。

蕭鐵驪盯著一閃而過的老頭兒，默默計算他的身高、足長與步幅。雖然老頭兒的身法同樣妖異，卻可以肯定不是擄走觀音奴的那個。他定下神來，才發現冷汗濕透衣衫，晚風一吹涼颼颼的，一直涼到心底。

父親留下的刀是蕭鐵驪立身的根本，被毀得如此徹底，他再不知還有什麼倚仗，可令自己安然行走在這滔滔之世。少年呆呆地站在狹長的偏院中，望著鴿籠般密密匝匝的婢僕屋舍及後庭嵯峨的樓閣，淡月下衛慕氏的府邸彷彿一隻黯黑的妖獸，一旦踏進它的巨口，似乎連骨頭渣子也不會剩。他一夜未眠，胸臆間充斥喪氣，卻沒起念逃走。

天微明時，蕭鐵驪去馬房應卯，並沒人追究他對赤血駿動手腳的事，想來那古怪老頭兒並不是城主府裡的人。過得幾日，馬房的管事回稟大管家，稱新來的蕭鐵驪從不多話，做事麻利，是個踏實孩子。大管家當即給蕭鐵驪配了下人的腰牌，許他在外院自由走動。

居延雙塔寺的住持法師精通佛法，曾蒙夏國皇帝親自賜緋，每次開壇說法，方圓百里的信眾都要趕來聽講，城主衛慕諒篤信佛教，亦是次次捧場。

這日又逢法師講經，居延城中香花滿衢，清水灑道，以城主府的車馬為先，城中各家顯貴居次，百姓們徒步跟隨，往雙塔寺逶迤而去。

蕭鐵驪緊緊跟在銀喜小姐車後，隨侍的婢女見了，笑著向車中說了句什麼，便聽啪的一聲，半捲的簾子放了下來。他自入府中，對衛慕銀喜的一應事情都極留心，婢女們看他樣子傻傻的，倒有一片癡意在，一時傳為笑談。不過銀喜小姐不發話，也沒人去為難他。

雙塔寺坐落在居延海旁，形制不大，建築卻極為精美。寺內的密簷式琉璃塔，玲瓏挺秀，倒映水中宛然雙塔，故此得名。寺外建有蓮花形高臺，供法師講經用，信眾們無論貴賤，均在曠野中席地聽講。

這日法師講得甚是精妙，梵音與水聲相和，天光共雲影徘徊，在場諸人盡都忘神。衛慕銀喜眼尖，覷見父親於此刻悄然離席，進了雙塔寺西角門。她心中一動，止住跟隨的婢女，躡手躡腳地跟了去。

一院寂寂，卻找不到父親的蹤影。銀喜仰起頭，盯著偏殿上飾有蓮花漫枝卷葉紋的琉璃筒瓦和琉璃滴水，其後是廣大天空，極明亮的藍，深遠而純粹，凝神注視時讓人感到不可言說的悵惘。

女孩怔了一會兒，方要轉去，聽到身後窸窸窣窣的衣衫掃地之聲，回過頭來，正見到沒藏空向她彎腰致意，長髮水一般漫過寬大的麻質僧衣。

沒藏空身材甚高，皮膚黧黑，深目白齒，有著党項男子的典型相貌，當他漫不經心的目光落到銀喜臉上時，她的心跳忽然急促起來。但那目光彷彿蜻蜓，短暫一駐，隨即投向遠處。

銀喜順著沒藏空的視線看過去，煩惱地擰起眉，「蕭鐵驪，你跟來做什麼？」與沒藏空同行的衛慕諒亦不悅，斥道：「這不是你能來的地方。」

蕭鐵驪也不開口解釋，也不識相退下，父女倆拿這木訥的下人無法，倒是一貫淡漠的沒藏空突然開口說話，緩解了尷尬氣氛：「你叫蕭……鐵驪？」空的音質至為清澈，有不辨性別之美，宛如佛經中的妙音鳥伽陵頻伽。

蕭鐵驪愣了一下，答道：「不錯。」

沒藏空的手負在身後，右指輕叩著左手掌心，道：「鐵驪啊，這名字是什麼意思？」

銀喜站在沒藏空右側，見他長年隱在袖中的手露出來，不由得呼吸一窒。空的小指上套著沒藏氏與衛慕氏盟誓之戒，與衛慕諒戴的白色戒指形制相同，非金非鐵的材質，唯戒面漆黑，黯無光華。

夏國的開國皇帝嵬名元昊為衛慕氏女子所生，而嵬名元昊的皇后沒藏氏生下了昭英皇帝嵬名諒祚，故衛慕與沒藏兩家均為后族。到聖文皇帝嵬名乾順時，兩家均已沒落，但衛慕銀喜聽父親說過，沒藏氏曾受衛慕氏大恩，故發誓以每一代的長子為質，侍奉衛慕氏家族，供衛慕氏驅使。此誓以戒指為憑，除非衛慕氏主動將戒指還給沒藏氏，否則盟誓永不解除，將世世代代履行下去。

銀喜清楚地記得，父親提到沒藏空時，用輕慢的口氣道：「空必須服從我的一切指令，否則會因違背密戒盟誓而遭受六神俱滅之苦。有這麼一個能幹的孩子使喚，真是不錯。」

銀喜站在庭院中，種種念頭紛至遝來，比任何時候都更深切地感受到：這雙塔寺中的年輕僧人，無論就宗教戒律、世俗禮法抑或密戒盟誓來說，都是自己不可觸及之人。

待銀喜回過神來，衛慕諒已與蕭鐵驪出了西角門，正在檻外等她。她向沒藏空微微頷首，逃也似地奔出了庭院。

那一夜，銀喜輾轉反側，第二日特地招蕭鐵驪來問話。

蕭鐵驪多次偷入內院，這是第一次光明正大地進來。少年候在簾外，聽見細微的杯盞撞擊之聲，爾後是長久的沉寂。

良久，銀喜方低聲問他：「鐵驪是什麼意思？」略停了停，「你昨日怎麼對他說的，今日就怎麼對我說。」聲音還未脫女孩的稚氣，內裡的情懷卻已不似孩子。

蕭鐵驪一頭霧水，答道：「鐵驪是我契丹很老的一個部族，血統來自那一族的契丹人，常常起名叫鐵驪，並沒什麼希奇。」

「哦……你下去吧。」銀喜無意識地旋著細瓷茶杯，悶悶地想：「並不是什麼了不得的名字，怎麼一向冷淡的空，特地去問它的意思？」

九月天氣，菊花明媚，衛慕氏的府第裡彌漫著清淺、微苦的香味。銀喜躺在後園的竹榻上讀經，昏昏欲睡之際，斜射的陽光將一道影子投在書頁上。她懶懶回頭，問：「誰？」樹後的蕭鐵驪走出來，默然不語。

他的目光令銀喜惱怒，「啪」地一聲合攏經書，撐起身子道：「蕭鐵驪，你總是在窺視我，不怕我告訴父親將你攆出去麼？到底是什麼讓你這樣放肆？」

蕭鐵驪回答：「因為你是城中唯一美麗的女孩。」少年的眼睛白少而黑多，安靜時像兩眼望不到底的井，此刻卻似兩簇黑色的火苗，沉默而激烈地燃燒著。他失去了觀音奴，失去了父親的刀，卻執意要找到嬰鬼，空手與它對抗。明知必死而去赴死，他滿懷絕望地迸出了這句回答，挾著難以言喻的熱力湧向她。

衛慕氏的女子向來早熟，十二歲的銀喜也曾幻想，雙塔寺中的英俊僧人在花樹下向她表白，言辭溫柔，目光如水，但絕不會像現在這樣，被鐵柱似的蕭鐵驪狠狠盯著，身上飄來讓人窒息的馬糞味兒，說出的話一字字硬似石頭。銀喜耳輪發熱，全身發抖，蓮蕾形四梁花釵冠上的珠子瑟瑟直響。

西夏貴族女子的服飾極為華美，明紫色的交領右衽開衩長袍裹著女孩已開始發育的身體，花邊重重的鎏金領口露出素白抹胸和淺紫色小翻領內衣以及紅暈微微的雪白頸項。長袍開衩極高，露出粉色的細襉百褶裙和腰側垂下的玫紅鎏金寬帶。

即使蒙昧如蕭鐵驪，亦不可能忽略女孩此刻的美麗。蕭鐵驪盯了衛慕銀喜月餘，卻是第一次用男人的眼光看她。他身體發麻，似被閃電擊中，慌不擇路地離開，不敢再看。

卻也只是片刻的事，驚呆了的老嬤嬤醒轉過來，頓足道：「外院的野小子混進內院，還敢這樣唐突主人，真是該死，我要稟告城主重罰他。」

「不許去說。」銀喜抱著膝，冷冷地道：「被這種人冒犯，說出去很好聽麼？我不許你去說。」

蕭鐵驪轉出菊圃，正沿牆根走著，忽然被一隻手拉住。那手好大力氣，連他也掙扎不開，被一把拖進菊圃，死死摁在一叢菊花下。

蕭鐵驪的那點綺思早拋到九霄雲外，雖然手中無刀，體內潛藏的沛然刀氣卻洶湧而出，捲向那人。

那人驚咦一聲，手指微鬆，隨即抓得更緊，道：「笨小子，方才若被人逮到，嘿嘿，你可再難見到美人了。」

重重疊疊的暗綠葉子間露出一張笑得菊花似的臉，正是那夜翻蕭鐵驪包裹的老頭兒。蕭鐵驪見他嘴唇不動便說出這番話來，心中驚懼，洶湧的刀氣自然收斂。

自來內力達到極高的境界，加諸兵器，便可生出劍芒或刀氣，傷人於無形，似蕭鐵驪這般不習內功，卻能以自身為器蓄有豐沛刀氣的，可說是天賦異稟。

老頭兒不禁搖頭歎息：「真是百年難遇的神刀之器，只可惜一味好勇鬥狠，又耽溺美色，可惜啊可惜。」一見蕭鐵驪瞪著自己，他得意地道：「哼，你用詭計混進府裡，天天傻癡癡地守著這美貌小姑娘，還不許人說麼？我可都瞧見了。」

傳音入祕的上乘功夫自是尋常的腹語術不能比，老頭兒表情百變，語氣激昂，花叢外的人皆似聾子般走過。蕭鐵驪聽腳步聲去得遠了，試探著站起來，退了兩步，看那老頭兒沒什麼反應，隨即快步逃開。

老頭兒如影隨形地追上來，在花葉間飄浮著，氣惱地問：「喂，沒聽見我說話嗎？」

蕭鐵驪手心汗濕：「聽到了。」

老頭兒追問：「那怎麼不回答？」

「真是個古怪的妖鬼。」蕭鐵驪想著，慢吞吞地道：「你沒有盯著那女孩，又怎知道我在盯著她？」

那老頭兒睜大眼睛，靜默片刻，臉突然紅得無以復加，撲上來搖著蕭鐵驪，憤怒地道：「放屁，放屁，我在查要緊的事情，故此隱身在這府裡，才不像少年人你這樣無聊。」

蕭鐵驪雖然認為神鬼可怖，對這樣的鬼倒也生不出敬畏之心，忍不住向他打聽：「你見過嬰鬼麼？」

老頭兒結舌道：「咦，啊，這個，你怎麼知道我在找嬰鬼？」

蕭鐵驪想著觀音奴，胸口熱血上湧，竟道：「你也在找它？既然都是鬼，你找起來想必容易得多……」

那老頭兒神色古怪，似笑非笑，未容蕭鐵驪說完，出手如電，提起蕭鐵驪的領子飛越重重屋舍。他雖帶著一個人，身法依然輕快，便有府中下人見到，也只當自己看花了眼。

這樣無依無憑地御風而行，滋味實在不好。蕭鐵驪落在實地上時，不由得舒了口氣。

老頭兒冷冷地看著蕭鐵驪，忽然握住他的手，「我跟你一樣是熱的，」來回走了幾步，

「跟你一樣有影子，」他大聲咆哮起來，「你怎麼會把我雷景行當成鬼？」

蕭鐵驪從未接觸過玄妙的輕功，很難不把他當成鬼：「呃，你每次出來都這樣……突然，所以我有些糊塗，算我弄錯了。我妹妹被嬰鬼攝走了，我很擔心她，想你既然是……呃，聽說你也在找嬰鬼，才向你打聽。」

雷景行悻悻地道：「什麼算你弄錯，你根本大錯特錯。」他頓了一下，「既然擔心妹妹，為何不發憤去找，卻賴在城主府裡偷窺那小美人？」

「我找不到嬰鬼的蹤跡。既然嬰鬼只捉漂亮孩子，守著城中唯一好看的這個，總不會錯。」

雷景行意味深長地道：「你的想法不錯，但這樣傻守著，管什麼用？這事兒我已有眉目，等找到嬰鬼的巢穴，一定帶你去尋妹妹。」言罷徑直去了，蕭鐵驪拔足追趕，哪裡追得上，只得大叫：「倘若你找到嬰鬼，一定要帶我去。」

時日越久，觀音奴生還的希望便越小，然而這倔強少年，從來不退縮，從來不放棄。

第五折　邊城染素香

沒藏空穿過密魔之宮錯綜複雜的地道，進入底部的暴室，放下觀音奴，解開她的睡穴。空的耳朵聳了聳，本能地後退兩步，等女孩兒爆發出刺耳的哭泣哀告，然而她只是仰起臉，沉默地看著他。

觀音奴深陷在覆著熊皮的寬大石椅中。地底暗黑，火把的微光照著她小小的面孔，彷佛夜海中央的月輪倒影，眼神卻凶狠，似落入陷阱的小狼。

沒藏空輕輕撫摩著觀音奴的頭頂，她的頭髮尚未及肩，然柔滑如最上等的錦緞。觀音奴並不作無謂的掙扎，只細細地磨著牙，格格有聲。空收回手，心知自己再有什麼動作，這孩子便會小獸一般撲上來咬人。

空將觀音奴留在暴室，回佛堂去做晚課，歸來時赫然發現這孩子一直守在暴室門口，他剛開啟石門，她便奮力衝出。他蹲下來，堪堪接住她，抱緊那不停掙扎的小小身體，忍不住笑道：「你出不去了。」

觀音奴頹然垂下雙手，發現石門之外是幽深的地道，不知通向何處。

空的肩上微有濕意，鼻端嗅到淡淡的血腥味。他拿起觀音奴的手，見傷了好幾處，想必是拍打石門時弄破的。他素有潔癖，此時竟不嫌惡，耐心給她包紮。

烈酒淋到傷口上，觀音奴痛得倒抽一口冷氣，卻不呻吟求饒，只死死咬住嘴唇。

空來居延城之前，家中有個弟弟，天生不會說話，空對他很是憐惜。現在空已不記得弟弟的模樣，然而遇到沉默無語的孩子，他不自覺地便要溫柔些。

寺中煮的清粥，空給觀音奴盛了來。嫋嫋的熱氣裡，觀音奴狐疑地吸吸鼻子，辨出一股異樣的清氣，無論如何不是粳米該有的香味。空在粥裡加了奪城香，與食物的味道混在一起，十分古怪，沒有孩子不抗拒，每次都要空捏著鼻子灌下去。

然而觀音奴只躊躇片刻，便捧起湯碗喝得點滴不剩，令空十分詫異。他不相信她能辨別奪城的藥性，不過是小獸一般，本能地追逐食物，本能地知道食物無害罷了。

觀音奴終日沉默，空從未獵到過這樣安靜的孩子，封閉了危險的十六畫廊後，便放縱她在密魔之宮中亂走。他發現這孩子記憶力驚人，走錯一次的地方，下次便不會再錯。

觀音奴終日在陰森的迷宮中遊蕩，迷失在某條巷道時亦不哭泣，像只刺蝟般蜷起來，躲進暗沉沉的帷幕裡或壁龕下，有幾次空找到她時，她竟已睡著。

迷宮道路兩旁均繪有壁畫，模擬地獄景觀，間雜魑魅、妖獸以及党項文的咒語，極為血腥可怖，襯著她熟睡中的純潔面孔，有種說不出的奇異美感。

某次觀音奴深夜夢魘，終於痛哭出聲，反覆叫著鐵驪，空才知道她不是啞女，不由深為她的堅忍吃驚。

過得幾日，空在蕭鐵驪口中知悉這名字的意思，原來是契丹的古老部族之名。他推想這孩子來自遼國，但無論她來自哪裡，終將葬身於夏國饕餮之口。他藏在密魔之宮的這個孩子，已經為主人知曉，勒令他馬上獻祭。

滿月變成下弦月時，空抱著觀音奴離開密魔之宮。踏進建築在上一層的明神之宮時，他心中不忍，解開了觀音奴的穴道，不讓她在昏睡中告別這世界。她醒過來，屏住呼吸看著僧人，眼底盛滿恐懼。

空歎了口氣，方圓三百里內，他再找不到美麗如斯的孩子作替代，而密戒盟誓也不允許他偷換祭品，欺瞞主人。

觀音奴打量四圍，發現已經出了迷宮，但所到之處依舊不見天日。甬道幽暗，深紫色的帷幕沉沉地垂下來，因年代久遠，呈現深淺不一的斑駁痕跡，映著火把的光，彷彿一張張窺視的怪臉。她預感不祥，忍不住拚命掙扎，被空大力握住。

觀音奴的手掌漸漸冰涼，薄薄的汗水潤濕了空的手指，奪城那似花非花、似木非木的淡香便在空氣裡蔓延開來，彷彿走在五月的原野，讓人肺腑為之一清。

用奪城香來清潔這些孩子的血液，只須三日就已足夠，空卻餵了她月餘。他自己都驚奇這效果，低頭看觀音奴，她狠狠地瞪回去。

空推開暗門，突如其來的光亮讓觀音奴雙目刺痛，眼淚不可遏制地湧出來。隔著濛濛淚霧，她看到一個巨大的圓形墓室，散布的火盆中烈焰騰騰，映著四壁和圓頂上彩繪的天國景象，濃豔奇詭的顏色直欲滴到人衣襟上。儘管燃著火，空氣依然潮濕滯重，黏著人的肌膚。

空將觀音奴帶到早已備好的浴桶旁。她的手一直在他的掌中顫抖，那一刻忽然僵住，隨即緊緊地抓住他，指甲陷進他的掌心。

空掰開她的手指，亦在那刻，生出一絲憐惜。他根本無法對這孩子作徹底的清洗，她在大桶中咆哮、撕咬、踢打，將他弄得狼狽不堪，衣衫盡濕。

「夠了，將她帶上來吧。」一重簾後響起一個懶洋洋的聲音。

空手忙腳亂地給觀音奴套上白色棉布的小袍子，將她推到衛慕諒面前。火光中，觀音奴赤著雙足，頭髮和衣服都還濕答答地滴著水，她未經歲月剝蝕的臉，幼嫩如初發之花，光澤動人，氣息甘甜，散發逝去便不可再得的稚子之美。

衛慕諒的歎息從胸腔裡直透出來，將觀音奴放到祭臺上，輕輕撫摩著她的面頰。觀音奴只覺他的手所過之處，有如蛇行，令人作寒作冷。

衛慕諒狹長的眼睛微微瞇著，道：「空，這是我最滿意的一個。」他取出一個琉璃瓶，俐落地切開觀音奴腕上的靜脈，暗紅的血汩汩流到瓶中，血色漸漸豔紅，劇痛也化作鈍痛。觀音奴的意識有些模糊，火焰燃燒的畢剝聲也越來越遠。

衛慕諒突然低頭大力吮吸她的傷口，抬頭時一抹血跡自嘴角蜿蜒而下，襯著他瓷白的皮膚，分外醒目。他迷醉地道：「如此香醇，真是神賜的青春之泉。」

刺痛讓觀音奴清醒過來，她睜大眼睛，輕輕重複：「青春之泉？」清脆的童音突然在墓室裡響起，倒叫衛慕諒和沒藏空一怔。對這小女孩，衛慕諒沒用什麼禁制，所以觀音奴輕而易舉地抬手舔著傷口，露出可愛的笑容：「哦，青春之泉。」

衛慕諒喝過無數美貌孩童的血，沒一個有這樣古怪的反應，他以為她嚇得傻了。空卻不易察覺地笑了一下，想：「這荒野中長大的孩子，絕不憚於品嘗自己的鮮血。」

恐懼到了極限，也就無所謂恐懼。觀音奴拚命恫嚇衛慕諒：「我小時候被狼叼走過，可狼沒有吃我，把我當自己的小孩兒養了起來。後來遇到一個薩滿，薩滿說我是孤煞鬼轉生，所以連狼都不敢吃我。你想要青春之泉麼？喝吧，喝吧，不出三天，保管你的皮變得像老死的狗一樣鬆垮垮，裹著一包臭烘烘的血肉。」

觀音奴越說越流利，回想以前在兀剌海城時，見一個女真部的薩滿給人下咒，竟用党項語還原出來，連開場白都一絲不錯：「取一角指天、一角指地的牛來，取無名的馬來，正對華面，背對白尾，橫看生出雙翅的馬啊……」

這是詛咒殺父仇人的咒語，越到後面越是惡毒，音調極為淒厲。觀音奴心中憤恨，學得唯妙唯肖，連薩滿狂舞悲號的癲狂狀態也一併學來。她腕上之傷沒有癒合，舞蹈之時鮮血淋漓，濺到祭臺上、衛慕諒臉上。火光映著她嬌小的身子，在墓壁上變幻出妖異的巨影。

觀音奴似一隻爪子鋒利的鳥，在獵人掌中垂死掙扎。衛慕諒後退一步，拭去臉上的血，不知怎地，隱隱生出畏懼。天旋地轉中，她突然暈厥，空伸出手，穩穩接住。

衛慕諒面色青白，問：「死了麼？」

空替觀音奴敷藥止血：「還有一口氣兒。」

衛慕諒沉默良久，道：「好好看護，明天是十月初一，我要在佛前求一道辟鬼符，鎮住這小鬼，淨化三日後再喝光她的血。」夏國崇佛，開國皇帝嵬名元昊曾經下詔，規定每季第一個月的初一為禮佛聖節。

空點頭應是，心中卻想：嗜血而又怯懦的主人，同時供奉佛祖和邪魔的主人，果真能夠青春永生麼？倘若死去，將到達佛祖的西方極樂世界，還是吸血魔君的黑暗地獄？

深紫的暮雲低垂下來，壓著空曠無際的荒漠，西沉的太陽給粗砂和礫石鋪上一層黯黯的金。沒藏空一襲白衣，在漠上掠過。他極為招搖，想那個好管閒事、到處遊蕩的老頭兒，不至於看不見。

一直留意著沒藏空動靜的雷景行果然追了來，速度奇快，離空最近的時候只有六丈遠。空感到排山倒海的勁氣從背後捲來，甚至破開了迎面而來的風。空在極速的奔馳中一個鷂子大折身，與雷景行擦肩而過。他算得極準，取的角度正是雷景行力量達不到之處。

雷景行第一次與沒藏空正面交手，發現他功力極強，每每覺得觸手可及時，都被這滑不留手的傢伙逃走。雷景行追了半個時辰，熱火般的空氣漸漸冷卻，淺琥珀色的月牙懸在天際，照著荒野中的暗紅色陵城。

皇帝嵬名元昊殺死自己的母親衛慕氏後，為她修建了規模堪比帝陵的墳墓。赭紅色的雄偉神牆圍著占地一百八十畝的墓園，三十六座佛塔排列成蓮花形狀，拱衛著中央的巨大靈臺，翡翠色、金黃色的琉璃瓦當、琉璃鴟吻、琉璃脊獸以及佛塔頂端的琉璃寶瓶在月下折射出晶瑩的光芒。這座孤零零地建在賀蘭山皇家陵園之外的巨大墳墓，被居延人稱作暗血城。

空已逃到暗血城外，迅速翻過神牆，奔進西邊的一座佛塔，開啟機關後進入逶迤的地道。他停下步子，隨即覺得一雙腿軟得再也邁不動，熱汗沿著額髮滴下來，模糊了眼睛。

空將耳朵貼在地道的石壁上，辨出老頭兒在佛塔中兜了好幾圈，還伸指敲了敲裝有機關的四塊青石浮雕，延宕半刻後竟施施然去了。空甚是失望，鬆懈下來後又覺得慶幸，若不是他預先服下可令功力在半日內提高一倍的青罡風，只怕還未逃到此間就已被老頭兒追上。

這條地道繞過靈臺和封土，直通明神之宮的墓室，只有沒藏空和衛慕諒知道，他卻洩露給了一直在調查自己行蹤的對頭，然而他並不後悔。

十月初三夜，新月如簾鉤。

雷景行潛入城主府邸，在僕役居住的偏房裡找到蕭鐵驪，只說了一句：「我找到嬰鬼的巢了。」蕭鐵驪二話不說，跟了他便走。

月光淡似輕煙，黑黢黢的佛塔裡，雷景行在東西南北四面牆上各擊一掌，分別是佛教的施無畏印、尊勝手印、月光菩薩手印和賢護菩薩手印。他雖不解手印的意思，然昨日電光石火間瞥見沒藏空如此施展，便依葫蘆畫瓢地使了出來。

地道訇然而開。蕭鐵驪先跳進去，雷景行提防地道中還有機關，迅即跟上。一路風平浪靜，蕭鐵驪踏進半掩著門的墓室，一眼瞧見觀音奴被綁在祭臺中央，額上貼著符紙，雙腕的鮮血瀝瀝而下，滴在兩個琉璃瓶中。居延城主衛慕諒站在旁邊，舉著一個盛血的琉璃杯，嘴唇猩紅，襯著他雪白的肌膚，既妖冶又邪惡。

蕭鐵驪驚怒交迸，衝向祭臺。空抽出朝槿刀，斫向蕭鐵驪，中途突然變招，攔的卻是雷景行。雙刀相交，空覺出雷景行的動作並不快，每一個細微的變化都明晰可辨，卻似老魚跳波，瘦蛟騰空，舒緩中透出睥睨對手的刀意。

空有把握拆解這些招數，然而雷景行的力量如此強大，七尺之地，空氣如同膠質，空還擊時，便似有千絲萬縷牽繫著自己手臂，分寸盡失。

與此同時，蕭鐵驪已衝到祭臺前。觀音奴面龐慘白，氣息微弱，只剩眼睛還有一絲活氣。她望著蕭鐵驪，喃喃道：「哥哥，殺了他。」

蕭鐵驪恨得一雙眼睛變作赤紅，從靴統中抽出匕首向祭臺旁的衛慕諒撲去。養尊處優的衛慕諒如何擋得住這雷霆一擊，身子軟軟倒下。

沒藏空失聲道：「住手。」

雷景行大喝：「不可。」

然而蕭鐵驪的匕首已經穿過衛慕諒的胸膛，深至沒柄。少年毫不留情地拔出來，在衛慕諒衣襬上拭淨，轉身替觀音奴解開鎖鏈，包紮腕上的傷口。

觀音奴輕輕歎息，彷彿風吹鈴蘭的聲音，靠著蕭鐵驪合上眼睛，昏睡過去。蕭鐵驪數著她細弱的呼吸，心情如同雨後的天空，清澈空明，伸展到極遠之處。

空茫然地瞪著衛慕諒的屍體。他的本意只是讓老頭兒來攪局，救下那孩子，不料竟送了主人的性命，沒藏氏誓言要代代守護的主人。

雷景行卻瞪著蕭鐵驪，滿心懊惱：「早就知道這少年出手決絕，自己千不該萬不該，竟巴巴地跑到府裡將他帶來。呼吸間斷送一個人的性命，他卻如此篤定安然，簡直令人髮指。」老頭兒氣得頓足。

空的朝槿刀挽出一個極大的刀花，彷彿朝開暮謝的雪色木槿，帶著死亡的氣息刺向蕭鐵驪。蕭鐵驪觸到花蕊中那一星雪亮，避無可避，只有鬆開觀音奴，擋在她身前。

雷景行哼了一聲，後發先至，一手抓著蕭鐵驪，一手抓著觀音奴，全速衝出墓室。衛慕諒的死是疏失，現在若還有人橫屍在他面前，他該到神刀門的祖師爺面前磕頭謝罪了。

空追出三十里地，雷景行固然甩不掉他，他要想在雷景行手中奪人，卻也極難。最後蕭鐵驪不耐，冷冷道：「我，契丹蕭鐵驪，殺了衛慕諒。這老頭兒和我不是一路的，不會一直攔著你，想報仇，以後還有機會。我妹妹傷重，禁不起這麼折騰。」

空看著蒼白如紙的女孩，風中飄來奪城的淡香。無論她到哪裡，他都可以循香而至。忖量形勢，空轉身離開，月光照著他的背影，輕飄如鬼魅。

蕭鐵驪垂下頭，對付這等身手，他其實毫無辦法。

雷景行聽蕭鐵驪的話意，忽然覺得這小子有趣，合了他的脾胃。

西元一一一五年，即宋國政和五年，徽宗皇帝已不似即位時那般勤政，醉心於花石美人，對外則強力開邊，童貫於此年春天大舉進攻夏國。

亦即遼國天慶五年，遼之部族女真，其首領完顏阿骨打自立為帝，國號大金。遼國天祚帝耶律延禧統兵十餘萬伐金，大敗，退守長春州。

而夏國的一名小城主暴亡，雖然是其親族之痛，在歷史上並沒留下半點痕跡。

衛慕諒的獨女銀喜一身縞素，在葬禮上問沒藏空：「你說，殺死父親的人就是蕭鐵驪？」她的拇指上戴著衛慕氏與沒藏氏盟誓之戒，成為空的新主人，所以空恭謹地回答：

「是。」

衛慕銀喜雙手握拳，低聲重複了一遍：「蕭鐵驪。」

党項人屬於羌系民族，最重復仇，不死不休。她極目遠眺，回想那日街中所見少年，誓言這一生要以蕭鐵驪之血和酒，盛於蕭鐵驪的頭骨碗中痛飲。

注：

《舊唐書》卷一九八《党項傳》：「尤重復仇，若仇人未得，必蓬頭垢面，跣足蔬食，要斬仇人而後復常。」

《遼史》卷一一五《西夏外紀》：「喜報仇，有喪則不伐人，負甲葉於背識之。仇解，用雞豬犬血和酒，貯於髑髏中飲之，乃誓曰：『若復報仇，穀麥不收，男女禿癩，六畜死，蛇入帳。』有力小不能復仇者，集壯婦，享以牛羊酒食，赴仇家縱火，焚其廬舍。俗曰敵女兵不祥，輒避去。」

其實史書的意思是，西夏的党項族重視復仇。如果仇恨化解，要搞一個用骷髏頭喝血酒的儀式，並立下毒辣的誓言，表示不會再去尋仇。我用的時候變通了一下。從這段史料看，西夏女子頗勇悍。

第六折　瀚海迷蜃景

蕭鐵驪帶著觀音奴逃離居延，沒藏空綴在後面，卻不動手。雷景行暗中護著兩個孩子，這一路追逐，倒成了他和空的較量。

蕭鐵驪起初還繃著神經，後來就鬆弛了，只對觀音奴道：「我們逃不出去了，多半會死的，你怕不怕？」

觀音奴伏在蕭鐵驪背上，叫了聲哥哥便沒言語了。她素日都是鐵驪長鐵驪短的，只有求他什麼事時才肯喊哥哥，聽得他一慟。

觀音奴腕上的傷口灼熱疼痛，也只是捱著，從不抱怨。若痛得狠了，就使勁咬著蕭鐵驪的衣領，把質地堅韌的土布咬得綿軟稀爛。雷景行忍不住現身，用神刀門的藥替她療傷。他手上忙活，嘴也不閑，問蕭鐵驪：「少年人，你是塊練刀的好料子，可願做我弟子，學我功夫？」

蕭鐵驪的刀術學自亡父，用於戰陣廝殺時雖然有效，比之雷景行的神刀卻是望塵莫及。此刻聽雷景行問起，不禁心馳神往。他還未答話，觀音奴已搶著道：「鐵驪自然願意。」

雷景行笑道：「神刀門規矩不多，只有一條，『神刀門下，不殺一人』。入我門來，再不能動殺戒，否則會被廢掉武功，逐出門牆。」

蕭鐵驪和觀音奴頓時面面相覷，他們長於草原，信奉的是強者生弱者亡，只覺這規矩莫名其妙，無疑伸著脖子等人來砍。蕭鐵驪道：「我不愛殺人，不過傷我妹妹者，必殺；奪我族人土地牲畜者，必殺。殺不過，只好給人殺。你這規矩稀奇古怪，我做不到。」

雷景行愣在當地，看他背著女孩揚長而去，感到非常挫敗。這世間不知有多少學刀之人渴望躋身神刀門，蕭鐵驪卻將送上門的機遇推掉，況且沒藏空窮追不捨，若能托庇於雷景行刀下，只怕就逃過了這一劫。方才雷景行只是愛惜人才，動了收他為徒的念頭，現在卻鐵了心要收服這烈性的小子。生死關頭尚能堅持自己，不輕許言諾，他很得雷景行激賞。

沒藏空調集人手堵住巴丹吉林沙漠以外的所有通道，只要蕭鐵驪回頭，必遭遇凶狠的狙殺，漸漸將他逼入沙漠。空此時的目標不光是蕭鐵驪，連雷景行也算了進去。

初時是戈壁，還可見到胡楊、駱駝刺等，到後來黃沙漫漫，植物越發稀少，幸而還有泉水可飲。

巴丹吉林沙漠中散布著一百多個沙間湖泊，多是鹹水，也有甜泉，蔚藍清透的水映著金黃沙山，一幅瑰麗而高遠的畫卷在他們面前徐徐展開，似乎永無盡頭。人行其中，那盤亙了千萬年的空曠和寂靜便一點點壓下來，消泯了初見沙漠美景的新奇。

雷景行一路緊隨兩個孩子，喋喋不休地講述俠者以刀劍活人的道理，期望他們回頭跟自己走，奈何蕭鐵驪與觀音奴自小浸染弱肉強食的草原風氣，他的話如同秋風過馬耳。觀音奴還反過來問雷景行：「你師父是誰啊，為什麼要這樣為難你，不怕你給人殺掉麼？」

雷景行為之氣結，「神刀門立派八十年，還沒有弟子因為遵守戒條把命送掉的。想我祖師冼海聲，刀法練至通神之境，神刀一出，木石皆成琉璃，天地可回轉，刀勢不可轉，所以誤傷心愛之人，斷送了她的性命。祖師爺傷心之下，才規定門下弟子戒殺，贖神刀之孽。這功夫練到極處，真會失了控制，不由自己做主呢。」雷景行說著，露出敬畏的神色。

觀音奴聽得大為心動，暗想鐵驪若練成這種功夫，可真是了不得，探詢地看了蕭鐵驪一眼，他只是搖頭，「這種規矩，我確實是做不到的。」觀音奴吐吐舌頭，不再理會雷景行。

那年的氣候很反常，已是秋末，沙漠中依然炎熱難耐。天空沒有一片雲，熾烈的陽光烤著漫漫黃沙，一呼一吸間，空氣如同流火，灼得人喉嚨生痛。昏沉中，觀音奴突然覺得耳邊沒了老頭子的聒噪，倒有什麼滴到自己手上，側頭去看，原來是鐵驪的鼻子在流血。

蕭鐵驪木著一張臉，彷彿薩滿作法時用的傀儡，麻木地挪著兩條腿向前跋涉。觀音奴心中恐懼，眼淚不自禁地流下來，帶著奪城的微香，打濕了他的後頸。

蕭鐵驪一個激靈，清醒過來，聽觀音奴哭著求他：「哥哥，放我下來，我自己走。」

他用袖子擦掉臉上的血，低聲道：「觀音奴別哭，喝進去的水變成眼淚出來，可惜得很。」她果然立刻收聲，他慢慢安慰道：「到了綠洲，我會放你下來自己走。現在若停下來，我就再也邁不動步子了。」

蕭鐵驪一行已被逼到巴丹吉林沙漠的中部，此處的沙山密集而高大，然長天與黃沙相接之處卻有一片煙波浩淼的大湖，湖畔有深紅的林木婆娑起舞，月白的城郭巍然聳立。碧沉沉的湖水起伏搖盪，讓身處火焰地獄的人們感到無限清涼。

蕭鐵驪執著地向著湖水走去，渾不知這是當地人俗稱的「陽炎幻境」，即因地表空氣和上層空氣的密度差異，光線發生折射而結成的下現蜃景。

雷景行追上來，見到蕭鐵驪的神色，吃了一驚，喝道：「這是海市蜃樓，你走一輩子也走不到的。」

觀音奴奇道：「什麼海市蜃樓？」

「就是蛤妖吐氣結成的幻境。我在海邊，也常見到雲霧繚繞的蓬萊仙島，連仙人們的宮室車馬也歷歷可辨。喂，傻小子你給我站住，這種虛無縹緲的東西，可不能當真。」雷景行拉住蕭鐵驪，煩惱地撚著鬍子，「今天沒見衛慕家的人來滋擾，我覺得不對勁兒，方才去查探了一下，附近連個鬼影都沒有。我琢磨他把你們逼到這兒，肯定有什麼陷阱。我們不熟悉沙漠的地形和天氣，到時候要吃大虧。」

蕭鐵驪筋疲力盡地點點頭。雷景行歎了口氣，道：「我懶得跟你這強牛耗了，入不入神刀門都隨你的便，只是明天一定要走出這些沙山。我的駱駝雖然被衛慕家的人射殺了，腳程還是比你們快得多，拚得幾日，一定會把你們帶出這鬼沙漠。」

蕭鐵驪放下觀音奴，後退半步，跪左膝，屈右膝，向雷景行深深行禮，「你救了觀音奴，又對我們這樣關切，蕭鐵驪無以為報，只能向黑山大神起誓，我雖做不成像你這樣的人，但從今以後，蕭鐵驪若殺死一人，必救十人來贖自己的罪愆。」

雷景行白眼道：「你救再多的人，死的還是死了。無論一個人有多壞，你以為我們有資格去決斷他的生死麼？」

蕭鐵驪不以為然，但也不與他爭辯。當晚他們宿在沙漠中，下半夜時觀音奴凍醒過來，往蕭鐵驪懷裡鑽，他用力攬住她。涅白的月亮掛在藍琉璃似的天上，月光粼粼，黃沙杳渺，這一天一地的清寒襯得其中之人如同草芥沙粒。

觀音奴感到一種莫可名狀的空虛和悲酸，想要放聲一哭，卻又不知因何而哭，只拉了蕭鐵驪的手道：「哥哥，我討厭沙漠，我很想回家。」

「回家？」天地雖大，蕭鐵驪並不知道家在何處，但他道：「好，如果這次逃出沙漠，我一定帶你回遼國。」一想起故國，他忍不住仰頭長嘯，清亮的嘯聲在空曠的沙漠中傳得甚遠。

雷景行捂住耳朵，側過身又睡著了。

火紅的太陽騰出地平線，溫度節節上升，灼熱的一天又開始了。

雷景行取出羅盤定了方向，提起蕭鐵驪和觀音奴開始飛奔，只見黃沙中掀起一股煙塵，筆直地劃過重重疊疊的沙山。此地流沙甚多，徒步行走時稍不留神就會塌陷進去，然而雷景行輕功超卓，帶了兩個人依舊輕捷如雁。

雷景行跑了半個時辰方才休息。他們在一個微含濕潤之氣的沙丘落腳，雖然取不到水，但長著疏疏落落的植物。雷景行啃著沙棗，快活地道：「我們很快就可以走出沙漠，吃燻肉喝老酒了。」

蕭鐵驪極其不安，要一個老人抓著自己和觀音奴的衣領逃亡，縱然他有神一般的力量，仍是令人羞愧之事。

三人走走歇歇，到那日午後，天邊突然響起悶雷般的隆隆聲，一團碩大無朋的黑雲幽靈一般出現在他們的視野中，彷彿漆黑的海水在翻騰湧動，一浪高過一浪。北邊的天已經完全暗了下來，南邊仍是豔陽高照，如同晝與夜同時出現，詭異而美麗。

雷景行訝然道：「這雲來得蹊蹺，怕要起大風了。」他與蕭鐵驪沒有經驗，不知道這是比普通沙塵暴要強烈幾十倍的黑風暴，仍站在原地觀察這奇特的天象。

黑雲以極快的速度逼近沙漠，風暴中央極度低溫的雲團與地表的滾燙空氣接觸後，開始了猛烈的熱力交換，並形成巨大的空氣渦輪，揚起大量沙子，一面高達八十丈、寬達二十里的沙牆平地而起，如同海嘯時的巨浪般向前推進，天地也為之傾側。

雷景行拉著兩個孩子亡命而逃，奈何黑風暴的狂暴力量已經完全爆發出來，並因熱力交換變得更具破壞性。它驅策著那些高大的沙丘滾滾而來，彷彿洪荒時吞噬天地的怪獸，變得越來越龐大，迅速淹沒了三人。

明豔的陽光最後一閃，天突然黑盡了，風沙猛烈地撞擊著他們的身體，把他們的衣服絞成碎片，在一瞬間把他們變成瞎子和聾子。

即使功力深湛如雷景行，也絕無可能在這樣的風暴中奔行。他只能在墨汁般的黑暗裡，用千斤墜的身法定住身子，並死死抓住兩個孩子的手腕。

雷景行提起一口真氣，大喝道：「蕭鐵驪抱緊我的腿！」這一喊，他口中立刻灌滿沙子，而聲音傳到兩人耳中時已變得很弱，蕭鐵驪摸索著抱住雷景行鋼澆鐵鑄般的腿。

雷景行騰出右手，迅速點了兩人的十二處重穴。他用了南海神刀門的胎息法，能令人在沒有空氣的環境中存活一個時辰。一個時辰後若不解開穴道，將經脈寸斷而亡，卻也好過埋在沙中即時窒息而死。

雷景行帶著兩人向沙中墜去，沙面起了一個小小的漩渦，很快淹沒他們的頭頂。

雷景行在沙底度過了一生中最為漫長的光陰，每一刻都放至無限長，把他的心搓圓捏扁。他擔心風暴逗留的時間超過一個時辰，胎息法會斷送兩條鮮活的生命；倘若到了時辰解穴出去，他又沒把握在黑風暴中保全兩人。

幸而黑風暴不會長時間地滯留在某處，半個時辰後，雷景行聽到風聲轉小，那咆哮的怪獸漸漸遠去。他定下神，匯聚真氣，使個一飛沖天式，想破沙而出，豈料沙面堆積極厚，他又帶著兩個人，衝到一半便墜下來，反而滑到沙海深處。他改用旱地拔蔥式，依然無果，不得不費力挖出一條地道來。

挖了半晌，雷景行的頭露出沙面，鬚眉鬢髮掛滿沙粒，像極了子午沙鼠。他游目四顧，發現黑風暴確實走了，歡呼一聲，將蕭鐵驪和觀音奴拉出來，拍開他們的穴道。三人沒有衣服蔽體，滿面黃沙，互相打量著，忍不住大笑。

太陽重又露頭，猩紅顏色，掛在森藍的天空上。沙丘的曲線非常平滑，向光之面鬱鬱如血，背光之面沉沉如夜，整個沙漠如同上天憤怒的畫作，光與暗，殷紅與深黑，反差大得令人戰慄。三人方從黑風暴中逃生，對這異象反而不以為異。

一路上遇到野駱駝的屍體，以及風暴捲來的各色東西，惜乎被撕扯得破破爛爛。他們甚至撿到一匹還算完好的杏紅細布，這布織造時將片金纏繞在棉紗上，華美而堅韌，三人各圍一塊，相攜而去，心中均覺溫暖親近。

第二日，沒藏空陪衛慕銀喜來檢視此處。銀喜遲疑地道：「就是這裡麼？」

空道：「我費了很多心思，才把他們逼到風勢最盛之處，斷然不會錯的，主人放心。」

衛慕銀喜望著綿延的沙丘，怏怏道：「這樣就死了麼？這樣就報仇了麼？我甚至找不到他的屍體，割下他的頭顱呈於父親墓前。」

空慢騰騰地道：「應該讓主人手刃仇敵的，但保護他們的老頭兒太過強大。把他們逼進沙漠後，發現有黑風暴的苗頭，才想了這法子，連那老頭兒一起解決。」

空彎腰抓起一把沙，收緊拳頭。沙粒溫暖而硌人，他想：「那漂亮而凶狠的女孩，躺在哪一片沙下呢？這樣死去，好過主人的零碎折磨吧。」

雷景行等三人自北而南，穿過巴丹吉林沙漠，到達弱水上游的宣化府。宣化乃絲路重鎮，在漢代呼作張掖郡，取張國臂掖、以通西域之意，西魏時更名甘州。此地風光明麗，物產豐饒，有塞上江南之稱，曾被吐蕃人及回鶻人占據，宋國天聖年間歸於西夏。

行至宣化，仍無衛慕家的人出現，可知是相信他們葬身沙漠了。雷景行想到此節，對蕭鐵驪道：「這黑風雖然駭人，倒也替你去了個大麻煩。夏國人最重復仇，倘若知道你沒死，必定糾纏不休，咱們當然不懼，可也磨人得很。」

蕭鐵驪聽他說「咱們」，心中一暖。這一路行來，多得雷景行照顧，蕭鐵驪雖獨行慣了，且答應帶觀音奴回遼國，卻不知如何向他開口辭行，當下只說了聲是。

雷景行知道蕭鐵驪不愛說話，轉向觀音奴指點此間風物，觀音奴好奇心甚強，凡沒見過的物事都要追問，一老一小唧唧噥噥，親熱得很。

在宣化城外三十里的驛亭打尖時，趁蕭鐵驪去飲馬，雷景行歎了口氣道：「觀音奴啊，我瞧鐵驪要帶你離開嘍，可真捨不得你們。」

觀音奴點頭：「嗯，鐵驪要帶我回遼國。」

雷景行乾咳一聲：「那個，鐵驪一直不肯學神刀門的功夫，我也就不勉強他了，可觀音奴根骨上佳，不學很可惜呀。你一個小姑娘，又不和人打打殺殺，遵守神刀之戒很容易的。」

觀音奴以手支頤，眼珠轉來轉去，「如果我學成的話，可以教給別人麼？」

雷景行眼中精光一閃，笑道：「你將神刀的功夫練到第七重時，就可以收徒弟啦。」

觀音奴躊躇起來：「第七重很難練麼？」

雷景行含糊地道：「這要看各人的天賦，說難也難，說容易也容易。」

觀音奴拖長聲音道：「哦。」

兩人各有算盤，相對發呆，蕭鐵驪回來，只覺氣氛古怪，卻不知這一老一小都在算計他。入城後，雷景行帶著他們左穿右插，來到一條僻街，綠樹蔭蔽的小院，結滿累累黃梨。

雷景行敲了半天門，無人應答，索性帶著蕭鐵驪和觀音奴逾牆而過。院中似乎久無人住，熟透的梨子落到地上，漚得久了，空氣裡浸染著酒般香味。

雷景行輕車熟路地摸進去，在書房中一陣亂翻，嘴裡念念有詞：「奇怪，老鬼把我的箱子收在哪裡？」末了在暗格裡找出一個藤箱，打開來，滿滿的都是羊皮面簿子，還有一卷舊畫。

雷景行將書房中原來掛著的老子騎牛圖一把扯下，換上箱子裡翻出來的舊畫，拖一張圈椅坐定，清清嗓子，道：「觀音奴可以拜師了。」

觀音奴不理會蕭鐵驪的納悶眼色，按雷景行的指點行禮如儀，發誓會遵守神刀之戒。她行完禮站起來，笑嘻嘻地指著畫卷上的人問：「師父，這個就是祖師爺爺麼？」

畫上是個白衣紅裳的女子，長長的裙裾直要拖出圖外，手臂卻裸露著，顧盼間光輝照人。畫卷已經微微發黃，她的美麗卻不褪色，熱帶陽光一般灼人。

雷景行歎了口氣，「不，她是祖師爺的小師妹，也是神刀門唯一將刀法練到第八重『萬里雲羅界』的女子。假以時日，她也許能像祖師爺一樣達到第九重『磨損胸中萬古刀』。可惜祖師爺與人決鬥時誤殺了她，以祖師爺功力之深，竟也不能回轉。後來，祖師爺立下神刀之戒，要我們修習這種毀天滅地的武功時，有悲憫世人的胸懷，努力克制自己的殺性。」

觀音奴的眼睛滴溜溜轉著，追問道：「一邊修習，一邊克制，這功夫要怎麼才練得好呢？」

雷景行悚然動容，觀音奴的話逼著他直面長久以來不願深想的疑惑，他的十指緊緊交扣，緩緩道：「確實，神刀門歷代弟子，最傑出者也只能練到第八重『萬里雲羅界』，我不過練到第七重的『潔然自許界』而已。修武與養性，似乎相悖，其實是我們沒有徹悟，這絕不能成為違反神刀之戒的理由。觀音奴，倘若你有一天殺了人，那你在我這裡得到的，我將全部收回。」

室中忽然靜了下來。蕭鐵驪站在窗邊，風中吹來釅釅的醉梨味道。聽著雷景行和觀音奴說話，他有些恍惚和悲傷，沒料到觀音奴與他如此疏離，這等大事也不與他商量。觀音奴卻於此時抬眼看他，他熟悉這樣的眼神，意味著不惜一切代價、不計任何後果地爭取想要的東西。

雷景行覺得剛才說的話太重，輕輕拍著觀音奴的背，安慰道：「你的根骨極佳，比你哥哥也不遜色，我會好好教你。」

觀音奴卻跑到蕭鐵驪身邊，拖著他的衣角道：「師父，雖然鐵驪不能遵守神刀之戒，但我不要和鐵驪分開。」

雷景行笑道：「那是當然。」他眼睛發亮，笑得像隻狐狸，「看鐵驪這幾天欲言又止，想必對我們的行程有什麼打算。我已經取到了存在朋友這兒的東西，接下來怎麼走，嗯，鐵驪你說說看。」

蕭鐵驪有種落入套中的感覺，看著這一老一小，悶悶道：「我要帶觀音奴回遼國。」

「呵……」雷景行伸了個懶腰，「正好我沒有遊歷過遼國。今天咱們歇在這兒，明天就動身到刪丹吧。」

第七折　飄飄何所似

自西涼府往東，蕭鐵驪一行繞過騰格里沙漠，沿夏國與宋國的邊界，緩慢地向遼國而去。雷景行喜歡遊歷山川、品嘗美食，又是天下第一好管閒事之人，哪裡出了妖鬼奇談、詭祕懸案，他必聞風而至，誓要弄個水落石出，有時竟滯留某地一年半載，是以他們行進的速度極慢。到達宋、遼、夏三國交界的濁輪川時，觀音奴已經十三歲，蕭鐵驪更成為寬肩長腿的魁岸男子。

五年間，雷景行將神刀門的碧海心法和神刀九式傾囊相授，觀音奴穎悟，且能舉一反三，令他欣喜異常。時間長了才發現，她並不熱衷神刀九式，可以轉授蕭鐵驪的碧海心法和輕功要訣倒是格外上心。

這鬼靈精怪的女孩，一開始就迫不及待地問他：「師父，你想不想當師公？」

雷景行頓時嗆住，心裡明鏡似的，緩緩道：「也沒什麼想不想的，你要牢牢記住，不守神刀之戒，絕不能學神刀九式。」

觀音奴心領神會，磨著蕭鐵驪與她一起練碧海心法。蕭鐵驪耿直之人，如何禁得起她巧言令色，百般糾纏。幾年下來，懶怠練刀的觀音奴進益不大，蕭鐵驪的刀法卻是一日千里，讓雷景行心癢難耐，整日想著把蕭鐵驪真正收歸門下。奈何蕭鐵驪侍他如師如父，卻抵死不學神刀九式，只恐一入套中，終生不得自由。三人一路行來，頗不寂寞。

觀音奴在神刀九式上不甚用功，卻愛讀書。某次她聽雷景行用漢話吟誦《涼州詞》，頓時驚歎豔羨，只覺音韻之美，無以復加，央著雷景行教她。識得漢字後，她便將雷景行藤箱中的羊皮卷當作書來讀。卷中記的都是雷景行遊歷所見的山川地理、風俗人情和奇聞軼事，令觀音奴對中原的花花世界生出無限嚮往之心。

這日行到濁輪川，三人在河邊打尖休息，雷景行取出簿子勾畫此間地理，觀音奴捏著一卷羊皮書呆了半晌，忍不住問雷景行：「師父，你這一卷裡，為什麼起首一句就講『湖山信是東南美』，真有那樣美麼？」

雷景行擱下筆，笑道：「這話卻不是我說的，是蘇夫子《虞美人》中的句子。」當下將這首詞念了一遍。紹聖四年蘇東坡貶謫海南，與當地士子多有交遊，雷景行彼時仍在師尊座前，見過蘇東坡數面。雷景行雖為海南黎族，習的卻是漢家文化，對蘇東坡頗為仰慕。

觀音奴聽了一遍便能琅琅重述：「湖山信是東南美，一望彌千里。使君能得幾回來？便使樽前醉倒更徘徊。沙河塘裡燈初上，水調誰家唱？夜闌風靜欲歸時，唯有一江明月碧琉璃。」一時心中起誓，他朝要去見識這碧琉璃似的湖山。

蕭鐵驪在旁邊聽得好生氣悶。他覺得漢話佶屈聱牙，若非雷景行和觀音奴愛說漢話，他原不耐煩去學，忍不住拔刀而起，一舒胸中悶氣。

蕭鐵驪習的仍是亡父傳授的刀法，然已非昔日吳下阿蒙，每一刀揮出，皆有風雷之聲。只是碧海心法與神刀九式相得益彰，與他的刀路卻不合，用力時常感到窒礙不通。

觀音奴習刀五年，雖不甚用心，這一點倒也瞧得出來，蹙眉瞅著：「怎麼就這麼彆扭呢，師父？」

雷景行微微一笑，低不可聞地說了一個快字。

觀音奴一愣，琢磨道：「何以見得快就是好？」

雷景行緩緩道：「鐵驪本來就天生神力，修習碧海心法後，經脈中更是勁氣充盈，然而蕭氏刀法講究穩和狠，並不求快，於是他每一刀揮出，都似江海潮生，卻生生地把這潮水給截住了，爾後再揮出下一刀，怎麼會不彆扭？」

觀音奴大悟，叫道：「鐵驪，你使刀的時候快點兒，不要斷！」

蕭鐵驪聞言加快出刀的速度，起初舉輕若重，沒了章法亦失了平衡，到後來漸入佳境，只覺全身毛孔豁然大張，快美難言，而勁氣與刀意合二為一，指東打西，無不如意。使到最後一式，漫天刀影斂去，方看見一個魁偉男子立於河岸，身後被烈烈刀風捲起的河水緩緩平復。觀音奴看得心花怒放，大力拍手叫好。

至濁輪川邊拔刀一舞，蕭鐵驪已窺見刀之堂奧。

進入遼國西境，蕭鐵驪聽路人傳言，新興的金國在短短數年間侵吞了遼國寧江州、沈州、東京遼陽府一帶的大片土地，西京道雖無戰事之憂，然而末世的飄搖動盪之感已悄悄潛入人心。

宋真宗景德元年，遼宋訂立澶淵之盟，宋國每年向遼國納銀絹三十萬，換來遼宋邊境百餘年的和平；宋徽宗宣和元年，宋國與金國祕密締結海上之盟，約定聯合攻遼。國家間的盟約，自然因時勢變化，而東方的莽蒼大地，血腥即將再起。

朝堂上的變動，不是草芥小民所能預知，蕭鐵驪憂心的亦不過是族人的安危。金國奪去東京，離上京雖不近，卻也不遠了。於是晝夜兼程，與雷景行和觀音奴趕至涅剌越兀部的春季營地。

遼天慶十年（一一二〇年）二月。早春的風依然砭人肌膚，草原上卻已浮著一層茸茸綠意。蕭鐵驪放馬馳過，想到十三年前帶觀音奴出走時的光景，心中一陣酸一陣痛，也說不清是什麼滋味，轉頭瞧她，卻笑盈盈地歡喜得很。

將近部族的營盤時，遇到大隊馬群轉移，蹄聲隆隆，煙塵蔽日。三人不想攖其鋒，側身避讓，待馬群過完，才發現後頭還有人緊緊追趕，箭矢如雨，射向趕馬人。

一支流矢飛過蕭鐵驪面前，他反手接住，看到箭尾上刻的標記，疑惑道：「是咱們部族的箭？」

此時追趕的人已離得近了，觀音奴側耳聽著風中傳來的叫罵之聲，怒道：「光天化日之下，竟有人搶了咱們涅剌越兀的馬，我去追回來。」蕭鐵驪不及阻止，她已縱馬而去，捷如閃電。

逼近馬群時，觀音奴突然鬆開馬韁，和身撲進馬群。只見一領輕飄飄的月白舊衫，在馬背上御風而行，遠望去便似踏在驚濤之巔，好看煞人，也驚險煞人。須知馬是活物，又在疾行之中，倘若她行差踏錯，從一匹奔馬躍到另一匹奔馬時落空，即遭群馬踐踏，橫屍當地。

蕭鐵驪心急如焚，急著衝進馬群追她，卻被雷景行控住馬籠頭。老頭兒斥道：「慌什麼，觀音奴的『清波樂』步法，已經算得武林第一流了，這個陣仗還難不倒她。」他看著她在馬背上自如奔馳，又有些恨恨的意思：「若她練『神刀九式』也似練『清波樂』這般用心……」

說話間，觀音奴已攆上了奔在頭裡的赤髯馬。她跳上頭馬脊背，伏低身子，抱住馬脖子，雙腿夾緊馬肚。

赤髯馬是還沒去勢的兒馬子，性情暴烈，連主人也不曾騎過的。觀音奴這一坐上去，激得牠暴跳狂嘶，使出混身解數要將她甩下去。然而不論赤髯馬如何鬧騰，觀音奴就像黏在牠背上一般。她修習碧海心法，力量綿綿不絕，就是草原上的成年男子也遠遠不及。

終於，赤鬚馬的凶悍抵不過觀音奴的頑強，筋疲力盡地在她面前低頭。她輕而易舉地驅策牠轉向，群馬跟著頭馬一起回轉，後面的趕馬人揮響長鞭，大聲呵斥，馬群回頭的洶湧之勢卻無法逆轉了，只得向兩邊閃開，唯有一人一馬在逆流中安然不動。觀音奴與那人交錯而過，又愕然回頭，只見淡青天地間，黑色風帽下，一雙矢車菊似的藍眼睛向她望過來，極清極深的藍，漩渦般令人沉陷。

驚鴻一瞥後，觀音奴已被馬群裹挾而去。涅剌越兀部的牧馬人見馬群回來，大聲歡呼，及至看清觀音奴，全都怔在當地。誰也沒料到，竟是如此纖細的少年帶回了馬群，猶帶稚氣的淺蜜色臉蛋，輪廓完美，汗珠晶瑩，日光下漂亮得讓人不敢逼視。她笑著道：「師父，鐵驪，我把涅剌越兀的馬奪回來了。」

牧人們正忙著將馬攏在一起，忽聞嗖嗖數聲，七支羽箭向觀音奴背心的要害釘來，第七支箭幾乎與第一支同時到達，竟是最難練的「七連珠」。觀音奴坐在赤鬚馬上紋絲不動，微微仰起下巴。

蕭鐵驪一躍而起，揮刀斬下，削落七支羽箭，凜冽刀風在草地上劃出一道深九分、長八尺的直溝。這一刀剛勁俐落，激起一片彩聲，唯雷景行看著地上乾淨筆直的軌跡，默然不語，想：「這般飽滿，這般精純，師尊極盛之日，也不過如此。鐵驪不肯學神刀九式，實在可惜。」

搶奪涅剌越兀馬匹的一干人圍上來，當先的胖子身著輕甲，背負強弓，便是方才放箭的射手。胖子氣勢洶洶地喝道：「大膽暴民，竟敢妨礙我們辦差。這是東路軍徵用的馬，抗拒不交的，就地格殺。」

遼國十五歲以上、五十歲以下男子，皆隸兵籍。涅剌越兀的牧馬人同時也是本部族之兵，聞言揮著手中短鉞，罵道：「放屁，皇上的旨意是十匹裡徵用一匹，涅剌越兀的大小馬群加起來，只合徵五百匹，現在你取走兩千五，也他娘的抗旨。」

另一個年紀較長的牧馬人，撚著鬍鬚，不冷不熱地道：「東路軍一直與女真人耗著，需要補充軍馬，我們該當出力。只是涅剌越兀也有守土之責，你把馬弄走一半，女真人要打過來，我們使什麼？」

胖子呸了一聲，拔出腰刀。雙方各有數十之眾，盡皆露刃張弦，氣氛頓時緊張起來。

便在這時，一位黑衣藍眸的男子插進兩幫人中間，自馬上俯身，凝神看著蕭鐵驪刀劈的痕跡。他氣質清冷，俯仰間眼似寒泉，眾人凡與他目光對上，盡都偏頭避讓，只覺一股子涼意直扎進骨頭裡去，那目光裡竟似附著種莫可名狀的冰冷魔力，消解了人心中的爭鬥之意。

唯雷景行袖手而立，皓首藍衫，乾癟瘦小，一雙眸子卻清光內蘊，與這黑衣男子坦然對視。

胖子垂下刀尖，示意手下退後兩步，恭敬地道：「嘉樹法師路過此間，不知有什麼吩咐？」

黑衣男子淡淡道：「也沒什麼，只是路過涅剌越兀，想跟主人借宿，正好遇到有人矯旨行事。」他望向蕭鐵驪和觀音奴，贊道：「兩位好俊的功夫，實在是契丹年輕人中的翹楚。」

觀音奴見他不過二十來歲的年紀，說起話來卻老氣橫秋，忍不住朝他扮了個鬼臉。那男子微微一怔，轉過頭去。

胖子的臉上一陣紅一陣白，態度頓時大變，與牧民們好生商量，圈了五百匹馬走。牧民們沒料到事情如此輕鬆解決，擁上來向觀音奴等人道謝，她笑嘻嘻地道：「謝什麼，我們也是涅剌越兀部的。」

四人被牧民們簇擁著回到部族的營盤。不過半日，黑刀迭剌一雙兒女的好本事便加油添醋地傳遍了各家氈房。入夜後，營盤外的空地上燃起篝火，歡迎貴客光臨及兄妹回歸。蕭鐵驪不習慣這樣的熱鬧，觀音奴卻玩得甚是開心，與部族中的少女一起大跳渤海踏錘舞。

契丹人本就善舞，觀音奴的身手尤為輕靈，又慣著男裝，遠望去宛然一名俊秀少年，踢踏迴旋於一幫女孩子間，令雷景行大樂，一邊飲酒，一邊擊節。

那黑衣男子也在座中，熊熊燃燒的篝火映在他蒼白的臉上，彷彿極北之地的冰雪塑成，連火焰的熱力與牧民的熱情都不能使之融化。

觀音奴跳得發熱，停下休息時，忽然覺得身後異樣，轉過頭，見暗影裡一個鬢髮斑白的婦人手挽木桶，呆呆地望著自己，水灑出來也不知道。

觀音奴向她走去，那婦人慌忙後退，木桶傾側，餘水盡潑在她的裙子上，益顯狼狽。觀音奴托住她，笑道：「大娘，我幫你。」

婦人直起腰：「不用啦。」她躊躇片刻，低聲問：「你叫觀音奴？」她容顏老去，依稀可辨出昔日風采，彷彿一束舊年的絲，光澤已黯，顏色已褪，卻還有輕柔的美感，是草原女子中罕見的。

觀音奴對她頗有好感，笑道：「是啊，我叫觀音奴，我哥哥叫鐵驪。」

婦人半張著嘴，眼底的歡喜和悲傷扭絞在一起，令五官有些微變形。被這樣盯著，觀音奴尷尬起來，正想拔腳溜走，見鐵驪大步走來，卻不說話，石頭般杵在她和婦人中間。

觀音奴拉拉鐵驪的袖子，他彷彿從夢中醒來，向婦人單腿跪下，喚了一聲阿媽。

耶律歌奴知道蕭鐵驪執拗，從不敢想他會回來認自己，聽到這聲阿媽，胸口一緊，然而流過太多眼淚的眼窩，已經乾澀得流不出淚。

觀音奴聽得真切，不由一陣茫然。她由蕭鐵驪撫養長大，在旁人看來有缺失的家，在她則是天經地義。懂得人世倫常後，她也問過蕭鐵驪，咱們的爹媽在哪兒？蕭鐵驪一語帶過，說阿爹死了，阿媽嫁給旁人了。他不願多談，她也就此撂開手，再沒想過這事。父母於觀音奴，不過是稱呼或符號，乍然見到活生生的人在面前，竟不知如何是好。

蕭鐵驪慢慢站起來。這些年的遊歷開闊了他的心胸，不管當年如何憤恨和決絕，在遇到烏髮覆霜、形容枯槁的母親時，曾經的恨意便似陽光下的冰雪一般消融了。留意到她補丁摞補丁的衣服，肌膚皸裂、青筋畢顯的手，蕭鐵驪的臉沉下來，道：「他對你不好。」

耶律歌奴挺直脊背，道：「移剌很好……不過你走後的第五年，他就因為箭瘡過世了。」絕口不提移剌的正妻在他亡後，對她百般挑釁和欺侮。

至此一家團圓。蕭鐵驪還好，觀音奴緩過神來，卻是快活得很。她自幼與蕭鐵驪為伴，稍長後有了師父也是男子，現在得耶律歌奴溫柔呵護，只覺心頭暖乎乎的，似在雲端。

注：

《遼史》卷二十八《本紀第二十八・天祚皇帝二》：「（天慶十年）三月己酉，民有群馬者，十取其一，給東路軍。」

第八折　動息如有情

黑山西麓的密林中，涅剌越兀部營盤旁有一處奇妙泉水，六個泉眼中會噴出酸、甜、苦、辣、鹹、澀六種味道的水。據部族裡的老人說，用這六味泉洗澡，可治百病。觀音奴陪母親來過一次便上了癮，有時耶律歌奴懶怠動彈，她自己也會忍不住跑來。

觀音奴踩著厚厚的松針，輕快地走向松林深處。這座古老的森林，數百年來從未被人砍伐，四五人方能合抱的樹幹支撐著巨大的樹冠，苔蘚蒼翠，藤蔓糾結，予人陰暗神祕之感。然穿行其間的少女，卻似濃密枝葉間漏下的陽光，清新而明亮。

走到林中最大的那棵松樹旁，觀音奴在橫斜的枝條上繫了根黑色布帶。契丹人分娩後代，有「紅男黑女」之俗，若生男孩，父親便用胭脂塗臉；若生女孩，父親則用黑炭塗臉，如此才能保證孩子平安長大。來六味泉沐浴的人絡繹不絕，為免男女混雜，也用紅黑兩色區分，若有男子來此，見到黑布，自然就會止步，這是多年來約定俗成的。

豈料觀音奴走到泉水旁，四丈見方的泉池中已有一個男子在沐浴，不由惱道：「喂，你這人怎麼不守規矩啊，害我白跑一趟。」

池中男子抬起頭，原來是在涅剌越兀部借宿的那位法師。他氣質冰冷，唯此刻長長的黑髮散在水面，藍色眼睛倦怠地半閉著，陰鬱表情與幽暗森林說不出的契合，倒少了兩分寒意，多了三分清韶。

觀音奴想師父評論這人身分蹊蹺，武功難測，宜敬而遠之，悻悻地道：「涅剌越兀的規矩，男人在六味泉洗澡時會在最大的松樹上繫一塊紅布，下次要做好記號。」

她拔腳便走，卻聽身後一個冷冰冰的聲音道：「站住。」頓了頓，「你叫什麼名字？」

觀音奴轉身，揚眉：「那你叫什麼？」

男子的眼底浮起一絲玩味之意：「耶律嘉樹。」

觀音奴詫異：「好木頭？」

耶律嘉樹歎了口氣，改用漢話道：「是嘉樹。」他並不指望她能懂，然而她立即回以漢話：「後皇嘉樹，橘徠服兮，受命不遷，生南國兮。是這個嘉樹？」

嘉樹胸口一痛，想著辭中深意，悲涼憤恨的情緒自心底蔓延開來，面上卻淡淡的：「正是。你會說漢話？你讀過《楚辭》？」

觀音奴歡呼一聲：「剛好知道這四句而已，居然矇對了。我的漢話是師父教的，漢人這些詞啦賦啦，像唱歌一樣好聽，可惜我會的也不多。」

「崔氏一貫以血統自矜，我鄙薄他家不與時世推移的傲慢作風，今日看來，也不是沒有道理。她在荒野中長大，卻有這樣的氣質和談吐，或許真是崔氏苗裔。」嘉樹想著，徐徐道：「我要出來更衣了。」

觀音奴眨眨眼睛，哦了一聲，見他動也不動，方才反應過來，避到一棵松樹後，停了片刻，又笑微微地探出頭來：「我啊，叫蕭觀音奴。」

嘉樹赤足站在泉池邊，長衫敞著，露出「渭北春天樹」一般秀削挺拔的身材。觀音奴心中還沒有男女之別，乍然見到這青年男子的裸體，並不扭捏害羞，彎指打了一聲響亮的呼哨，贊道：「你長得真好看。」

嘉樹掩上衣襟，瞪著一臉無辜的觀音奴，一股熱意從臉上直竄到耳根，想要發作而無可措辭，重重哼了一聲，背過身去。

觀音奴看他的反應，也知道自己過分，迅即展開輕功逃走，然而勉強克制的笑聲，還是順著風飄到嘉樹耳中。嘉樹抿緊嘴唇，披外袍，束腰帶，著靴子，不過短短片刻，臉上的表情已經冷卻。

他收拾停當，冷聲道：「千丹，你可以出來了。」

一個黃衣老婦從密林深處慢吞吞地走出來，彎腰行了一禮：「主人。」

「你看如何？」

千丹瞇著眼睛，卻掩不住算計的光：「我看就是當年郁里和以敵烈帶走的小孩，眉眼跟崔逸道長得一般無二，年齡也合得上。我猜那兩個逃奴嫌孩子累贅，半路拋棄，卻被涅剌越兀的人撿來撫養。」

耶律嘉樹淡淡道：「不論是不是，既然生成這副模樣，就要讓她派上用場，省得我費心改造那些人傀儡的相貌，卻沒一個滿意的。嗯，松醪會的事情籌備得如何了？」

「一切順利。」

「漏點消息到宋國吧，這樣的熱鬧，怎麼少得了崔沈兩家的人。」

千丹遲疑道：「主人不是要這女孩兒參加松醪會麼？那豈不是讓兩頭碰上了？」

「正是要他們在松醪會上重逢。以雷景行的身分和觀音奴的模樣，崔氏不能不信；在我的操縱下碰面，崔氏又不能不疑。人若是存了懷疑猜忌之心，只要添一把柴，就能燎起一場大火。」嘉樹盯著水波微漾的泉池，眼神肅殺，「如果觀音奴不是崔氏女兒，至少她能幫我達到目的；如果她確實是崔氏女兒，那麼千丹，你不覺得加倍地痛快麼？」

這日，族中石匠送了觀音奴一塊雞血石，她愛不釋手，興沖沖地拿回來給耶律歌奴看。未近自家氈房，已聽到絮絮的說話聲。

觀音奴修習碧海心法後，目力和耳力均比常人敏銳數倍，聽母親道：「這孩子的骨頭細細一把，像南邊的宋人，定是小時候吃了太多苦，我要給她補回來。」

蕭鐵驪道：「說不定觀音奴真是宋人哪，平日裡盡磨著先生教她說漢話念漢詩。」

耶律歌奴大驚，「你這話是什麼意思？」

蕭鐵驪自知失言，訥訥道：「其實把她從狼窩抱回來後，我就發現這個觀音奴不是咱家丟了的那個觀音奴，這個觀音奴是黑山大神賜給我的。我一直當她是親妹子，不，比親妹子還親。」

觀音奴腦中轟地一響，下面還說了些什麼就沒聽到。她也不是悲傷，只是陡然感到一顆心失了依憑，恍恍惚惚地轉身往營地外行去，一個人在草原上躑躅許久，倦了便躺下來，望著天空發呆，反反覆覆地想：「鐵驪把我從狼窩裡抱回來，可我不是鐵驪的親妹妹，那我到底是誰家的孩子呢？別人都有明明白白的身世，唯獨我這樣糊塗。我到底是誰，我從何處來，將到何處去？」她想到深處，竟隱隱約約地怕起來，不知這渺渺天地，自己何以長成這般模樣，何以思想，何以恐懼。

蕭鐵驪的話彷彿一把鑰匙，為觀音奴打開了一道新的門，令她開始關注自我，思索自己與親近之人的關係，然而這問題並不是想一想就能了悟。迷糊中，觀音奴聽到有人在耳畔喚自己的名字，睜眼一瞧，頓時陷進一片廣大溫柔的藍裡——是耶律嘉樹的眼睛，挾著強大的精神力量，包容了她的靈魂。

嘉樹深深地看著觀音奴，目光如同牽引傀儡的線，讓她不由自主地站起來，隨他而去。他的衣袖甚是寬大，無風而動，掌在觀音奴腰間。

觀音奴的眼睛大大地睜著，嬰孩般清澈純淨，視線始終不離嘉樹雙目。她的個子還不到他肩膀，只能使勁仰著頭，面龐的光澤很柔和，宛如一朵向著太陽的葵花，溫暖的氣息輕輕呵在他微涼的頸項和耳垂上。

嘉樹心中戰慄，突然垂下袖子，轉過臉去，不與她視線相接，蠱惑人心的力量隨之消失。這純真可愛的少女終究跟那些失去自我意識、隨法師擺布的人傀儡不同，令他包裹著冷硬鐵甲的心猝然生出縫隙。

觀音奴清醒過來，看著面前突然多出來的人，揉揉眼睛，困惑地道：「嘉樹法師好啊，你好像大雨過後悄悄冒出來的蘑菇，嚇人一跳。」

嘉樹搜索枯腸，找些話來抵消這一刻的尷尬：「那日見姑娘在馬背上施展輕功，輕盈飄灑，是我生平僅見。今日在這裡遇見，忍不住技癢，想和你比試一下。」話一出口，他就想把最後一句掰碎了嚥進肚裡去，這毫無章法的應對讓他懊惱極了。

觀音奴吃了一驚，料不到這冷冰冰的法師還有如此興致，反正閑來無事，睨他一眼道：「好，比就比。」言罷展開身形，向前掠去。

她奔了數里，聽到身後全無聲息，暗想已將他甩開，豈料一回頭，見那人似笑非笑地跟在兩步之外，悠閒好似散步。觀音奴的好勝心被激起，身形微微一挫，隨即全力奔出。

草原氣候最是多變，方才還是晴好天空，忽然就烏雲會聚，雷聲乍起，雨點劈里啪啦地落將下來。嘉樹越過她，道：「算了吧。」

觀音奴這才知道他一直讓著自己，怒道：「贏就是贏，輸就是輸，又要比試又不盡力，你是什麼意思？」

嘉樹看她這樣認真，倒說不出話來。她哼了一聲，不再理他，燕子般投進雨簾，他追了上去。

雨越發大了，瓢潑或傾盆皆不足以形容，彷彿天河倒瀉，洶湧而至。觀音奴奔行甚疾，身體與雨水撞擊的疼痛令她忘了適才的迷失和困惑，只覺得說不出的痛快。

觀音奴衣衫盡濕，緊緊裹在身上，彷彿一杆春天的新竹，纖細而柔韌。她的臉微微仰著，像在承接雨水，五官極精緻，氣質卻野性，越矛盾越美麗，令人無法呼吸。

觀音奴一直跑到脫力，腳一軟，跌到地上。嘉樹伸手想扶觀音奴，又縮回去，靜待片刻，看她將身子縮成蝦米一般，月白布衣上滲出殷殷的血。他吃了一驚，彎腰抱起她。

此處的草原離平頂山最近，山中有數十個天然岩洞，嘉樹辨了一下方向，帶著觀音奴往平頂山掠去。暴雨肆虐，他察覺懷中少女的身體越來越冰，不斷有血滲到他手上，又被雨水沖走。

嘉樹找到一個乾燥的岩洞，洞中還有行旅遺留的乾柴，他生起一堆篝火，又替觀音奴把脈，卻發現脈象雖弱，倒不像受了內傷的樣子，心想總要把血止住再說。

他不便查她傷處，低聲問：「你的傷口在哪裡？」

觀音奴的冷汗涔涔而下，只覺一把鈍刀在肚子裡不停攪動，彷彿有什麼要從肚子裡剝離出來，自出生到現在從未如此痛過。聽嘉樹問她，咬著牙道：「傷口在肚子裡面。」

嘉樹一愣，「那哪兒來的這麼多血？」

觀音奴心中害怕，又有種說不出的羞澀，漲紅了臉，吃吃道：「那個，那個，是從下面流出來的。」

嘉樹懂了她的意思，面上驀地一熱：「你以前沒有這樣痛過麼？沒有這樣流過血麼？」

觀音奴搖搖頭。嘉樹尷尬至極，鎮定一下情緒，想這是她一生都要面對的事，理應由她母親來教導，但自己既然遇到，總不好讓她把這個當成不幸或污穢，斟酌片刻，道：「恭喜你了，觀音奴，過了今天，你就不再是小孩，可以算作大人了。」

觀音奴雖然痛極，神智卻清明，斷斷續續地道：「哼，我早就是……大人了。那麼……你長大的時候……也這樣痛過囉。」

嘉樹嗆住，咳了兩聲，嚴正地道：「當然沒有。男人和女人是不同的，只有女人才這樣。」

觀音奴睜大眼睛：「不公平，為什麼男人就不會痛？」

嘉樹實在無法回答她的問題，避重就輕地道：「從現在起，你每個月都會這樣一次，一直到老。」

觀音奴倒抽一口冷氣，看他一本正經，實在不像恐嚇自己的樣子，禁不住哭了起來：「不，我選擇做男人。」

嘉樹苦笑：「這個也是可以選擇的麼？從古到今的女人都這樣，是無法悖逆的自然。」看她哭得上氣不接下氣，他硬著頭皮安撫道：「我倒是聽說有些內功心法，練成後就能斬斷赤龍，再也沒有這樣的煩惱。」

「真的？」觀音奴眼淚汪汪地看著他，「我練的是南海神刀門的碧海心法。」

嘉樹眉毛一挑：「那就沒辦法了，神刀門的內功師法自然，不會悖逆天道。」他的眼底浮著陰霾，聲音卻含了不自覺的溫柔，「好了，你是勇敢的姑娘，不要哭哭啼啼的了。」

觀音奴從未這樣哭過，聞言也覺得不好意思，拿手背胡亂擦擦臉：「奇怪，跟你說說話，好像就沒那麼痛了。」

嘉樹道：「那好，你守住丹田，想像自己曬著夏天的太陽，暖洋洋的。」觀音奴依言閉上眼睛，嘉樹運起「薰風」之功，手掌過處，觀音奴衣服上的雨水頓時化作㛹㛹霧氣，卻不會觸及她的身體。她特有的體香漸漸在岩洞中瀰散開來，含著草木的清氣，令人陶醉。

篝火燃得很旺，觀音奴身上的寒意一去，倦意便湧了上來，精疲力竭地枕著嘉樹的腿，昏睡過去。嘉樹端坐不動，面上一片茫然。

他回想剛才種種，心情鬱悒，料不到自己發出幽淼離魂之術將她催眠，卻又猝然收回，以致落得如此尷尬境地，更料不到自己刻苦修煉的冰原千展炁，在這樣渾金璞玉的性格面前竟然毫無用處，這女孩兒天生就有種讓人放鬆、不予設防的魅力。

觀音奴一直睡到月出東山，睜開眼時，正見到嘉樹抱著手站在洞口，月光照著他的側面，鼻梁挺直，嘴唇薄而堅定，睫毛像他的頭髮一樣微帶捲曲，在月光中歷歷可見，彷彿一幀清峭而俊逸的剪影，在觀音奴的心情看來，簡直可說是溫柔。

觀音奴向嘉樹致謝，他冷冷道：「既然你沒事，我走了。」聲音冷得徹骨，含著某種無法宣之於口的決斷，說完便不顧而去。

觀音奴也不以為意，只覺這法師外表雖然冷酷，心腸卻很好。她滅了篝火，精神抖擻地回到自家氈房。耶律歌奴心痛得很，忙著幫她換乾衣、煮熱湯，又教她這時候需注意的各類事情。觀音奴安心地聽著歌奴絮叨，早把鐵驪和歌奴說的話撂到一旁。

耶律嘉樹在涅剌越兀部住了五日，臨行時專程來到耶律歌奴的氈房，邀請蕭鐵驪和觀音奴參加松醪會：「下月十九，上京城重開松醪會，邀請了各方技擊高手，勝出者可以得到蕭純鍛造的刀，不知兩位可有興趣？」

蕭鐵驪小時候便聽父輩談起松醪會是頂尖高手之約，不意自己有一日也可躋於其列，心中自然期待。而蕭純是遼聖宗時的鑄劍大師，傳世的兵刃雖然不多，件件都是神器。蕭鐵驪轉頭看雷景行不置可否，打了個呵欠，觀音奴卻目光熱切、躍躍欲試，當即點頭答應。

嘉樹遞出四張帖子，觀音奴接過來，見封皮是繁複雅致的纏枝卷葉葡萄紋，透出清幽幽的松木香，忍不住放到鼻端，用力一嗅。這舉動很孩子氣，嘉樹的嘴角微微一彎，寒浸浸的眼睛裡便多了些和悅溫暖之意：「如此，我在上京恭候四位到來。」

第九折　未飲先如醉

遼國承襲唐制，以五京為中心，將國境分為五道。上京道所在，高原與盆地皆備，崇山與草原相接，風光壯美。尤其上京臨潢府一帶的平地松林，廣大如海，青翠蔥蘢。

百年前，真寂寺的主人耶律真蘇在此與友人切磋武道，痛飲松膏釀的新酒，自此便成定規，每十年聚首一次，為遼國武林之盛事。後來真寂寺式微，松醪會便停了三十年，此番重開，收到帖子的人意外之餘，也都欣然赴會。

到了三月十五，蕭鐵驪即與觀音奴趕赴上京，雷景行與耶律歌奴也來助陣。四人安頓在漢城的白水客棧，前院是食肆，後院供住宿，甚是方便。

吃飯之際，眾食客議論紛紛，談的都是松醪會之事。一人摩拳擦掌地道：「這次金國使臣來商量封冊的事，聽說松醪會重開，硬要攙和進去，說什麼女真漢子想領教契丹英雄的本事。奶奶的，到時打他們個屁滾尿流。」

另一人更興奮，道：「除了收到請帖的高手，從沒人知道松醪會的情形，這次竟允許觀戰，咱們一定要去吶喊助威。」

觀音奴一邊吃著糯米羊髓餅，一邊笑道：「原來這麼熱鬧，鐵驪可不能輸啊。」

蕭鐵驪見她的額髮垂下來，快要拖到乳粥碗中，替她順到耳朵後面：「我會盡力，不過你若上場，可不要太逞強。」

觀音奴揚起眉毛：「哼，鐵驪瞧不起人。說實話，我才不稀罕什麼遼國武聖的名頭呢，只想撂倒女真狗熊一兩隻，讓他們曉得契丹女子也不輸人。」

雷景行哧地笑出來：「又說大話。觀音奴啊，你平時若肯用心練刀，又豈止撂倒狗熊一兩隻。」

觀音奴苦起臉道：「我哪裡不用心了，只是每次集中精神練刀，頭就痛得要命。喏，這裡，這裡。」

耶律歌奴摸著她的頭頂，駭道：「這麼大的包，怎麼弄的？」

蕭鐵驪道：「觀音奴小時候和人打架，被推到石牆上撞出來的。」

雷景行搖頭道：「我早看過了，沒妨礙的，小妮子就是偷懶。」

觀音奴給他倒了半盞酥調杏油，抿嘴笑道：「師父，冷了就不好喝了。」

飯畢回後院休息，觀音奴卻是閒不住的，等歌奴睏著了，悄悄地溜出客棧，一個人去逛上京的集市。她衣衫破舊，氣質卻如清輝瀉地，即便在熙來攘往的集市中也難泯沒於眾人。

一隊騎兵自觀音奴身畔疾馳而過，未容人喘氣，便又折回，當先一人叫完顏朮里古，是金國使臣烏林答贊謨的侄子。

朮里古目光灼灼，揚起手中長鞭纏住觀音奴的細腰，將她拉到馬前，調笑道：「讓我看看你的樣子。」觀音奴正專心看一個渤海人的雜耍，猝不及防，竟讓他得手。

朮里古放聲長笑，伸臂一攬，想將觀音奴抱到馬背上。觀音奴反手握住朮里古的長鞭，用力一扯。朮里古只覺一股力量海潮般向自己捲來，身子頓時搖搖欲墜，大驚之下奮力回拉，勉強穩住身子，手中長鞭卻被觀音奴奪走，連帶掌心也被勒出一道深深的傷口。

觀音奴將鞭子拋到地上，狠狠道：「什麼樣子？就是這樣子。」

朮里古大怒，躍下馬，鏘地一聲拔出刀來。觀音奴自不會退讓，兩下裡乒乒乓乓打到一處，倒把看雜耍的人都吸引過來。

朮里古刀法凶猛，步伐卻笨拙，觀音奴試出他刀路，賣個破綻誘他前撲，中途卻突然變招，斜刺腰眼改成橫削頸項。她速度奇快，乍看上去倒似朮里古自己將脖子往她刀上抹去，圍觀的人群不由一陣騷動。

便在此刻，一人掠過來抓住了觀音奴的刀鋒。觀音奴用力抽刀，那人卻突然鬆手，她不由仰面跌倒。背部將要著地時，觀音奴腳尖一挫，向後躍起，身子一個大迴旋，輕輕巧巧地落在地上。這姿勢如飛魚破浪一般驚險曼妙，且她髮髻在半空中突然散開，芬芳潤澤似黑色流泉，觀者無不譁然，萬萬沒料到這樣俊爽的少年原來是個女兒家。

朮里古有斷袖之癖，一見之下不免失望：「原來是個女孩兒。」

觀音奴厭惡他兀鷲般貪婪的目光，呸了一聲。

後出手之人叫完顏清中，是個眉宇開闊、神情溫和的青年，清清嗓子正要說話，他身後的侍衛已搶著喝道：「大膽女子，竟敢衝撞大金國的貴人，還不跪下謝罪。」周遭霎時一片靜默。

觀音奴留意看朮里古和完顏清中，耳懸金璫，只顱後留有頭髮，結成一根辮子垂下來，果然是女真人打扮，那侍衛的服色卻是契丹的。她不禁大怒：「大金？大金是什麼玩意兒？遼國子民在煌煌上京的街邊給人調戲，你不為民出頭，在這裡橫什麼？」斜眼看向朮里古和完顏清中，冷冷道：「什麼狗屁貴人？」觀音奴眉目也能說話，將鄙棄之情傳達得淋漓盡致，圍觀者中有人禁不住笑出來，更有人大聲喝彩。

朮里古臉上一陣青一陣白，待要說話，被完顏清中摁住。完顏清中平和地道：「不過是個玩笑，姑娘何必這樣咄咄逼人。」

觀音奴揚眉道：「玩笑麼？」突然一刀刺向完顏清中，他側身封擋，她順勢一轉，滑到朮里古身旁，挑斷了朮里古腰上的束帶。觀音奴得手之後，絕不回頭，躍上屋頂而去。集市中人聽她撂下一句「不過是個玩笑」，看朮里古手提褲子的窘態，不禁莞爾，不禁暴笑，直笑得朮里古怒發欲狂，被完顏清中勉強拖走。

觀音奴踏著屋舍疾奔。每次全力施展輕功，都令她感覺恣意放縱的快樂，正得意間，察覺有人追了上來，回眸一瞥，竟是耶律嘉樹。「是你啊，還真巧。」她開口說話，岔了氣息，步伐便亂了。他托著她的手肘，輕輕一旋，消解了她的衝刺之力，落在一條深巷中。

嘉樹低頭看她飛揚的衣角平復下來，不動聲色地想：「巧嗎？不過，第一次遇到你時倒是真的巧。」

觀音奴靠著某戶人家的院牆調整呼吸。牆內的槐樹開得正繁，濃綠的枝葉伸出來，綴滿累累花朵。風起時，白色小花翩然墜落，附在她烏黑的長髮上，洗得發白的布衫上。

她身上有一種淺淡的草木香，極清極純，即便槐花的鬱鬱甜香也不能掩蓋。嘉樹有些恍惚，定了定神，問：「頑皮的小姑娘，隨便就在街市中用輕功，不怕驚世駭俗麼？」

觀音奴微笑，「那又怎樣？」

「一個姑娘用這種促狹招數，未免……」

觀音奴快活地笑，「那又怎樣？」

嘉樹移開眼睛，真正是飛揚跋扈的青春，讓他禁不住慨歎。頓了頓，嘉樹笑道：「我家就在附近，真正的漢式庭院，觀音奴去喝杯茶麼？」他笑時彷彿冰河解凍，十分明澈，微有暖意，她不覺點了點頭。

說在附近，其實已離了上京三十里，好在二人的腳下功夫都不弱。觀音奴看面前立著兩座峭拔的山，雙峰對峙，如同一座天然石門，兩側還有怒目金剛的高大石雕，奇道：「你家在這石頭山裡面？」

嘉樹微微頷首，引她穿過石門。綠草萋萋的谷地中央，孤零零地矗立著一座奇峰，形若仙人駕御的巨舟。兩人攀上峰腰，進入一個高約八尺的隧洞。這隧洞純是天然，並非人工穿鑿，穿行其間，時見綠色藤蘿盤踞的巨縫或圓孔，明亮的天光透過繁盛的枝葉灑進來。

觀音奴輕輕吁了口氣。關於狼穴的記憶早已埋葬在光陰深處，但走在這石壁森森的隧洞，她竟感到不可言說的親切。

前面的嘉樹突然停步，觀音奴不防，撞上他的背，捂著鼻子叫出聲來。

他連忙轉身，恰對著她的臉，呼吸相聞。嘉樹猝然後退，停了片刻，若無其事地轉頭指著一條石縫道：「看見對面山上的石窟了嗎？」

觀音奴探身出去，見遠處的石壁上鑿著三個窟，中間的最大，眉額上刻著「真寂之寺」四個漢字。她目力甚好，連深隱窟中的臥佛也能辨出大致輪廓：「這石窟的名字真有意思，鑿在深山裡頭的佛祖可不是很寂寞麼？」

強勁的山風吹起觀音奴沒束好的頭髮，露出線條柔美的下巴，他看著她，淡淡道：「是嗎？我還聽過一種說法，真寂的意思是圓寂，石窟中鑿著釋迦牟尼涅槃時的情景。」

他說得客氣，觀音奴聽得認真：「哦，原來是這意思。這下我可糊塗了，真寂寺只是個石窟，那你住在哪兒呢？既然你是法師，為什麼沒有剃度呢？」

「我信奉居住在黑山的大神，而不是西方極樂世界的佛陀。至於先祖為何用真寂寺命名我們的教派，我也不知道緣故。」

觀音奴好奇地道：「原來嘉樹法師是薩滿教中的巫師啊，你懂得巫術麼？」然而不管她怎麼刨根問底，嘉樹再不肯答話了。

走到隧洞中段，嘉樹再度停下，這一次他很技巧地側過身子：「觀音奴，剩下的路程我必須蒙上你的眼睛，如果你還願繼續走下去。」

這一段隧洞非常幽暗，觀音奴盯著他深藍的眸子，點了點頭，事實上她對即將到來的冒險充滿期待。她閉上眼，嘉樹給她蒙上一塊絲帕，牽起她的手。

觀音奴的掌心因為握刀，結了一層薄薄的繭，除此之外的肌膚幼滑若孩童。他抿緊嘴唇，感覺很不自在，竟是二十八載光陰裡第一次牽女孩兒的手。

一聲輕響後，兩人消失在被無數佛教信徒膜拜過的隧洞中。有時祕密置於眾人面前，反而讓人漠視。

觀音奴感覺自己一直在走下坡路，隨後變成平地。路程非常之長，期間聽到不一而足的奇怪聲響，她猜是各種機關。這情形讓她想起小時在居延城遇到的吸血者，以及拘禁自己的地下迷宮。那時滿懷驚恐，連哭都不敢，不比今日學得神刀門武功，雖不能說履險境如平地，心中確實沒什麼畏懼。

嘉樹十二歲後修習真寂寺的冰原千展烝，體溫原比常人低些，此刻握著觀音奴的手，一股暖意從她指尖傳來，說不出的舒服，平素走慣的路，竟覺得短了。走了大半個時辰，他解開她蒙眼的絲帕：「到了。」

觀音奴睜開眼，卻只見到一帶粉牆，繞過牆去，才是曲院回廊，幽樹明花。她是曠野中長大的人，幾曾見過這等雅致庭院，羅幕低垂，花窗錯落，移一步便換一種情味。兩個侍童隨嘉樹去更衣，觀音奴獨坐在廊下，恍惚入夢。

有小婢端了茶來，杯盞如雪，茗湯澄碧。觀音奴也分不出好壞，只拿來解渴，一氣喝下去，初時不覺得怎樣，慢慢回味，一股奇異的香味自喉舌間生發出來，盪氣迴腸。

忽聽得走廊上木屐聲響，觀音奴側過頭，見嘉樹散著頭髮，披一襲寬大白衣而來。長廊幽暗，他逆光行走，身周縈繞著冷月樣的光華。觀音奴不懂什麼復古衣裝、魏晉風度，於人的美醜也不大放在心上，此刻看他彷彿世外仙人，不禁呆了呆。

嘉樹見觀音奴面頰緋紅，一雙眼睛清波流轉，竟有種難描難畫的嬌態，吃了一驚：「怎麼了？」

觀音奴困惑地道：「你家的茶恁地醉人，比酒還厲害。」

嘉樹道：「是麼？」他語聲有異，觀音奴立即察覺，不安地換了個坐姿，然而四肢已經酸軟麻痹，無法動彈。那股奇異的醉意迅速侵入她的意識，眼神亦漸漸朦朧。嘉樹端起觀音奴喝過的茶嗅了嗅，隨即抱起她，飛身掠出。

粉白底子琥珀黃花朵的夾纈羅幕垂下來，嘉樹將失去意識的觀音奴放在臥榻上，從暗格中取出一塊混沌得辨不出顏色的香料，吩咐伏在腳踏上打瞌睡的兩名侍童退到外室，看緊門戶，不許任何人來擾。

侍童們懵懵懂懂，渾不知那是專用於上邪大祕儀的越世香。在真寂寺的各種祕儀中，上邪大祕儀是代價最沉重的一種，施術者必須以自己的靈魂設誓，借助黑山大神的力量來控制受術者。世間有很多祕術都可以操縱人的生魂，然而沒有哪一種能比得過上邪大祕儀，它能實現最徹底的侵占，也會導致最可怕的反噬。

嘉樹以一柄小巧的銀刀劃破眉心，三顆血珠在刀刃處滴溜溜地滾動，卻不墜下來。他將越世香和著染血的銀刀拋進香鼎，彷彿傾進了整瓶烈酒，鼎中發出畢剝之聲，即便放進煉劍爐中也不會燃燒的越世香冒出絲絲霧氣，彌漫內室，模糊了各色器物，連一站一臥的兩個人也模糊起來，不再似塵世中人。

嘉樹立在臥榻旁，開始低聲吟唱，音調奇特，像一條條色彩綺麗、身體冰涼的鰻魚，遊過婀婀香霧，纏繞著榻上的觀音奴。和著吟唱的節奏，他的手指輕攏慢撚，似撥動琴弦，漸漸地手勢繁複起來，然而動靜間均循著一定的程式。他已將整個祕儀在腦海中預演了數百遍，此刻真正做起來，仍不敢有絲毫鬆懈，額頭與背心沁出密密的汗珠。

觀音奴動了動，慢慢睜開眼睛，眼底和眼珠都是透明的，茫茫然沒有焦距。她循著嘉樹吟唱的韻律，向他伸出手來。越世香將空氣變成了既稠且滑的油膏，她舉到一半便凝滯在空中，手指仍竭力向著嘉樹張開，彷彿溺水者的掙扎。

嘉樹握住觀音奴的手，凝視著她在祕儀中變成黑白琉璃的眼睛，深深地望進去，穿過那瑰麗的琉璃通道，觸到了她純白無垢的靈魂。他已破開虛空之門，將在其靈魂深處烙下「上邪之印」，把她牢牢地攫在掌中，即使私密如人間夫婦，深愛似《世說》奉倩，也不能這樣貼近一個靈魂，占有一個靈魂。

老僕千丹攆走兩名小侍童，焦灼不安地候在外室，卻不敢闖進去。半個時辰後，嘉樹的吟唱突然停了。一室寂靜，這靜像是有形有質的，沉沉地壓著千丹。

等了一會兒，千丹聽到內室窸窣有聲，大著膽子將羅幕分開一線，正見到衣履整齊的嘉樹俯下身子，吻住榻上少女的嘴唇，千丹慌忙合上簾子。細細的一縷越世香飄了出來，彷彿每一顆香氣微粒都長出了翅膀，又彷彿一腳踏進香氣的河流，千丹恍惚起來，慌忙咬住食指，一股腥味在她的舌尖上綻開，人才清醒。

千丹面色青白，顫抖著走出外室，絕望地想：「我看顧下長大的孩子，為什麼都會走上這條路？使用上邪大祕儀也就罷了，方才那一幕，無論如何不是上邪大祕儀中的程式，難道嘉樹對那女孩有了情愫？不，這絕不可能，他明知道這是施行上邪大祕儀的禁忌。這孩子省事以後，一心練功復仇，從未與女子有過糾葛，乍一見到這樣明豔照人的女孩兒，有點把持不住，也是有的。」她不敢再想下去。

即便最柔嫩、甜美的櫻桃也不能比擬這少女的嘴唇，微微開啟，齒間還留著茶的味道，舌頭更香滑甘美到不可想像。嘉樹捉住觀音奴的手腕，一吻再吻，輾轉吸吮，直到她發出不自覺的呻吟。他恍然驚起，單手握拳，抵住嘴唇，不相信自己竟然做出這種荒唐舉動。

嘉樹低頭看著昏睡的觀音奴。他的面色白得近乎透明，似極硬又極脆的玉，眉心的傷口已經癒合，看不出半點痕跡。長得幾乎連在一起的兩道漆黑眉毛，壓著他眼角微微上挑的碧藍眼睛，那不是天空般坦蕩明亮的藍，而是深海的漩渦。黃昏的光線穿過重簾照進他眼底，折射出可怕的星芒。

自二十歲時習得窺視和操縱人靈魂的術法，嘉樹待人便有了不自知的俯視態度。唯此刻對著觀音奴，他清楚地意識到自己與紅塵中的普通男子沒有兩樣，並非太上，豈能忘情。

嘉樹展開右手，見掌心多了個火焰印記，與他在觀音奴靈魂深處烙下的一模一樣，然而本該由恨意凝結成的青色火焰，卻朱砂般豔麗，浮在他掌上，彷彿冰盤裡的一枚荔枝。

嘉樹輕輕按住觀音奴的額頭，低聲道：「既然如此，那就讓我們試一試，看你是否能脫出我的控制，甚至反過來吞噬我的意識，撕裂我的靈魂。」

觀音奴睜開眼睛時，仍在廊下，對之前發生的一切毫無所覺，也忘記了自己曾被麻痹。嘉樹殷勤地將一碟軟餅推到她面前：「嘗嘗調了蜜的松花餅。松樹每年二三月開花，過了時候就吃不著了。」

觀音奴覺得腹中空空，也不客氣，盡數吃了，忍不住回味：「好吃，一股清香味兒。」她疑惑地揉著額角，「我來了多久？好像很長，又好像很短，恍恍惚惚跟做夢似的。」

「你坐了很久，恐怕你母親會擔心你，我送你出去吧。」

「要蒙上眼睛麼？」

「不必了，我帶你走近路。」嘉樹遞給觀音奴一顆碧綠的珠子，「你含在口中，可辟百毒。」他言語直接，從不解釋前因後果，常令人覺得突兀，但觀音奴與寡言的蕭鐵驪相處慣了，倒也不以為意，依言含在口中。

嘉樹陰鬱的臉上終於露出一絲笑意：「路上會看到很多異象，全是陣法和幻術，你不要害怕，跟定我就行了。」

沿途果然詭異，松風呼嘯、白水逆流、星海動盪……種種異象紛至遝來，觀音奴初時尚能緊跟嘉樹，到後來腳下稍一遲疑，便失去了嘉樹的蹤影。她試探著往前走了一步，陣勢立刻發動，腥風四起，腳下的土地震得似要翻轉過來。

混亂中，一隻手把住她的臂，帶她入了平安之地，此後一路安靜，唯四圍混沌，辨不出是白天還是黑夜。她因疾行而發熱的身體，隔了布衣傳出融融暖意，貼著他冰涼的掌心。

出得陣勢，觀音奴才發現天已經黑盡了，素白的新月掛在天上，像挽起夜幕的一枚鉤，在真寂院中竟不知道日夜的更替。她定下神來打量周圍，左首是離上京不過兩里的望京山，右首是疏闊的草原，回望來路，只有漠漠淡煙而已。

嘉樹道：「我就送你到這裡。」見觀音奴吐出珠子來還他，「你留著吧。」

觀音奴搖頭道：「這麼好的東西，哪能隨便要啊，沒這個道理。」固執地塞回他手中。

「來這裡的路……」

嘉樹還未說完，觀音奴已經懂他的意思，打斷他的話頭道：「我不會對人說的，連師父和鐵驪都不說。」她聳聳鼻子，笑道：「其實到底怎麼進去，怎麼出來，我現在也不明白。」

「多來幾次便記得了。」嘉樹表情淡漠，深藍色眼睛卻似月下的海洋，細碎波浪微微起伏。

兩人作別，嘉樹目送觀音奴掠過草原，躲開衛兵的耳目，敏捷地攀上城牆。他轉身欲回，卻瞅見草叢中有個小布囊，是觀音奴所佩之物，拾起來一看，裡面裝了一塊特尼格爾田山出產的雞血石，瑩白的羊脂凍底子，嫣紅的霞彩漫過大半石面，猶如一隻展翅的火鳳凰，被她當成寶貝收起來。嘉樹摩挲著溫潤細膩的石頭，沒來由地歎了口氣。

回到真寂院，千丹已跪在院中，也不知跪了多久。嘉樹不喚她起來，修長的指輕叩著回廊欄杆，半晌方道：「你是侍侯過母親的老人，我向來看重，你倒不將我看在眼裡，擅自在觀音奴的茶中加了千卷惑。若不是借上邪大祕儀將千卷惑的藥力化解，她現在已失去全部記憶，變成了人傀儡。」

千丹低聲辯道：「是，老僕知錯，妄自猜度主人的心意，以為主人想洗去她的記憶，教給她仇恨。待到松醪會上崔逸道與她父女重逢，她便可直入崔家，為主人策應了。」

「你當真這樣想？看來你並不知道，沒有解藥的千卷惑卻可以借上邪大祕儀化解。我既然決定在今天給她施行大祕儀，無論你做什麼，都無法阻止。」嘉樹頓了頓，「不過多耗我三成功力罷了。」

千丹駭然失色，手心沁滿冷汗，訥訥不能成言，只是叩首。

「服了千卷惑，等於是新生之人，要費多少心思調教，這短短半日怎麼夠？南海神刀門的雷景行可不是吃素的，到時被他看出破綻，可就白白浪費了這步棋。」嘉樹的眼底捲起危險的波濤，聲音卻安詳：「隱忍了十六年，你以為將那些人割草一般殺光，我就快活了麼？你以為我和母親一樣，對人施行上邪大祕儀是為了一己愛戀麼？不，我要觀音奴做我的眼睛，替我發掘這些浮華世家的罪惡；我要她做我的手，替我撕開這些清貴子弟的假面；我要讓他們自己的子女來埋葬他們。」

嘉樹從袖中抽出一把匕首，抛到千丹面前：「你擅自行事，差點壞我大計，罰你自斷一指。」語聲冰冷無情，千丹卻大大地鬆了口氣，伏在地上道：「多謝主人寬待。」真寂寺規矩嚴苛，斷指不過是輕刑。千丹握住匕首，一刀斬下，切斷左手的小指。十指連心，她痛得幾欲暈厥。嘉樹將傷藥擲到地上，看也不看她，徑直去了。

千丹並不怨恨嘉樹，拾起傷藥，心想：「這孩子一味以冷酷模樣示人，若果然絕情忘義了倒還好，怕的是他改不了那副軟心腸，最後反而害了自己。」

注：

①《遼史》卷二十八《本紀第二十八．天祚皇帝二》：「（天慶）十年春二月，金復遣烏林答贊謨持書及冊文副本以來，仍責乞兵於高麗。……（三月）庚申，以金人所定『大聖』二字，與先世稱號同，復遣習泥烈往議。金主怒，遂絕之。」

②《北風揚沙錄》：「（女真）人皆辮髮，與契丹異。耳垂金環，留顱後髮，以色絲繫之。」這種髮型，大家在清宮戲中見得很多。

③《世說新語．惑溺第三十五》：「荀奉倩與婦至篤，冬月婦病熱，乃出中庭自取冷，還以身熨之。婦亡，奉倩後少時亦卒，以是獲譏於世。」

第十折　為君起松聲

觀音奴回去，只被蕭鐵驪淡淡責備幾句，因她素來貪玩，輕功又好，溜出去一天半日本是常事。此後幾日，嘉樹再沒來找過她，而三月十九轉瞬即到，上京城為之一空，差不多的人都湧進了城外松林瞧這場罕有的熱鬧。

松林中有片極開闊的平地，懸空建著十丈見方的高臺，支撐木臺的八塊巨石形似老虎，故此得名白虎臺。耶律真蘇當日開松醪會，曾說高手切磋，斷不能像尋常武林大會一樣供閒人起鬨，便在白虎臺周圍三里設了禁制。真寂寺的機關陣勢之術天下無雙，自松醪會停開，此間已三十年沒有人跡，這次解禁，可謂轟動全城。

蕭鐵驪一行從荒僻的南端步入松林，頓覺踏進另一個世界，天光被樹冠隔絕，碧森森的涼意襲來，令人遍體生寒。一路老枝虯結，藤葛盤繞，無數人聚在一起發出的細碎聲音混著松濤傳來，像一首宏大的歌謠。

走了盞茶功夫，觀音奴奮力分開一根遮蔽視線的巨藤，發現已經到了地兒，白虎臺周遭密密匝匝地擠滿了人，連四圍的大樹上亦都爬滿了人，竟再無一立錐之地可供落足。

雷景行笑道：「真寂寺向來不願顯山露水，幾時變得這樣張揚了？咱們也跟著張揚一回吧。」他解下佩刀，遞向耶律歌奴：「無論如何，不要鬆手。」

耶律歌奴遲疑地握住刀鞘，旋即被雷景行帶起，飛越人群。時間雖短，對耶律歌奴來說，卻是極奇妙的經歷，她被一股溫暖的氣流托著，急速地從空中滑過，腳下一尺之地，人頭攢動。有一瞬間，她感到自己失去了全部依憑，即將跌落之際又被暖流托住，彷彿從波谷攀上波峰，爾後穩穩地落在白虎臺上。

人群轟動，喧嚷聲中，觀音奴低聲道：「衰而不竭，生生不息，師父的碧海心法已經練到這一步了，咱們可不成。」

蕭鐵驪握住刀柄，笑道：「我的肩借你。」

兩人心有靈犀，觀音奴在蕭鐵驪之後躍起。力量將竭時，蕭鐵驪的刀猝然出鞘，雄渾的刀氣將人群破開一道縫隙，他借此落腳，而觀音奴右足在他肩上一點，毫不停歇地掠過，末了還是她先到達白虎臺。有侍童迎上來，將兩人引到右側入席。

其時已是仲春，風中薄有暖意，觀音奴臉上仍厚厚地敷了一層金色面膏，將本來容貌掩去大半。契丹女子每到冬季，便將栝蔞的黃色果實製成面膏，既能悅澤面容，又可抵禦風沙，人稱「佛妝」。她的妝面，眾人皆司空見慣，唯臺下一個穿著連帽披風的旅人驚咦一聲，解開帽子，定定地看向觀音奴。

這旅人的臉一直隱在風帽中，此刻露出來，朗如日月，利似刀劍，竟是宋國武林世家中聲名最著的英華君崔逸道。周遭推推搡搡的看客被他氣勢所逼，都不禁往旁邊讓了讓。

耶律嘉樹高踞白虎臺上，將臺下這一幕盡收眼底，面上卻不動聲色，拊掌道：「各位靜一靜。重開松醪會，是家母多年來的心願，雖然老人家無法親眼目睹今日的盛況，但她在天有靈，也會感謝各位父老、朋友的捧場。真寂寺準備了一百桶松醪，大家放開來喝，不要拘束。」

他聲音清越，加以內力，漣漪一般向外擴散，全場為之一靜，隨即歡呼起來。林間散布著許多巨大酒桶，雖說是「放開來喝」，但旁邊都有白衣侍者照拂，場面熱鬧卻不混亂。

嘉樹舉起雙手，壓住喧囂的聲浪，向臺下一一介紹：「此番蒞臨松醪會的嘉賓，有大遼秦晉王。」一位瘦削老者端坐在主位上，頻頻向臺下微笑致意。這老者名耶律淳，乃興宗帝第四孫，當今天祚帝的叔父，受封遼國王爵的最高封號。秦晉王向來留守南京析津府，每逢冬夏入朝，寵冠諸王，此番借朝覲天祚帝之機出席松醪會，實是給了真寂寺極大的面子。

「夏國的空見國師。」披深紫色袈裟的大和尚緩緩起立，向觀者合十致意。和尚的眼睛長得很奇特，深灰色的眸子上覆著一層薄冰似的翳，看人時全無焦點，卻又讓每個人都覺得他正看著自己。

「金國使臣烏林答贊謨大人。」這烏林答贊謨態度倨傲，文風不動地坐在席上，一張臉冷得可以拿來做凍豆腐。方才為秦晉王和空見國師歡呼的觀眾都沉默下來，場中氣氛頓時一僵。

「遼東半山堂的郭服堂主。」一位身著皮袍、頭頂半禿的矮胖子朝四方團團一揖，笑得眼睛瞇成一條細縫。初見郭服者，均覺他名不副實，不像憑著一鞭一鉤縱橫遼東三十年的大豪，殊不知他智謀深遠，手段血腥。據說郭服是漢人與女真人的混血，其母原為宋國營妓，因故流落遼國，與奧衍女真的部落雜居，生他時不知父親是誰，便隨了母姓。郭服十七歲時，找到當年迫害母親的宋軍小頭目，殺死他一家老少二十七口，連雞犬都未放過，就此在江湖中立萬。

「南海神刀門的雷景行先生。」雷景行只是來幫觀音奴掠陣的，不料被嘉樹一口道出身分，站起來搔搔頭，咧嘴一笑。

觀音奴不大留意這些大人物的亮相，打了個呵欠，低聲對鐵驪道：「這麼多人，怪熱的，我都出汗了。」

鐵驪道：「把臉上的栝蔞擦掉吧。」

觀音奴歎氣道：「不行，我相貌不夠威武，要用栝蔞膏來遮掩。」旁邊頓時傳來一聲悶笑，觀音奴側頭，見一個身材魁梧、結著長辮的女真武士斜視著她，意甚輕蔑。另一位袖手而坐，正是在上京集市中害她差點兒摔跟頭的完顏清中，見觀音奴的視線轉過來，便向她欠了欠身。

觀音奴憤憤地回頭，心中盤算待會兒挑選對手時，定要跟那取笑自己的女真武士打一場。

鐵驪拿手肘碰了碰她，「噓，觀音奴，快看那把刀。」

嘉樹手中托著一把刀，正向眾人展示此次松醪會的彩物。刀身從純黑的鞘中緩緩拔出，亮銀裡沁著淺緋的刀光頓時耀得人眼前一花。刀口處有一抹深濃的胭脂紅，於明豔中滲出一股烈烈殺氣。據說這把刀名為燕脂，是鑄劍大師蕭純為心愛的女子傾力打造，鋼質完美，線條流暢，比普通單刀更為輕巧。

鐵驪的眼睛灼灼發亮，「觀音奴，這刀正合你用。」

觀音奴笑道：「我才不稀罕什麼寶刀呢，只求咱倆少受點傷，讓阿媽少擔點心。」

隨後便該宣布賽程，郭服清清嗓子，搶先道：「我兩位弟子想領教一下遼國諸位英雄的功夫，不如就讓諸位依次向他們挑戰，看看結果如何？」

這話說得好生輕慢，臺下頓時大嘩，噓聲四起，更有人振臂高呼：「女真人滾出遼國去！」

嘉樹不動聲色地道：「郭堂主的弟子，功夫自然高明得很，不過比試尚未開始，二位高徒就坐到擂主的位置上，接受他人挑戰，實在有失公允。即便我方勝了，也教人說是用了車輪戰的法子，勝之不武。三十年前，松醪會上勝出的蕭華老英雄雖已故去，遼國的青年俊彥卻也不少，此次松醪會邀請了六位，與二位高徒一起，正好分作四對，決出四位勝者後再捉對比試，直到最後一位勝出。」

郭服乾笑一聲，道：「如此也好。」

秦晉王主持抽籤儀式時出了點岔子，觀音奴指著方才笑她的女真武士完顏洪量道：「我不抽籤了，我就跟他比。」她身量尚未長足，玲瓏秀氣的手指這麼戳著身材魁偉的女真人，其情形正如布娃娃向山林中的熊羆挑戰，讓人又是好笑，又為她捏一把冷汗。

秦晉王頗為擔心，躊躇著看了嘉樹一眼，卻見他微一躬身，從容地道：「蕭觀音奴是參加此次松醪會的唯一女孩兒，年齡又最小，她不願意抽籤，王不妨照她的意思為她指定對手。」

餘下六人依次抽了籤，排在第一場的是觀音奴與完顏洪量。臺下有人認出觀音奴便是那日在上京集市中呵斥女真人的小姑娘，這消息一經傳開，很快引起共鳴。觀眾們跺著腳，有節奏地喊著：「觀音奴，觀音奴，觀音奴……」萬餘人的整齊吶喊匯成一股洪流，席捲整座森林，令烏林答贊謨也為之色變。至此，一場切磋武道的盛會，變作了遼金兩國武林之爭。

觀音奴的身高與完顏洪量相差太多，若要與他對視，必須仰著臉，氣勢上先就輸了一頭，因此只平視著完顏洪量胸腹間的要害，握緊腰刀，一顆心漸漸沉潛下去，連周圍地動山搖的呼喊也聽而不聞。她從小與人打架無數，只這麼一站，便是幾無破綻、攻防皆宜的姿態。

完顏洪量稍稍收起輕視之心，一抖手中鋼鞭，粗聲道：「姑娘你先請。」鋼鞭與軟鞭不同，隸屬短兵器，他這把鞭子卻長達三尺九寸，分為十三節，鞭身釘滿倒刺，可知他膂力過人。

觀音奴目測一下鋼鞭的攻擊範圍，懶懶地道：「不必客氣，你遠來是客，我讓著你。」

完顏洪量脾氣急躁，與她耗了半刻，按捺不住大吼一聲，一鞭揮出。這一鞭挾開碑裂石之力，破開空氣時隱約有風雷之聲，威勢奪人。然他手上方有動作，觀音奴已判明鋼鞭去向，迅捷無倫地滑入鞭影中，直刺他前胸。

完顏洪量的胸口突然塌陷下去，竟是練了一身軟功。觀音奴見機更快，實招翻作虛招，反手一撩，劃傷他的左肩，回刀後撤之際，堪堪躲過那毒蛇般倒捲回來的鞭梢。

第一回合，觀音奴占了先機，贏得彩聲一片。完顏洪量怒吼一聲，不顧左肩的血瀝瀝而下，將鞭河一百零八式連綿不絕地施展開來，再不給觀音奴可趁之機。

這招式名為鞭河，果然像黃河之水流到狹窄的壺口，頓時洪波湧起，怒濤千疊。白虎臺是用堅如鐵石的千年古木建造，然而鋼鞭落空擊到檯面上時，竟激得木屑亂濺，鞭出縱橫溝槽。即便雷景行上場，想要擊潰完顏洪量並全身而退，也得費點勁兒，何況刀功本就不紮實的觀音奴。

觀音奴從未遇到過這樣強悍的對手，她的輕巧和機變在這雄渾霸道的功夫面前變得毫無用處。若說完顏洪量像能夠驅策河流的巨靈，少女則像一隻粉色蝴蝶，在疾風驟雨似的鞭影裡飛舞閃避，美則美矣，卻讓人生出不堪長鞭一擊的焦慮。

蕭鐵驪呼吸沉重，握緊腰刀，等著出手的最佳時機，把觀音奴從這該死的鞭子下拉回來。雷景行神色凝重，手指在几案上輕輕叩著。郭服卻瞇著眼睛，笑意不可遏止地從嘴角溢出。

人群靜了下來，只有鋼鞭帶起的風雷之聲在呼嘯。完顏洪量使到第七十三式「厲波赴海」時，觀音奴已經力竭。她用盡全力規避那如影隨形的長鞭，至此已不能支撐。

蕭鐵驪霍然起立。雷景行的指間不知何時已扣住了一枚精鋼打造的刀片。

林中突然起風，於寂靜中捲起陣陣松濤，讓人悚然一驚。在雷景行和蕭鐵驪出手前一瞬間，在本來絕無可能出手的某個空隙，觀音奴發出了第二刀。

這一刀極其笨拙，在旁人眼中無疑螳臂當車、蚍蜉撼樹，然而完顏洪量卻露出極其恐怖的表情，發現觀音奴的刀突然解體，化作一團晶亮的霧裹住自己，身體的每一處都充斥著尖利的切膚之痛，甚至包括他的雙目和口鼻，全身血液透過密密麻麻的傷口迸射而出，視野中一片血紅。驚駭之下，完顏洪量不由自主地鬆開了鋼鞭。

眨眼間勝敗已定，方才還遊走如意的鋼鞭，垂死大蟒般盤在地上，完顏洪量因發力時猝然鬆手，右肘已然脫臼。觀音奴的刀抵在完顏洪量腹部，堪堪推進半分。

他輸得實在莫名其妙，滿場響起嘁嘁喳喳的議論聲，卻都莫衷一是，唯千丹辨出觀音奴用了真寂寺的兵解之術。

道家所謂兵解，指學道者因兵刃加身而解脫肉體，修成仙人，真寂寺的兵解卻是一種強大的幻術，可令人產生兵刃解體，千萬碎片楔進身體的幻覺。施展兵解之術本就消耗精力，況且是操縱觀音奴發出，千丹擔憂地看向嘉樹，見他的臉白中沁紫，嘴唇全無一點血色，慌忙上前服侍。

觀音奴與完顏洪量對滿場歡呼聽而不聞，仍維持著方才的姿勢，茫然對視。觀音奴的第二刀完全不由自主，清醒之後，陡然覺得那一刻自己的靈魂被褫奪，有什麼東西硬生生地擠占了身體，讓她產生強烈的排斥，心煩欲嘔。

蕭鐵驪上前，掌著觀音奴的手腕，輕輕抽回抵在完顏洪量腹部的刀，創口不深，只有少量鮮血滲出來。蕭鐵驪牽著觀音奴回到席上，她臉上塗的栝蔞膏被汗水一沖，花貓一般。

耶律歌奴取出巾子給觀音奴擦淨，問她哪裡不舒服，她卻白著臉兒不說話，眼神惶惑。雷景行的本意是讓觀音奴出來歷練，吃到苦頭後練刀能勤快點兒，看她現在魂不守舍的模樣，頗感後悔。

完顏清中也上來攙扶完顏洪量，低聲問：「大師兄，你怎麼了？」完顏洪量的一顆心兀自狂跳不已，左手按著胸口，察覺自己除了肩部和小腹的刀傷，其餘並無傷損，怔忪地道：

「沒什麼，一時眼離了。」

郭服聽完顏洪量低聲講述方才的幻覺，陰沉著臉道：「蕭姑娘小小年紀，不但是南海神刀門的高足，還精通薩滿教中的幻術，可真是了得啊，嘉樹法師以為呢？」

耶律嘉樹服了千丹呈上的藥，臉色略微好轉，道：「說到蕭姑娘如何勝出，想南海刀術已臻通神之境，豈是我輩俗人可以妄測。」

雷景行打了個哈哈，「嘉樹法師過獎。唔，法師的臉色這般難看，不知哪裡不適啊？」

嘉樹淡淡地道：「我這心疾與生俱來，發作時也不分時辰地方，讓諸位見笑了。」

臺上坐的俱是一等一的高手，雖看不出觀音奴借助了外力，卻都覺得觀音奴勝得蹊蹺，然而到底哪裡不對，還真指不出來，臺下的崔逸道亦露出深思的表情。上邪大祕儀是真寂寺的祕中之祕，外間無人知悉，故此嘉樹篤定。

此後三局，完顏清中、蕭鐵驪與遼國另一名獲邀者耶律阿寧勝出。觀音奴呆坐一旁，無論周遭如何熱鬧，皆不為所動，只有蕭鐵驪比試時，一雙明眸緊隨他的刀鋒移動，顯得頗關切。

雷景行看出觀音奴其實什麼都沒看出來，暗想這次小妮子嚇得不輕，悄悄問她：「你什麼時候學會薩滿教的幻術了？」

觀音奴搖頭道：「我哪裡學過，定是那傢伙輸得難看，找個藉口來搪塞，反正別人也見不到，他怎麼說都成。」

休息半個時辰後，決出的四名勝者重新抽籤，雷景行與耶律歌奴均要觀音奴放棄，孰料她瞪大眼睛，憤憤地道：「我很差勁麼？就算會輸，也一定要上場，絕不能讓那個女真人不戰而勝。」

耶律歌奴歎氣道：「你未必跟那個女真人抽到一組啊。看你拿著刀子這樣比來劃去，我實在擔心得很。你已經勝了一場，不用再比了，讓你哥哥去打吧。」

觀音奴嘟起嘴：「阿媽不要洩我的氣，說不定我會跟鐵驪抽到一組，那豈不是更妙。哎呀，哥哥，你倒是幫我說句話啊。」

蕭鐵驪禁不起她的軟語央求：「你倒是想得美，人家知道咱們是兄妹，待會兒要分開抽籤的。不過，阿媽你就讓觀音奴上吧，有雷先生和我在旁邊盯著，觀音奴不會有事。」

雷景行看她剛才已經被打懵了，現在又這麼精神，也欣賞她的鬥志，頷首同意。

抽籤時，蕭鐵驪與耶律阿寧抽到第一組，觀音奴與完顏清中抽到第二組。耶律阿寧使一根鉤棒，招數特異，蕭鐵驪勝得艱難，身上多處掛彩。雷景行看得心癢，想這小子家傳的刀法雖然平平，輔之以神刀門的碧海心法，再加上他臨敵對陣時反應超卓，常在必輸之境中被對手逼出一些怪招來，進而逆轉局勢，實在是天生的武者，資質大佳。惜乎這頭強牛一直不肯真正拜到神刀門下，修習神刀九式，實在可恨啊可恨。

觀音奴見鐵驪勝了，暗暗盤算：「我跟完顏清中也算交過手，看來不凶，其實是個狠角色，想贏他似乎不大可能，不過我若將他的內力多多消耗，對鐵驪就大大有利。」轉念一想，「不對，身為武者，自當光明磊落，贏就是贏，輸就是輸。我想東想西，不單看輕鐵驪，也看輕了自己，只管放手一搏吧。」

觀音奴卸了心裡的包袱，笑吟吟地游目四顧，見耶律嘉樹眼中微蘊笑意，向自己看過來，那目光清涼透徹，似乎能洞察自己的心意一般。觀音奴大駭，轉念一想：「怕什麼，難不成他還會讀心術？」於是瞪回去，見嘉樹眼中笑意更盛，便向他扮了個鬼臉。這一來一去，旁人還沒什麼，白虎臺下一心關注觀音奴的崔逸道卻盡收眼底。

「咚」的一聲鼓響，第二組的比試開始。完顏清中使的是雙鉤，一鉤橫在胸前，一鉤指地，道：「蕭姑娘，你先請。」同樣的話，完顏洪量說來是傲慢，他說來便是優雅。

觀音奴也不多言，清叱一聲，手中刀向他抹去，完顏清中抬右手一格，左手還了觀音奴一鉤，三把兵器頓時絞到一處，單刀與雙鉤相碰時的叮叮之聲不絕於耳，儼如急管繁弦。

觀音奴方才與完顏洪量對陣，只出了兩刀，早憋了股勁兒，一上來便是快攻，刀勢綿密，幾無空隙。她輕功最好，在刀網中穿梭遊走，宛如回風舞細雪，濃雨打梨花，看得眾人入神。唯有雷景行在一旁擰眉、切齒、頓足、扼腕，只覺她或者火候不到，或者招式用老，或者準頭太差，總之錯過多少取勝機會，全是平日練刀不勤的緣故。

完顏清中性子沉穩，又防著觀音奴使出什麼古怪幻術，一直居於守勢，直到觀音奴露出破綻方才回擊，右鉤向她頭上斬去，勢如猛虎下山，是鉤法中少見的招數。觀音奴避無可避，上身往後一倒，細腰之柔，似被折斷一般。

完顏清中的殺著還在後頭，身子向前一探，左鉤攻向她肋下。觀音奴向後下腰，未及收回，左手就勢在地上一撐，伸足勾住了完顏清中餘勢未了的右鉤，竟騰身而起，立在了完顏清中的右鉤上，隨後身子一旋，輕盈落地。她躲得雖漂亮，卻再無餘暇抵擋完顏清中的第二波進攻，幸好完顏清中也無意傷她，借她在空中調整姿勢之機，以左鉤震落了她的單刀，替方才鋼鞭脫手的完顏洪量找回了場子。

觀音奴落地之際，亦是單刀脫手之時，卻並不狼狽，姿態清拔，傾倒眾人。她面頰發熱，靜了片刻，足尖輕挑掉到地上的刀，伸手接住，爽快地承認：「你贏了。」

完顏清中輕咳一聲，道：「蕭姑娘輕功超群，在鋼鉤上也可作宛妙之舞，比漢人皇后的掌上舞更加驚險。」

他倒是真心讚美，觀音奴聽來卻不啻侮辱，瞥他一眼，笑容燦爛，星眸貝齒，耀得完顏清中眼前一花。誰知觀音奴翻臉好比翻書，瞬間把臉垮下來，冷冷地道：「你酸嘰嘰地說什麼，我聽不懂。」

她轉身就走，將還沒回過神來的完顏清中晾在當地，其人表情甚傻，惹得眾人竊笑。

雷景行忍笑道：「觀音奴啊，你再不用功，人家都把舞刀當成刀舞了。」

觀音奴懊喪地踢著矮几的木腿：「知道了。」

決勝之局在蕭鐵驪與完顏清中之間展開。兩人都已比過兩局，雖未直接交手，彼此的武功路數早看得眼熟。實際交手方知不然，蕭鐵驪與耶律阿寧對決時已傾盡全力，完顏清中則頗有保留，此刻盡數施展開來，殺得蕭鐵驪左支右絀。

百招之後，完顏清中直襲中路，雙鉤一分，在蕭鐵驪胸腹間拉出兩道傷口，鮮血泉水般湧出來。砰地一聲，蕭鐵驪向後一倒，重重地砸在白虎臺上。

眾人皆看出完顏清中占盡優勢，但心中總有萬一之想，只盼蕭鐵驪似剛才一般絕地反擊，贏了完顏清中。此刻看他倒地，心底一涼，均想：「我們輸給女真人了。」

觀音奴從椅子上跳起來，全身簌簌發抖。驚恐的聲音在她耳邊盤旋，她以為自己尖叫出聲，其實只是嘴唇開合而已。

嘉樹微微揚眉，萬萬沒料到這纖細少女竟有如此狂暴的靈魂。觀音奴的憤怒似狂潮一般捲過嘉樹的腦海，使他這個窺視者也感到震撼：「暴烈的靈魂雖然比安靜的靈魂難控制，然而她爆發出的力量如此之大，若能善加利用，對我的謀劃大有助益。」

完顏清中已收起雙鉤，蕭鐵驪卻搖搖晃晃地站起來，握緊手中的刀，盯著完顏清中的眼睛，道：「比試還沒結束。」

他全身染血，面上的血污被汗水一沖，越發顯得猙獰，黑多白少的眼睛曜石一般閃著光，其中的殺氣和戰意令完顏清中也覺得欽佩，雙鉤一錯，道：「今日得與蕭兄這樣的硬漢一戰，無論勝敗，都是人生快事。」

觀音奴奔上去，將蕭鐵驪胸腹間的傷口緊緊裹住。兩人到處流浪，受傷乃是常事，她做來自然駕輕就熟。完顏清中見她彎著頸項，嫩紅嘴唇微微撅起，專心為蕭鐵驪包紮的樣子，心中驀然一動。觀音奴恰於此時抬頭，惡狠狠地剜了完顏清中一眼，迫得他心中又是一跳。

觀音奴退回場邊，聽雷景行懶洋洋地道：「哼，蠻牛，只憑一腔血氣就可以贏人家了麼？」她不由恨得跺腳：「師父只會說風涼話。」

耶律歌奴兩手交握，捏得指節發白，澀聲道：「觀音奴，你去勸鐵驪下來吧。」

觀音奴一愣，隨即搖頭：「不，鐵驪不會認輸的，除非他已經拚盡最後一分力。」

雷景行輕輕咳了一聲，道：「觀音奴，你還記得我教你練一江春愁時說的話麼？你記得一江春愁的九十九種變化，也記得每一種變化的九十九種衍生，但你從不肯想一想為什麼如此變化。至於鐵驪，你每次和他試招，倒是他輸的時候多些，但刀法中蘊涵的奧義，或者他比你領悟更多。鐵驪是在你學神刀九式以後才開始夢遊的吧？其實那傢伙做夢都在練刀啊，他白天輸給你，晚上做夢時琢磨出的反擊，嗯嗯，我見過幾次，大有可觀。」

一江春愁是神刀九式的第一式，也是觀音奴的入門第一課，她聽雷景行這麼一說，赧然之餘，心中存著一線希望，叫道：「鐵驪，你記得師父在刪丹城時說過的話麼？」

場上正要再戰的兩個人回過頭來，聽觀音奴一字字地道：「師父說，春江潮生，奔流到海，水還是那些水，可是流過的河道堤岸不同，呈現出來的形態氣韻便也不同。武功同理，招式是死的，人是活的，不要拘泥在套路上頭，隨機而發才好，就跟鐵驪做的那些夢一樣。」

完顏清中啞然失笑，這道理眾人皆知，卻不是人人都能做到，值得這樣鄭重地說出來麼？倘若蕭鐵驪真懂得隨機而發，甚或料敵機先，也不會被自己打得沒有還手之力。

蕭鐵驪心中一震，想起觀音奴初學神刀九式時，最愛纏著自己和她過招。一江春愁變化繁複，軌跡莫測，乍見目眩，頃刻神馳，他不欲學神刀九式，刻意忘記白日所見，然而夜間發夢，那些神妙的招數便片鱗隻爪地在腦海中復活，輕靈而詭譎，在匪夷所思的空隙裡向他刺來，他竭力閃避，奮力回擊，卻每每在冷汗中驚醒。

此後的比試，成為鬼神亦感驚豔的一戰。蕭鐵驪因幼妹的一席話而頓悟，並在必輸之境中爆發，其招數流暢揮灑如庖丁解牛，飄然無跡似羚羊掛角，不拘泥於以往任何一種套路，後世人乃名之曰「夢域影刀」。這是一種純粹的刀法，與幻術無關，然而它在夢境中衍生，一經展開，狂暴的戰意裡也挾著夢的魔力，不單催眠了對手，也催眠了眾位凝神探究其精要的高手。

完顏清中應對這刀法，便似十五歲時孤身陷在狼群，碧眼環伺，腥風撲面，稍有差池便是噬肉滅魂之禍。

郭服眼底凶光畢露，令眼角亦為之變形。他腦海中來來往往，盡是當日劈殺宋軍小頭目一家人的情景，以及最後將仇人屍體鞭得體無完膚的痛快。

雷景行記起了少年時在南海學刀的情景，每天白沙上劈風千次，潮汐中破浪千次，然而無論他如何揮刀，終究不能將神刀九式練至更高境界。終有一日師父太息，道：「就這樣吧，出去歷練歷練，或者有所進益。」三十年後的此刻，他再度重溫那一刻寒涼苦痛的心情。

崔逸道目光灼灼，十三年前黑山道上被契丹人掠走的女嬰，與白虎臺上觀音奴的面孔一時重合，一時分開。這容貌酷似自己、神情卻很像希茗的姑娘是否自己的女兒？他喃喃自問。

觀音奴夢見小時候與鐵驪夜宿兀剌海城外，野生忍冬的綠藤纏繞在林間，唇形花朵對生在葉腋上，初開時潔白，漸變為明黃，金銀錯雜，散發出清澈的香氣，沁到衣服頭髮上。

千丹想起了江南，脂粉香味的膩水下隱著羅網，嫋嫋娜娜的柔枝裡藏著冷箭，宋人的地方看起來溫柔旖旎，其實詭譎險惡。

白虎臺上，連夏國的空見國師也露出恍惚神色，唯耶律嘉樹垂著眼簾，表情淡漠，然無風而動的衣袖和髮梢，證明這可以操縱人靈魂的法師也在全力抵禦夢之刀的力量。

這些形形色色、光怪陸離的夢盡被蕭鐵驪的夢吞噬，形成極為狂暴的力量，殺得完顏清中一敗塗地。如果說蕭鐵驪已展現的天賦彷彿海面上的浮冰，那麼現在海水退去，露出了底下的崔巍冰山，讓人只能仰視。

遼國上京的松醪會上，蕭氏兄妹大敗金國高手，奪得寶刀燕脂，名揚北疆。這消息被經商的行旅傳到夏國居延城時，已是暮夏。衛慕氏的少主銀喜乍聞這消息，連鞋襪也未及穿，赤足闖入居延海旁的雙塔寺。

幽暗的僧房裡，衛慕銀喜咄咄逼人地問沒藏空：「聽說了麼？那個契丹的英雄，松醪會上打敗半山堂高手的人，他叫作蕭——鐵——驪。」

僧人合上經書，平靜地回答：「遼國只有蕭和耶律兩姓，鐵驪是他們的古老部族之名，叫蕭鐵驪的契丹人很多。」

衛慕銀喜冷笑：「並不是每一個叫蕭鐵驪的契丹人，都有一個叫蕭觀音奴的妹妹。」

沒藏空聽出她的意思，微不可聞地歎息了一聲：「聽說金兵已攻破了遼都上京，天祚皇帝也逃到了沙嶺。現在遼國兵火連天，不可輕易涉足，況且你婚期已近……」

衛慕銀喜的手指將桌面抓得格格響，打斷他道：「殺父大仇不報，我有何面目與人談婚論嫁？就算踏破鐵鞋，我也要證實這蕭鐵驪是不是殺了我父親的蕭鐵驪。」

在漫長的光陰裡持續不斷地憎恨一個人，並不是件容易的事，然遼國傳來的消息成了銀喜人生的一個轉機。與野利氏的婚事，誠非她所願，而與沒藏空一起踏上復仇之旅，令她心底生出了隱祕的自己都不肯承認的歡喜。

沒藏空輕輕轉動著小指上衛慕氏與沒藏氏盟誓之戒，知道自己不能拒絕。

注：

①宋．張舜民《使遼錄》：「北婦以黃物塗面如金，謂之佛妝。」

②宋．莊綽《雞肋編》：「（契丹女子）冬月以栝蔞塗面，謂之佛妝，但加傅而不洗，至春暖方滌去，久不為風日所侵，故潔白如玉也。」

③宋．彭汝勵：「有女夭夭稱細娘，珍珠絡臂面塗黃。南人見怪疑為瘴，墨吏矜誇是佛妝。」

第十一折　此會在何年

昨夜有雨，初升的太陽照著草場，蒸出濕漉漉的青草味兒。蕭鐵驪從氈房裡鑽出來，深吸一口清涼的空氣，朝自家羊圈走去。圍欄旁站著位中年男子，英俊得令人側目，向蕭鐵驪抱拳道：「蕭英雄，早。」說的是非常蹩腳的契丹話。

松醪會後，來涅剌越兀的訪客便絡繹不絕，顯赫如秦晉王耶律淳，貧賤如邊陲的牧民少年，然而沒有哪位似眼前這位，未及道出來意，已令蕭鐵驪感到不適。

「我，崔逸道，宋國人，十三年前，黑山，我女兒……被搶走。」他說得斷斷續續，臉上卻始終掛著微笑，風度儀表都無可挑剔。

蕭鐵驪知道自己為何不舒服了，面前這人與觀音奴長得太過相像。他的身體突然繃得弓弦般緊，打斷了崔逸道的話：「說漢話吧，我聽得懂。」

「我的次女生在宋國大觀元年，也就是貴國的乾統七年。那年夏天，我帶妻女來黑山尋找金蓮，到了山頂，卻被一群契丹人伏擊，搶走了我女兒。」

「黑山是我們的聖山，除了祭祀，沒有人會隨便進山，更何況在山裡搶人。觀音奴是我從黑山狼洞裡抱回來的。」

「我無意冒犯聖山及蕭君，也不曾質疑觀音奴的來歷，不過我確實在黑山丟了女兒。夜來被劫走時，尚在襁褓之中……」
觀音奴清亮的聲音恰於此時響起：「鐵驪，奶茶煮好了。」
崔逸道遙望氈房門口的少女，續道：「若夜來長到現在，正好這般年紀。」
蕭鐵驪緩緩放鬆肌肉，吸氣，吐氣，道：「觀音奴並不知道自己的身世，我要先向她講明。至於她是不是你丟失的女兒，現在還不清楚。你在門外等著。」

「觀音奴，還記得你小時候被狼叼走的事兒嗎？」
觀音奴正給雷景行和耶律歌奴斟茶，手微微一頓，頭也不回地道：「記得啊，是鐵驪把我從狼窩裡扒拉出來的。」
蕭鐵驪額上的青筋暴了出來，費力地道：「我妹妹被狼叼走了，我從狼洞裡把你抱了回來，但你不是我妹妹，你是比我親妹妹還親的妹妹。」
觀音奴愣了一下，噗哧一聲笑出來：「鐵驪真會繞啊，我知道了。」她沒有半點驚訝之色，倒是雷景行詫異地放下茶碗，認真打量觀音奴，見她秀骨玲瓏，手足纖小，長得不像虎背熊腰的蕭鐵驪，與身材高眺的耶律歌奴也不同。
氈房中突然靜了下來，觀音奴微微笑著，語調輕快：「是啊，我不是阿爹阿媽親生的，這不要緊吧？如果你們都不在意，我也不在意。」

歌奴攬住觀音奴，摸著她鴉翅般漆黑光亮的頭髮，「誰在意這個啊。觀音奴是咱們家的寶貝，看到你笑，阿媽的皺紋都會少兩根。」

蕭鐵驪悶悶地道：「方才在羊圈那兒碰到一個姓崔的漢人，說十三年前在黑山弄丟了女兒，年紀正好跟咱們家觀音奴差不多。觀音奴的樣子……」他使勁吐出一口氣，感覺有什麼沉甸甸地壓在胸口，不想說出來，又不得不說出來，「跟他很像，非常像。那人就等在外面。」

崔逸道聽得真切，掀開簾子走進氈房，向雷景行施了一禮，道：「久仰雷先生大名，後學有禮。」向耶律歌奴一揖：「大娘康健。」

他從容地坐下來，微笑道：「冒昧登門，打攪諸位了。在下崔逸道，宋國人氏，十三年前為家母求藥，在貴國的黑山丟失了女兒。」他聲音一低，用手按住胸口，「這是我一生至痛至悔之事，內子更是耿耿於懷，十三年來未嘗展眉，食不下嚥，睡不安寢。這次松醪會上，意外發現蕭姑娘的神情笑容酷似內子，又聽說她是在黑山狼洞中抱回來的，故此尋到這裡。我並沒有什麼非分的想法，只想請蕭君指認一下當時的狼洞，看有沒有小孩子的東西掉在那裡。」言畢俯下身子，額頭一直觸到地面。

崔逸道與身著男裝的觀音奴斜向而坐，宛如大小玉樹，交相輝映。天南地北的兩個人，性別不同，年齡懸殊，若不是源自同一血脈，豈能相像到這種程度。雷景行等人面面相覷，心裡都信了八九分。

觀音奴低頭玩手指，半晌聽不到人說話，抬起頭來，見大家都看著自己，她勉強道：「只是去狼洞看看而已？」

崔逸道笑道：「只是去狼洞看看而已。」

崔逸道站在黑山隘口，不由得心潮起伏。當年希茗在山中宛轉作歌：「願為星與漢，光影共徘徊。」歌聲早已湮沒在光陰深處，山林卻依然青翠安謐，可謂一樹碧無情。他們在此間痛失愛女，希茗對他雖無怨懟，傷痛之情卻始終不息。她嫁給他十七年，人人稱羡，皆道這姻緣堅固如金石，美好若雲錦。唯他明白，她的痛苦煎熬是青瓷上的一痕瑕疵，也許相安無事，也許有一日便會裂開。

蕭鐵驪獻上給山神的祭品，與觀音奴一步步走進黑山。兩人都很小心，呼吸輕柔，步履無聲，唯恐驚擾了山神。崔逸道拍拍侍童崔小安的頭，示意他趕緊跟上。

到了當日那處懸崖，蕭鐵驪引著眾人躍到洞口的平臺上。觀音奴瞪著黑沉沉的狼洞，胸口驀地一酸，回身抱住鐵驪，低低喚了聲哥哥。委屈、慶幸、哀愁……種種情緒交織到一起，她覺得心口生發出的那點酸痛一直浸到四肢百骸，沉得抬不起邁不開，像隻松鼠一樣巴著鐵驪，抽抽噎噎地哭起來。

觀音奴拚命將哭聲吞回去，間或傳出一兩聲壓抑不住的抽泣，反而更增悽楚。蕭鐵驪心中難受不亞於她，卻說不出來，只感到胸口的衣裳被她的熱淚漫漫洇濕，變成一塊烙鐵。

一炷香的功夫，小安從狼洞中爬了出來，腋下夾著一塊破敗得辨不出原本顏色的緞子。崔逸道接過來細看，聲音微微發顫：「這是我女兒的襁褓，內子親手繡製，正面是千葉蓮花，反面是折枝茱萸，我記得清清楚楚。」

「老爺，還有這個。」小安舉起一根碧綠的磨牙棒。崔逸道一眼認出，不由狂喜，心道：「希茗，這確鑿無疑是我們的女兒了。這一次，我一定帶她回家。」

觀音奴側頭看了蕭鐵驪一眼，在瞬間作了取捨。她蹲到小安面前，笑吟吟地拍去他身上的浮土，柔聲道：「你只找到這些東西麼？沒有別的了？」

小安搖搖頭，口齒清楚地回答：「我仔仔細細找了三遍，只找到這兩樣，剩下的都是些骨頭。」

觀音奴站起來，坦然地看著崔逸道，一板一眼地道：「當年被狼群叼走的小孩有好幾個，看來您女兒也在其中。」她後退一步，拉住蕭鐵驪的手，「可是被救出來的只有我一個，我也許是您的女兒，也許不是。從我與父母分離的那一天起，我想，我這一生是不可能確切地知道自己的父母是誰啦，可我確確實實地知道，蕭鐵驪是我哥哥。」

蕭鐵驪寬大的手掌包著觀音奴的小手，心中亮堂堂的。

崔逸道注視著觀音奴，心想：「你要真跟這契丹人是兄妹，那才奇了怪了。」但他是何等樣人，並不與觀音奴辯駁，微笑道：「這是我女兒小時候的東西，我拿著也沒用，不如送給姑娘玩兒吧。」

觀音奴見那磨牙棒像竹枝上的一顆露珠，翠生生地從他指縫中滴下來，禁不住伸手接住，掌心頓時一涼。她不知這是極名貴的翠玉，見崔逸道並不逼迫自己認親，笑吟吟地道：「那就多謝你啦。」

崔逸道不與觀音奴正面衝突，私底下卻來找蕭鐵驪商談，態度懇切，言語感人。蕭鐵驪聽得心亂如麻，卻無辭推脫，只道：「我想想，過幾日答覆你。」於情，他絕不願意觀音奴遠去異國；於理，顯然應促成觀音奴與父親相認。蕭鐵驪素有決斷，唯獨此事在心中反覆斟酌，仍然躊躇難決。

這日，觀音奴陪耶律歌奴去六味泉沐浴。雷景行在附近描繪地形，歸來時見氈房中只有蕭鐵驪一人，困坐愁城，望著房頂發呆。

雷景行丟下畫囊道：「看你這幾天心事重重，為了觀音奴的事發愁？」

蕭鐵驪木然無語，呆了半晌，突然道：「先生，這姓崔的宋人到底是什麼來頭？」他在雷景行默許下學了神刀門的碧海心法和輕功，卻未修習過神刀九式，故雖以弟子禮事雷景行，卻不稱他師父。

雷景行遊歷四方，對各地人物瞭若指掌，當下娓娓道來：「這崔逸道別號英華君，論家世背景、武功才略，都算得上宋國第一流。你知道武功傳承，不外師徒、父子兩條路，武林中各方勢力，亦可因此歸結為門派、世家、獨行客等。大宋武林的百年世家不少，以秦、衛、崔、沈四姓最著，『紫衣秦』和『怒刀衛』皆在汴京，『八寶崔』在寶應，『鳳凰沈』則在杭州，崔逸道便是如今八寶崔氏的家主。」

「我少年時行走淮南，曾遇到一件趣事。當時寶應附近的村子被水寇滋擾，崔氏遂出面蕩平，當地父老便送了『武林第一世家』的牌匾給崔氏，豈料崔氏當時的家主一見這牌匾，勃然變色，堅絕不肯接受。」

雷景行微微笑了一下，「你道這是因為崔氏行事低調麼？恰恰是因為崔氏自矜門第，看不起這樣一塊匾呢。話說九百年前，漢朝覆亡，中土大地分裂成三個國家，其後三百多年間，中土朝代更迭，南有六朝，北亦有六朝，最後北方的隋統一了中土，卻又被唐取而代之。唐之後，歷五代之亂，宋國再度統一中土。」

蕭鐵驪聽得暈頭脹腦，迷惘地道：「是麼？可這跟崔家有什麼關係？」

雷景行嗤了一聲，道：「小子沒耐性，不要妨礙老人家講古的興致，你聽我慢慢道來。原來中土人與我們南海黎族不同，也與你們契丹人不同，有所謂士族、庶族之分，其門第高低、血統貴賤，有如天淵之隔。」

蕭鐵驪聽懂了這節，忍不住道：「我們遼國同樣有貴人和平民。」
雷景行搖頭道：「士族與尋常的達官貴人不同，須有數百年的鄉土根基，家學淵源，世代貴顯，雖然中土朝代更迭頻繁，其門戶卻巋然不動。南朝一流士族王謝袁蕭，入唐後湮沒無跡，故詩人有『舊時王謝堂前燕，飛入尋常百姓家』之句。
「而北朝門閥崔盧李鄭諸家，自北魏到唐末，皆為中原一流士族，人稱『山東名門』。唐國以科舉取士，士族入仕再無特權，但世人仍以與山東士族通婚為榮。唐國曾有皇帝向山東士族求婚而不可得，忍不住抱怨，我家兩百年天子，難道還比不上崔盧？
「唐亡後，中土紛亂，門閥士族日趨衰敗，不過一些嫡系房支尚能維持，譬如清河崔氏的小房，因早就徙居淮南而得存。王讜的筆記中便記載，清河崔氏小房最專清美之稱，世居楚州寶應縣，號八寶崔氏。」
雷景行呷了口茶道：「這寶應縣本名安宜縣，唐時崔家有人出任楚州刺史，向皇帝獻了十三枚定國寶玉，假託是尼姑真如得天帝所賜，唐國皇帝欣然將年號改為寶應，還把崔氏居住的安宜縣也改為寶應縣，這便是八寶崔氏的由來。似崔氏這等門閥，自曹魏遠祖崔琰算起，已傳承八九百年，原是中土最有名望的大士族，哪裡肯囿於武林第一世家的小小名頭。」
蕭鐵驪大為震動：「原來觀音奴的家世這樣了得。」
雷景行微微一哂：「話又說回來，自太祖建立宋國，士族大多煙消雲散，僅存的幾家雖苦苦支撐，聲名卻早就不顯於世，只有限的幾個人比如專門研究譜牒的曉得罷了。蓋今世不尚閥閱、血統，看重官品、財勢。任你出身貧寒，一朝躍過龍門，做了新科進士，立時炙手可熱，連當朝宰相也等著招婿呢。」

雷景行見蕭鐵驪眼中露出疑惑神色，心想這一時半會兒也解釋不清，遂道：「單說這八寶崔家，唐末時出了個厲害人物，七十二路碧實劍法使得出神入化，一力護得家族平安。到如今崔氏在淮南名聲不墜，憑的不是名門血統，而是武林朋友的捧場。崔氏現在的家主崔逸道不唯武功卓絕，更兼長袖善舞，將崔家的生意從南做到北，從陸上做到海外，很是興旺。」

蕭鐵驪神色黯然，喃喃道：「先生實在厲害，懂得這麼多。」

雷景行擺擺手，站起來整整衣衫，恭恭敬敬地道：「我師母出自滎陽鄭氏一脈，我常為師母整理山東士族的書籍譜牒，故此略微知道一些。」坐下來續道：「傻小子，我苦口婆心地講這許多，你還不明白我的意思麼？你若讓觀音奴與崔逸道相認，她此後定然錦衣玉食，在武林中更是要風得風，要雨得雨。然而崔氏門閥的規矩多，束縛也多，以觀音奴的性子定不會痛快。空闊之原上奔馳慣了的人，在深宅大院中如何消磨？去留各有利弊，你自己好好斟酌。」

「上次秦晉王來涅剌越兀，要我投軍，為國效力。我顧慮母親和觀音奴，一時不敢應承。但聽秦晉王說，金主要我國用漢家禮儀封冊他，派使者反覆議了多次，最後還是談崩了，一場大戰必不可免。指不定哪一日，金人就要來攻打上京。」蕭鐵驪右掌作刀，狠狠斬在自己左腕，「既然觀音奴有這樣好的去處，我便不要她跟著我吃苦受罪。」

雷景行當時也在座，點頭道：「金主要你們的皇帝以兄事之，歲貢方物，割上京、中京等三路州縣，以親王、公主、駙馬、大臣子孫為質，這樣苛刻的條件怎麼談得攏。」他怔了半晌，「唉，天下本無不散的宴席，觀音奴若回宋國，我也得離開了。」

一個冰且脆的聲音響起：「誰說我要回宋國？」觀音奴站在門首，眉宇間隱含煞氣。

蕭鐵驪神色凝重，雙手按在矮几上，一字一頓地道：「方才我與先生說，崔逸道定是你阿爹，你應當與他相認，然後回宋國去。」

觀音奴逼上來，面頰與蕭鐵驪相隔不過數寸，眼睛裡光芒迸發，似乎連眼波都在沸騰，「我為何要認他？我便認了他，又待如何？鐵驪，你最好把話說明白。」

蕭鐵驪眼都不眨，硬著心腸將方才的話又說了一遍，觀音奴見他說得斬釘截鐵，沒有半點轉圜餘地，驚怒之下，全身發抖，掙扎半晌方逼出一句：「哥哥，你不要我了。」

蕭鐵驪的手緊握成拳，青筋暴出，澀聲道：「我沒有不要你，你也不能不要自己的親爹媽，他們日日盼著你回家。」

觀音奴拖著鐵驪的袖子，哀哀道：「哥哥，我生下來就跟著你，會說的第一句話就是鐵驪，你怎麼忍心讓我跟人到宋國去？你留在涅剌越兀，我幫你放羊牧馬；你去投奔秦晉王，我會照顧好阿媽和族人。我萬事都不拖累你，處處都聽你的話。哥哥，別趕我走。」

觀音奴剛洗完澡，濕漉漉的長髮垂下來，比平日的男孩子打扮顯得柔弱，神情悽楚，言語可憐，聽得雷景行和耶律歌奴好不心酸。蕭鐵驪胸中冰炭摧折，面上卻不為所動。

觀音奴見他軟硬不吃，跳起來道：「阿媽，你也想我走麼？」

耶律歌奴尚未開口，蕭鐵驪亦重重地喚了一聲阿媽，道：「這事我說了算。」歌奴夾在中間，兩頭作難，囁嚅著說不話來。

觀音奴又灰心又失望，一步步退出氈房，狠狠地道：「就算你們都趕我走，我也不回宋國，我偏偏不回去。」

耶律歌奴聽氈房外蹄聲急促，知觀音奴騎馬走了，歎道：「鐵驪，你也知道觀音奴的脾氣，不該這麼逼她。」

雷景行亦道：「你說得和軟點兒，兩下裡就不會嗆起來。」

蕭鐵驪面色鐵青，道：「先生，阿媽，我若說觀音奴在宋國的家極好，她定會說不稀罕。我若告訴她上京形勢危急，她更是死都不會走。用不著解釋什麼，我要她走，她就得走。」

觀音奴放馬奔出涅剌越兀部的營地，卻無處可去，兜兜轉轉，來到那日與耶律嘉樹同遊的平頂山下。她將馬繫在山腳，徒手攀上當時歇息的岩洞。

陽光射在暗紅的岩壁上，落下深紫陰影，觀音奴蜷縮在岩洞一隅，感到與那日一般的鈍刀切割之痛，只不過當時痛的是身，今朝痛的是魂。

觀音奴呆坐半日，驀地眼前一暗，有人擋住了洞口的光線。她抬起頭，勉力一笑，「唉，嘉樹法師，你一定給我施了什麼咒，每次我倒楣落單，準能遇見你。」

自施行上邪大祕儀後，耶律嘉樹不需著人跟蹤，便可借窺魂術找到觀音奴所在。雖然清楚她並未疑心自己，只是隨口一說，他的面頰仍然一熱，含糊道：「嗯，我路過此間。」話鋒一轉，「你遇到什麼倒楣事了？」

觀音奴的下巴抵著膝頭，頹然道：「我哥哥不要我了。」

嘉樹見她傷心如此，手微微一動，隨即止住，道：「怎麼會？」

「鐵驪說我是宋人的女兒，應當回宋國去。只憑一個陌生人的說辭，他就不顧兄妹之情，狠了心攆我走。」觀音奴捏著一塊碎石，用力在地上劃著，擦出一道微弱的電光。

嘉樹緩緩道：「看觀音奴惱成這樣，莫非那宋人確實不是你父親？」

觀音奴眼底的光芒暗了下去，她的脾氣跟蕭鐵驪一樣，有一說一，縱然不情願，仍道：「應該是的，我跟他長得挺像，而且狼媽媽養我的洞裡也找出了他女兒小時候的東西，喏，就這個。」

嘉樹深感失望，發現自己竟盼她說「不是」。他接過磨牙棒，觸手光潤，透過碧瑩瑩的寶光，可見到面上浮著兩個芝麻大的篆字「夜來」，刻得極為精細。他怔了半刻，臉上露出回憶的神氣，低聲道：「春鶯輕囀，夜來如歌；芙蕖半放，夜來香澈；秋水清絕，夜來生涼；初雪娟淨，夜來煮釀。原來你本名叫夜來，真是極美的名字。」

觀音奴眨眨眼睛，「很美麼？」忽然懊惱地道：「唁，這才不是我的名字。」

嘉樹微微笑道：「你說不是便不是。」他將冰原千展烝盡數收斂，談笑間便令她緊蹙的眉尖舒展開來。

嘉樹少時遭遇坎坷，自有一種經過錘煉的成熟氣質，且他與觀音奴靈魂相通，便加意渲染這種態度，無聲無息地侵入她的心魂。觀音奴聽他說話，山泉一般清涼，漸漸覺得那摧心裂肺的離別，經他開解後也沒什麼大不了。

冰盤似的月亮從東方升起，勾勒出一帶遠山的烏藍輪廓。

觀音奴靠著岩壁，喃喃道：「鐵驪的話就像東流的水，說出來就不會收回，我罵他也沒用，求他也沒用。哼，走就走啦，只當是到宋國玩一趟。」

嘉樹長長地吁了口氣，心想蕭鐵驪固然執拗，你的脾氣卻也好不到哪裡去。「這可想通了，江南風光美麗，觀音奴定會喜歡。」他頓了一下，用更溫和的語氣道：「既然觀音奴的父母在宋國，怎麼不願回去呢？難道你對他們沒有一點孺慕之情？」

「自從懂事，我不曾羡慕別的小孩有爹媽，哥哥也很好。你的意思跟鐵驪一樣，都認為我應當回到親爹媽身邊。我啊……」觀音奴的唇邊露出模糊的笑意，「跟焰尾草一樣，風把種子吹到哪裡，就在哪裡開出花來。這麼大的草場，也不知道我是哪一棵焰尾草的種子。不知道就不知道囉，我不在乎。倘若鐵驪不逼我，我寧可留在這裡。」

嘉樹悵然，心想：若是十三年前沒有失去你，若是由我親手將你養大，是否會像蕭鐵驪一樣得到你清澈透明的愛。這突然而至的念頭使他對自己也生出厭惡來，默然半晌，將一枚鐵哨放到觀音奴手中，自己拿著一枚吹了起來。哨音清亮，加以內勁，穿透力極強。

一對半大的遊隼循著哨聲飛到岩洞門口，頭頸處的羽毛黑得發亮，泛著金屬般的藍光，上體灰藍色，白色的腹部綴著黑斑，眼圓而利，喙短而寬，極為神氣。

嘉樹伸出手，其中一隻便飛到他肩上。他向觀音奴逐一演示各種哨音代表的指令，觀音奴見這對猛禽馴養後竟如此靈巧，正感豔羡，孰料他道：「這對遊隼，一隻叫雷，一隻叫電，送給你和蕭鐵驪，即便相隔萬里河山，也可以借牠們來傳訊。」

觀音奴的眼睛睜得大大的，純良如小鹿，歡喜地道：「真的？可我沒有什麼東西回贈你。」

嘉樹想了想，道：「你不是有塊火鳳凰的雞血石麼？被我拾到，沒來得及還你，送給我如何？」

觀音奴稍微安心，忙不迭地點頭。

嘉樹歎了口氣，只覺她清若溪流，讓人一望見底，忍不住切切叮囑：「觀音奴，此去宋國，似你這樣直來直去的脾氣，難免吃虧。不可像現在這般隨便相信人，説話行事更要懂得保留三分。」

觀音奴粲然一笑，彷彿岩壁上的白色花朵，迎著千里草原綻放，純真而明媚，「那我現在隨便相信你，也是不對的囉？」

她笑的那一刻，嘉樹彷彿聽到了花骨朵綻開時啪的那一聲。如此容顏，近在咫尺，卻似有千里之遠，令他感到輕微的眩暈。月光像一匹冰涼的絲綢從指間滑過，他合攏手指，卻什麼都握不住，靜了半刻，輕聲道：「那麼，你保重。」

遼天慶十年（一一二〇年）暮春，蕭觀音奴以崔夜來之名，與崔逸道歸宋國。

其年焰尾草的花開得極繁，像此後燃遍遼國的戰火一樣席捲原野，烈焰般的花朵幾乎淹沒了草葉的綠色。這場熱烈盛大的花事，成為觀音奴對故國的最後記憶。

注：

①關於山東士族，唐朝人說的山東是指崤山以東的黃河流域地區，涉及今天的河北、河南、山東三省；現代人說的山東，僅指太行山之東的山東省。

②唐・王讜《唐語林》：「清河崔氏亦小房最著，崔程出清河小房也。世居楚州寶應縣，號八寶崔氏。寶應本安宜縣，崔氏夢捧八寶以獻，敕改名焉。」

南金東箭卷

第一折　世家

遼東半島與山東半島呈犄角之勢，將東方大海圍出一片，成為中國的內海，世稱渤海，也叫遼海。杜甫《後出塞》中便曾詠道：「雲帆轉遼海，粳稻來東吳。」

崔逸道一行自上京出發，尚未走出遼國，便棄了陸路，在中京道的興城改乘八寶崔氏載瓷器茶葉來遼東的商船，揚帆往宋國東南而去，行的正是杜工部詩中的海路。

觀音奴一路悶悶不樂，及至大船駛進這比草原還開闊的海天，精神為之一爽，漸漸有了笑容。

這日天氣晴好，陽光裂成千萬片赤金，傾於湛藍的海波中。觀音奴在左舷放出遊隼小雷，看牠追逐那些雪羽朱喙的海鳥。崔逸道走過來，笑道：「夜來，你瞧誰來了。」

觀音奴還不習慣自己的新名字，愣了一下，轉向崔逸道所指之處，見一葉輕舟順風而來，倏忽間便到了眼前。水手們放下梯子，將舟中諸人接到大船上。

喧嚷聲中，一位剛上船的碧衣女子急切地打量著周遭，隨即向左舷奔來，海風中裙裾翩翻，盈盈欲飛。

觀音奴側身給那女子讓路，不料被她一把抱住，頓時落入一個柔軟馨香的懷抱。觀音奴喜歡那女子身上的味道，橘花般清爽，令人安心，倒沒想到掙扎。

那女子捧著觀音奴的臉看了又看，復抱著她，哽聲喚著夜來，眼淚簌簌地落到觀音奴頭髮上。崔逸道輕輕拍著那女子的背心：「找到夜來是天大的喜事，希茗卻哭得這樣傷心，讓我也跟著難受起來。」

李希茗拭著淚水，嗔道：「我哪裡傷心了，我這是喜極而泣。」喚身後一個身材單薄、相貌清俊的男孩兒道：「熹照快過來，這是你姐姐夜來。夜來啊，這是你弟弟熹照，小你一歲。」

崔熹照性格靦腆，未語臉先紅，囁嚅道：「姐姐。」觀音奴不知所措地抓抓頭，對他笑一笑。

李希茗哎呀一聲，道：「真是歡喜糊塗了，夜來知道我是誰麼？我是你姆媽啊。」她說話帶著吳地口音，又軟又糯，聽得觀音奴心中軟軟的，卻開不了口喚她姆媽。

李希茗並不計較，喜孜孜地牽了觀音奴進艙，滿心愛憐地將她攬在懷裡，絮絮地問她愛吃什麼，愛玩什麼，在外面都吃過什麼苦頭，如今回家便好了，姆媽絕不讓夜來受半點委屈。

觀音奴被從不表露感情的蕭鐵驪養大，感覺到李希茗溢於言表的愛意時，先是茫然失措，繼而面孔發燒，原本僵直的脊背也漸漸放鬆。對著這融融如三月風、涓涓似山中泉的婦人，觀音奴禁不住想：「她真和氣，真好。可是，如果我認了這個媽媽，歌奴阿媽怎麼辦呢？我還是要回去的。」

崔逸道一直苦於觀音奴的難以接近，見她乖乖地有問必答，不由微笑，暗道：「還是希茗有辦法啊。」

熹照沉默地坐在父親身旁，對這個一來就奪走了父母全部注意的小姐姐，他既不妒忌，也沒不滿。觀音奴那種野生植物般的清新氣息和勃勃生機，讓這病弱的男孩兒感到著迷。

當晚李希茗守著觀音奴，等她睡熟後，將她的被角掖了又掖，俯身親親她的臉蛋，方才離開。合上艙門，李希茗見崔逸道站在不遠處的甲板上，忙輕手輕腳地走過去，壓低聲音道：「這麼晚了還不睡？」

崔逸道微笑：「我等你。」將她輕輕攬到懷中，「希茗，這十三年辛苦你了，今天咱們一家人聚齊，你開心麼？」她只是笑，眼角眉梢都是喜意。

崔逸道猶豫一下，又道：「夜來與收養她的那家人感情深厚，並不是心甘情願回宋國的，小姑娘性子倔強，很多事情都要慢慢來。」

李希茗嗯了一聲，靠著他肩膀。夜海微微起伏，近旁的細浪在船頭大燈的照耀下泛著粼粼波光，此外便是空闊的黑暗。兩人倚在一處，只覺世界完滿，再無所求。

大船再行得半日，泊在宋國淮南東路的海岸。碼頭上早有崔府的人恭候，從遼國帶回的山參皮貨等由管事清點，崔逸道一行人則換乘樓船，由漣水入淮河，隨即轉進楚州運河。

因中土地勢西高東低，河流多由西向東橫穿大陸後匯入海洋。隋朝時煬帝以人力開鑿運河，自北向南縱貫海河、黃河、淮河、長江、錢塘江五條大水。這楚州運河便是其中的一段，連接淮河與長江，原是春秋時吳王夫差所開，舊名邗溝，煬帝裁彎取直，使之成為能容納龍舟巨舫的大渠。

晨光熹微，映得窗紙上一片朦朧的白。觀音奴被運河上的喧鬧聲驚醒，揉揉眼睛，去取枕畔的衣服，不料觸手柔滑，展開一看，是條鬱金香根染成的碎褶羅裙，深金色澤，幽微香味，邊緣是黯黯金線織就的流水紋，襯著鵝黃短襦，貴重卻不張揚。

觀音奴不會穿漢人衣服，正糾纏於裙襦羅帶間，李希茗已款款而來，笑道：「讓姆媽幫你。」

李希茗替觀音奴理好衣裳，握著她的頭髮卻發起愁來。

契丹男子及未婚少女均有髡髮之俗，只是髡髮的位置有所不同。觀音奴前額邊沿的頭髮被盡數剃掉，顯得額頭高而飽滿，與李希茗所知的髮式都不般配，只能看她自己挑出左鬢的三綹長髮，結成一根烏溜溜的辮子，再將辮子從額前繞過，與頭頂的頭髮合到一起，以朱繩束緊，剩餘的頭髮則披散在肩上。

觀音奴這小辮與抹額相似，襯著清麗眉目，令李希茗越看越愛。觀音奴被她看得不自在，站起來磕磕絆絆地走了兩步，忍不住道：「穿成這樣，我連路都不會走了，還是換回原來的衣裳吧。」

李希茗笑道：「慢慢就習慣了，我的夜來怎能穿那種粗布衣衫？」

觀音奴脹紅了臉，「那是臨行前歌奴阿媽趕了三天三夜做出來的，是我最好的衣裳，我很喜歡。」她咬咬嘴唇，補充道：「就算現在這條裙子比它漂亮一百倍，我也還是喜歡的。」

李希茗的眼底漫起悲傷和歉疚的潮汐，低聲道：「是姆媽説錯話了，那些衣服我命人收拾乾淨，讓你好好收起來。所謂入鄉隨俗，你也試著穿穿姆媽給你準備的衣服。」

觀音奴見她難過的樣子，心口莫名其妙地一酸，低頭嗯了一聲。

出得艙去，只見楚州運河中各色船隻往來不絕，比起海上又是一番光景。觀音奴立在船尾，看得目不轉睛。

李希茗溫言道：「你爹的船每年都要到高麗和倭國去，海上販來的貨物經過這條運河，上達東京，下通蘇杭，都是繁華的大城。夜來喜歡的話，姆媽以後陪你玩遍每一處。」

觀音奴究竟還是孩子，貪玩愛熱鬧，聽她這樣説，禁不住眉開眼笑。

自楚州運河兩岸伸展出去，便是湖蕩密布、水網發達的淮南。行到午時二刻，崔府的船緩緩轉入津湖。這津湖東通楚州運河，西會汜光湖，汜光湖又與清水湖、灑火湖相接，四湖連綿，被世人合稱為寶應湖。崔氏府邸便建在汜光湖畔，離寶應縣城尚有十五里的路程。

滄波萬頃，樓船在鏡子似的湖面上滑過。初夏的天空明豔非常，水天相接處亦無煙樹花林遮蔽視線，放眼望去，但覺水色天容渾然一體，彷彿置身於宏大的琉璃宮闕中。觀音奴從未見過這樣剔透的景致，心神俱醉，連吃飯都要端著碗坐在船頭。

暮色漸濃，樓船終於靠岸，泊在崔氏碼頭。距碼頭三百步處有一地勢較高的緩坡，其上屋宇重重，築著一座大宅院。崔逸道等人沿九尺寬的青石長階緩緩而上，行到一半，烏頭朱漆的大門訇然而開，兩隊僕役魚貫而出，分列石階兩旁，手中掌著的燈次第亮起，管家崔肅大步迎上來。

崔逸道素來不喜歡擺排場，微微皺眉：「這是做什麼？」

崔肅躬身道：「太夫人說大姑娘十三年來第一次回家，該當隆重些。」

李希茗聽崔肅把重音落在「大姑娘」的稱呼上，腳步頓時一滯。壓抑多年的傷口被人猛地一下觸動，激得她說不出話來。崔逸道連忙按了按她的肩膀。

崔肅心裡咯噔一下，定睛再看時，少夫人還是一貫的溫婉模樣，剛才見到的凌厲表情似乎只是他的錯覺。

一行人穿外庭，轉回廊，繞照壁，踏進一座花木蔥蘢的院子，沿途所遇僕役無不叉手躬身，執禮甚恭。崔氏在淮南經營數百年，宅院歷經修繕，形制上依然保持隋唐時期宏大軒敞的風格，細節處卻也體現了本朝的精緻妍麗。尋常人初次拜訪，常被這華堂邃宇震懾，崔肅看觀音奴面上雖有好奇之色，舉止卻落落大方，並無羞澀局促之感，不由暗暗點頭。

到得堂前，便見一個雍容華貴的老婦人垂足坐在繡榻上，右臂倚著榻上的檀木小几。榻後設了一架螺鈿座屏，映著堂上的明燈，珠光瀲灩，靡麗之至。

李希茗拉拉觀音奴的袖子，她便按李希茗方才的囑咐，大步上前，一揖道：「阿婆萬福。」姿勢固然瀟灑，但女子斂袂道萬福與男子彎身行揖禮大不相同，她這般混用，惹得兩旁侍立的丫鬟們抿嘴而笑，李希茗亦為之解頤，想：「夜來是男孩子脾氣，倉促中哪裡改得過來，只有日後慢慢教她。」

太夫人秦綃倒不以為忤，笑道：「好孩子，你走近些，讓我看看。」觀音奴便走到繡榻前，大大方方地讓她看。秦綃很喜歡，拉著觀音奴的手大贊：「看這孩子的相貌風度，要換上男裝，就是逸道少年時的樣子。」又道：「乖孩子，你生在入夜的時候，所以我為你取名夜來。」

豈料觀音奴回了一句：「我自己也有名字的，我更喜歡原本的名字。」

秦綃一愣，慢慢道：「嗯？你原來叫什麼？」她從小獨斷，連父母都不能違拗，十四歲執掌東京紫衣秦家，十九歲嫁給八寶崔氏的家主崔子晉，所遇之人無不臣服於她的美貌和意志。數十年來，從沒人敢像觀音奴這樣當面駁她的話。

秦綃薄薄的嘴唇繃成了「一」字形，臉上的笑意褪得乾乾淨淨。這老婦人獨裁多年，其意志彷彿一個強大的「場」，壓得周圍的人不敢稍有異動，丫鬟們噤若寒蟬地低下頭，觀音奴瑟縮一下，隨即清晰地道：「我叫觀音奴。」

秦綃用力捏住觀音奴的手，長長的鳳眼裡猛地閃過一絲尖利的光芒，深惡痛絕地道：「這算什麼名字？可見契丹人下賤愚昧，所知有限，就連起個名字，翻來覆去也只會糟蹋菩薩的名號，真是罪過。」

觀音奴聽秦綃辱及族人，惱得耳郭都紅了，奮力將手從她鐵箍般的掌中抽回來。她本能地感到了秦綃那壓倒性的精神力量，雖然害怕，卻不能在這樣的羞辱面前低頭，大聲道：「我阿媽虔誠信佛，盼我得到菩薩眷顧，所以給了我這個名字。你糟踐別人向佛之心，那才是罪過。」

秦綃勃然大怒，黑色眼睛裡湧動著陰冷、殘暴的暗流，輕輕地吐出兩個字：「放肆。」

崔逸道見勢不對，趕緊上來圓場。秦綃一字一頓地道：「孩子不懂事，就要教她懂得。若第一次便姑息她，以後還怎麼立規矩？」

崔逸道多年來領袖南方武林，在母親面前卻不敢有絲毫逾矩，恭謹地道：「夜來說話魯莽，雖在母親面前失了禮數，卻也見出她的率真老實。母親大人大量，何必跟小孩子計較呢？一應規矩，兒子下來後立即教她。」他眼中露出懇求之意，切切地道：「兒子待夜來、熹照之心，正如母親待兒子之心。」

秦綃微微一笑，卻比不笑時更讓人心寒：「那好，你第一件事就要教她知道，長輩面前沒有小輩置喙的餘地，更別說頂撞。我要她往東，就不許她往西；我說太陽是方的，那就不能是圓的。」

觀音奴的性子是最不受人擺布的，聽到這樣的話，憤怒便壓住了畏懼，挺直脊背，轉身便走。

李希茗拉住觀音奴，輕輕拍著她手背，柔聲勸慰：「夜來，你要去哪裡？快跟阿婆賠罪，她會原諒你的。」

觀音奴咬著嘴唇，心想：「我又沒錯，為何要賠罪？算啦，反正我很快就要回遼國，只當是報答你的溫柔，不讓你為難吧。」轉過身來，默不作聲地向秦綃行了一禮。秦綃安坐榻上，未置可否。

李希茗輕聲提示觀音奴：「夜來，說話啊。」

觀音奴忍氣補了一句：「是我錯了，不該頂撞阿婆。」

秦綃勉強點頭認可，只覺觀音奴野性難馴，極不討人喜歡。而觀音奴看她踞於榻上的樣子，竟聯想起吐絲獵食的蜘蛛，也生不出孺慕之心。

拜見長輩之後便是家宴，崔氏歷來遵循孔夫子「食不語，寢不言」的古訓，加上方才的風波，一頓飯吃得更其沉悶。熹照坐於末位，偷眼打量旁邊的觀音奴，覺得這姐姐好生厲害，竟敢頂撞祖母。

好容易捱到席散，熹照見母親挽著觀音奴的手走在前頭，鼓起勇氣追上去道：「姐姐，姆媽說你功夫很好，還在比武大會上贏了一把寶刀，能給我瞧瞧麼？」

觀音奴聽李希茗著急地「啊」了一聲，卻不解其意，爽快地答應熹照：「行。其實松醪會上得的這把燕脂刀，是鐵驪，呃，就是我哥哥啦，是他贏來的。」

這話一出，崔逸道和李希茗臉上齊齊變色，緊張地轉頭看向內室。嘩啦一聲，秦綃竟掀簾而出，狐疑地打量著觀音奴：「松醪會？就是遼國真寂寺的松醪會？」她的聲音拔得甚高，尖利地劃破空氣，尾音卻微微顫抖，顯然又驚又怒。

崔逸道硬著頭皮道：「是，我在松醪會上見到夜來，又在她小時候住的狼洞裡找到了希茗繡的襁褓，這中間曲折甚多，預備回來後向母親當面稟告的。」

秦綃拂袖而去：「罷了，我可當不起，連熹照都已經知道的事，我還要慢慢等著你向我當面稟告。」

熹照自覺說錯了話，大為懊惱。崔逸道安撫地摸摸兒子的頭，叮囑李希茗照顧好女兒，拔腳去追秦綃。

崔逸道追至太夫人房中，先是告罪，隨後詳細稟告在遼國找到夜來的經過。秦綃默默聽著，不置一詞，末了才道：「失散多年的孩子，這麼輕易就找回來，又恰在松醪會上遇見，你不覺得太巧了？」

崔逸道辯道：「這是老天開眼，助我父女重逢。夜來長在漠北草原上的普通牧人家，據兒子查證，那家人清白厚道，並無可疑之處。況且夜來八歲時拜南海神刀門的雷景行為師，此後五年得雷景行教養，絕不會跟真寂寺有什麼牽連。」

神刀門名為門派，每代弟子卻只得二三人而已，選徒時甄別極嚴，故這話說出來，秦綃無可辯駁，想了想，復問：「夜來被契丹人擄走，因何又在狼洞中找到她的襁褓？中間這一段怎麼連不起來？」

這也是崔逸道反覆思慮而無法求證之處，聽母親發問，避重就輕地回答：「當年夜來出生，宛如無暇美玉，若她身上有什麼胎記，如今倒是現成的證據。虧得這孩子容貌似我，與我就像一個模子裡鑄出來的，我堅信她是我的親生孩子，至於她過往的經歷，雖有一二不可證實之處，也請母親打消顧慮，接納這孩子吧。」

「話都說到這分兒上了，我能不依麼？」秦綃冷冷一笑，「你如今長大了，凡事都有自己的主見，自然把老母親撇到一邊了。」

崔逸道低聲道：「兒子怎敢？若不是母親諄諄教導，兒子哪有今日成就。」

「你記得最好。」秦綃歎了口氣，輕輕轉著拇指上的一枚曜石指環，那指環應是男子樣式，為免滑落，環身密密地纏著絲線，「松醪會上……情形如何？」

崔逸道明白母親真正想問的是嘉樹，審慎地道：「那孩子的模樣沒有大變，但長高了許多，主持偌大一場比武會，也頗有章法。真寂寺荒廢多年，如今有所恢復，那孩子也被尊為法師，受當地人敬畏。」

「法師嗎？」秦綃咬著牙，想到傳說中遼國真寂寺各種稀奇古怪的幻術和密藥，背上不禁感到颼颼的寒意。她凝視著曜石指環，緩緩道：「這日子過得真快啊，一晃就十六年了。」

崔逸道笑了笑，沒法接母親的話，半晌後聽她道：「你回去歇息吧，我也累了。」崔逸道行禮退下，心知母親還是對夜來存了芥蒂。

觀音奴被安置到緊靠後園的若光院，崔逸道過去看她，見她困倦思睡，便向李希茗遞了個眼色。

兩人走出院子，崔逸道歎了口氣，道：「你看出來了麼，這孩子沒把這裡當作她的家，似乎隨時都可以拔腳溜走。我們對她好也罷歹也罷，她全都不在乎。加上今日之事，要留住她可得費些心思。」

李希茗自信地道：「夜來聰明懂事，不是那等不知好歹的孩子。她與我們分開十三年，有隔膜也不奇怪，過些日子會好的。」她遲疑片刻，明知附近無人，仍四面張望一番，以極低的聲音道：「逸哥，我覺得太夫人對這事的反應忒大了點。當初你私下傳書，要我別對太夫人提起松醪會上遇到夜來的事，我就覺得奇怪。現在看來，這真寂寺與咱們家有過節吧？

或許當初夜來被劫，就跟遼國的這個對頭有關。」

「當年半山堂幫我們找夜來是下了死力的，並沒查到關於真寂寺的蛛絲馬跡，且真寂寺復興只是這幾年的事兒。現在孩子回來了，為孩子好，這話千萬不要再提，免得勾起母親的心事。」

「唉，前天熹照纏著我問夜來的事，我一時疏忽，跟他講夜來在比武會上贏了把寶刀，不料熹照今天就捅了出來，引起這場風波。」

崔逸道握住李希茗的手，溫言道：「這不怪你，都怨我處置不當，以致有今日的誤會，你多擔待些，安撫好夜來。」

「你我之間，還說這些。」

崔逸道沉默下來，庭院中只餘夏蟲的唧唧聲。李希茗等了片刻，知他無意深談，煩悶地揉著額角，覺得八寶崔氏不為人知的往事就像蟄伏在暗處的魑魅，不知什麼時候就會跑出來作怪，叫人厭煩不已。

觀音奴到崔家第二日，崔逸道即帶她到家廟中祭告祖先。家廟循古制建在後宅，兩進院落，正堂陳列歷代祖先遺像及牌位，左廡收祭器，右廡藏家譜，前廂供祭祀者正衣冠、寧心神。

崔逸道興致勃勃地道：「夜來，雖說咱們家在寶應住了幾百年，郡望還是在清河。清河崔氏的遠祖，一直可以追溯到秦漢時的東萊侯，北魏時成為北方第一高門，在唐代更被列入『五姓十家』，堪稱第一流士族中最顯赫的支系。」

崔逸道極為自己的血統驕傲，無奈世事變遷，唐朝已是最後的士族社會，宋人對士庶之別看得很淡，觀音奴更是聽得興味索然。她一早便被崔逸道喚起，此刻忍不住打了個大大的呵欠。

崔逸道改口道：「夜來，我說個故事給你聽吧。你知道魏武帝曹操麼？」

觀音奴點點頭，「嗯，聽師父講過，就是寫『對酒當歌，人生幾何』的那位皇帝。」

「有一次，魏武帝要接見匈奴使者，覺得自己相貌難看，不足以震懾遠國，就找了個人代替，自己卻提著刀站在旁邊。事後，魏武帝派間諜去問那名使者：『你覺得魏王這人如何？』使者回答：『魏王儀容嚴整，非同尋常，但捉刀在旁的那位才是英雄啊。』魏武帝聽了這話，隨即派人殺了匈奴使者。」

觀音奴驚奇地道：「魏武帝寫的詩氣魄很大，做人卻很小氣誒。」

「那名使者犯了帝王的忌諱啊。不過，夜來你知道代替魏武帝接見匈奴使者的是誰麼？正是我清河崔氏的遠祖，諱琰，字季珪。」

一路行來，崔逸道將先祖的逸事一一講給觀音奴聽，果然令她生出興趣。將要踏進正堂時，崔逸道停下來：「夜來，你至今不肯喚我阿爹，或是對自己的身世存著疑惑，或是捨不得遼國的養母義兄。不過，你既肯千里迢迢隨我來宋國，就要懂得這不是兒戲，高興來就來，高興走就走。認祖歸宗的儀式在一月後舉行，各地親友都會來見證，我們今日先預演一遍。」

觀音奴聽他揭穿自己的打算，不由赧顏。崔逸道推開大門，只見正堂超乎想像的高敞，牌位層疊，陳列到近屋梁處，仰視最頂端的牌位時有搖搖欲墜之感。兩側的壁上懸掛著歷代祖先畫像，湖上吹來的清風湧進堂中，卷軸卻紋絲不動。

「我崔氏傳承至今，已有一千餘年，你是第六十九代的次女。」崔逸道表情肅穆，不容拒絕地向觀音奴伸出手來。觀音奴讓這堂皇家廟和綿長血脈嚇了一跳，不知所措地被他牽到祭桌前。

崔逸道將整套儀式預演了一遍，觀音奴一板一眼地跟著做，開初是好玩，漸漸發現這儀式典雅舒緩，有種令人著迷的韻律。崔逸道所讀祭詞，駢四儷六，華麗古奧，觀音奴也聽不懂，只覺得音調回環往復，宛如歌吟。

崔逸道見觀音奴眉目舒展，表情安寧，心道：「這儀式繁瑣冗長，難得夜來竟不厭煩。」攜了觀音奴的手，帶她到右廡看家譜，「本朝歐陽文忠公編撰《唐書》，在宰相世系表中收錄了我清河崔氏各房的世次人名，雖有錯漏之處，不過夜來若有興趣，也可拿來跟家譜對照。」

觀音奴暗道：「這有什麼可對的。」不過崔逸道說得鄭重，令她話到嘴邊又嚥回去。

崔逸道將家譜一頁頁翻過去，指著記在最後一行的兩個名字道：「夜來雖是女孩子，我卻將你的名字記入了家譜，你可知道是為什麼？」見觀音奴搖頭，他即道：「這話說來就遠了。夜來，你前頭還有個姐姐的，可惜兩歲就夭折了。到你出生，又健康又活潑，你姆媽喜歡極了。」

「你出生那年，阿婆得了種少見的氣喘病，需要遼國黑山天池中的金蓮作藥引，我和你姆媽去遼國求藥，也將你帶在身邊。」崔逸道歎了口氣，「誰知卻將你遺失在那裡。你姆媽悲痛至極，後來懷上你弟弟，依舊念你不歇，鬱鬱寡歡，所以你弟弟生下來後，先天頗有不足；你姆媽也落下病根，再不能生養。」

「我當年娶你姆媽時，已應承她不納妾室，所以夜來，」崔逸道站起來緊走幾步，「你和熹照就是我今世所有的孩子，你們就跟我的左眼和右眼一樣寶貴。」他驀然停住腳步，看著觀音奴道：「夜來，我明白你與蕭鐵驪的兄妹情誼，可這世間的感情有千百樣，並不是要留住這樣，就一定得放棄那樣。孩子，想想黑山狼洞中找出來的東西，想想我們從一個血脈裡傳承的相貌，你誠實地告訴我，對自己的身世還有什麼疑問？」

觀音奴說不話來，微微張著嘴，到這刻才知道自己把事情想得太簡單了，並不是來這裡玩一趟就可以溜回遼國。

巳時的陽光從窗格子間射進來，金色的微塵在光中飛舞不歇。她望著浮塵，一陣茫然，彷彿昨天還置身焰尾盛開的草原，今天就到了崔氏古老宏大的宅邸。

命運的無數枝杈通向各種可能，她卻已選擇了這一條。

半月時間忽忽而過。八寶崔氏散布各地的親友頗多，來賀崔逸道尋獲女兒的賓客絡繹不絕，令寶應縣的客棧家家爆滿，連帶酒樓食肆、特產鋪子的生意也興隆許多。觀音奴每日都要跟來訪的長輩見禮敍話，著實鬱悶，這日好容易逮了個空子，甩開如影隨形的丫鬟侍童，一個人溜到汜光湖邊的碼頭，想乘船遊玩。

碼頭的船工俱是崔府僕人，見是家主的大姑娘，哪有不巴結的，豈料觀音奴不喜樓船，定要乘坐遠處一條剛靠岸的釣艇。那釣艇又淺又窄，似一隻蚱蜢般小巧可愛。

釣艇上的老船工抹著汗喊道：「大姑娘，你不曉得這時節汜光湖的風浪有多厲害，說來就來，事先一點徵兆都沒有，還是坐大船把穩些。」

觀音奴笑道：「這樣晴朗的天氣，哪裡來的風浪？你不是剛從湖上來麼？」足尖輕點，翩然掠過湖面。南海神刀門的「清波樂」步法，能不借外物在空中滑翔，是提縱術的極高境界，顯然觀音奴已得其中三味。

老船工見她踏波而來，單足立在船舷上，釣艇亦不過輕輕晃了晃，大為嘆服，道：「大姑娘，我是沿著湖堤駛過來的，這樣的小艇可不敢開到湖裡去。」

觀音奴哪裡聽得進去，老船工實在拗不過她，只得硬著頭皮劃向湖心，暗暗念叨：「菩薩保佑今日風平浪靜，蛟龍爺爺安坐洞府。」

原來汜光湖東西長三十里，南北闊十里，雖不甚大，風濤之惡卻著於淮南，那風起時沒有任何預兆，風速又快，不知多少南來北往的舟船為越過這十里湖面而被猛風翻覆，故世人皆道是蛟精作祟。

划了半個時辰，迎面來了艘大船，老船工見船頭掛著一面白底朱沿的三角旗，中間繡著一個黑色的沈字，不禁歡喜地道：「大姑娘，這是杭州沈老爺家的船，咱們不如靠上去，搭這大船回家吧。」

觀音奴尚在猶豫，老船工已放開嗓子招呼大船上的水手。片刻後艙內出來兩人，走在前頭的是個四十五六歲、氣度雍容的男子，杭州「鳳凰沈」的家主沈嘉魚，朗朗笑著，大聲道：「哈哈，還沒到府上，倒先見著表侄女了。」

後面跟著個神采英拔的青衫少年，卻是沈氏幼子皓岩。觀音奴見到沈皓岩的模樣，不禁一愣，心中嘀咕：「奇怪，我在哪裡見過這人？恁地眼熟。」

便當此際，釣艇忽然震動了一下，隨後一個潑天大浪打來，掀翻了小艇。觀音奴先被浪打懵了，嗆了兩口水後，心底有個聲音大喝一聲「破」，竟憑著清波樂的「破水訣」躍出水面。

湖水壁立四丈之高，她這般破浪而出，實屬危險境地中的爆發，平日是萬萬不能的。沈皓岩眼疾手快，拋出一條晶瑩的細索，鉤住觀音奴後在她腰間繞了兩繞，回手將她拉到大船上，手法甚是奇特。

風濤猛惡，沈家的船雖然龐大，卻也顛簸得人難以立足。觀音奴才接觸到實地，腳下便一滑，結結實實地砸到甲板上。這一摔，令她猛地想起和自己同條釣艇的人，不由驚惶回頭，但見碧青大浪中一點土黃載沉載浮，正是那老船工。乍遇險時，她受求生本能驅使，不曾顧到旁人，此刻見那老人仍在風浪中掙扎，毫不猶豫地躍下大船，奮力向那老人游去。

沈嘉魚不由頓足：「唉，這孩子！皓岩還不快追上去。」轉頭對水手們喝道：「不掌舵不控帆的都追上去，定要將崔姑娘救上來。」

沈皓岩緊了緊纏在腕上的馭風索，迅即躍入水中，宛如神話中的分水犀一般破浪前進，矯健非常，將其餘人遠遠甩在後頭。

觀音奴自小跟著蕭鐵驪摸魚獵狐，在水中也是把好手，豈料她游出一段後，便覺阻力極大，竟游不動了。原來沈皓岩方才用馭風索在她腰間纏了個死結，除他以外，別人休想解開。

觀音奴被這馭風索縛住，不能離開沈皓岩周圍七丈之地，正自焦急，沈皓岩已趕上來，揚聲道：「崔家妹妹別急，我和你兩邊包抄，用馭風索套住那老頭兒，大家一起合力游上岸去。」

沈皓岩不敢鬆開縛著觀音奴的馭風索，且見那老船工深通水性，不過因年老體衰而無力與風浪抗衡，便想了這兩全其美的法子。

觀音奴心領神會，攆上老船工，與沈皓岩合力用馭風索套住老人，三人被馭風索連成一體，拚命向岸邊游去。老船工得兩人相助，滿心絕望一掃而空，猛然生出一股力氣來，竟不比兩個年輕人落後多少。

又一道大浪打來，將三人甩上湖堤。觀音奴與沈皓岩拉著老船工連躍數下，消解了大浪之力，落在一株烏桕樹下。

觀音奴驚魂甫定，抬眼望去，湖中一浪高過一浪，似要漫過堤岸一般，不由駭然。她滿心愧疚，彎腰對那老船工一揖，道：「老人家，我不聽你好言相勸，一味固執己見，害你受了這麼大的驚嚇，險些被湖水吞沒，實在對不住。」

老船工慌忙閃開，「使不得，使不得，大姑娘說的是什麼話。若不是大姑娘和表少爺捨命相救，我這把老骨頭早餵魚了。」

沈皓岩在旁邊瞧著，頗不以為然，心想主人倒過來跟婢僕賠禮，天下焉有是理，見觀音奴轉向自己道謝，忙道：「說謝字就見外了。妹妹還不知道吧，我們崔沈兩家是親戚呢。家祖母出自東京紫衣秦家，與尊祖母是嫡親姐妹，所以家嚴跟令尊是姨表兄弟，到我倆這輩，算是從表兄妹了。」

觀音奴這兩日跟著李希茗惡補各類親戚稱謂，聽懂了大概，當即道：「沈家哥哥好。」這一聲喚得清脆爽利，令沈皓岩心頭泛起微微的酸甜滋味。

強勁的湖風吹起觀音奴的濕衣濕髮，即便在這狼狽境地中，仍煥發著晨曦般耀眼的美麗。沈皓岩忽然想起蘇子瞻「春衫猶是，小蠻針線，曾濕西湖雨」的句子，只是這樣的清詞也比不得眼前的麗景，他情不自禁地贊道：「妹妹的名字真該跟熹照換一換。」

這話頗有調笑意味，沈皓岩話一出口，便已失悔，觀音奴倒不曾在意，歪著頭打量他腕上的馭風索，顯得頗好奇。

「這索子名為馭風，傳說是太古時代的神物，用崑崙冰蠶絲和東海火龍筋編成，舉神木為火，以天地為爐，煉了九天九夜方才相融無間。馭風索至堅至韌，水火不侵，長可七丈，重卻不過九錢，平常就纏在腕上。」沈皓岩邊說邊將馭風索解下來，遞與觀音奴，「妹妹不妨拿在手上細看。」

觀音奴見索子晶瑩如新雪，末端墜著一枚黑色的月牙兒，形制不大，拿在手中一掂卻極具分量。

沈皓岩笑道：「據說這鉤子是用天上掉下來的隕鐵打造，也不知是真是假。」
觀音奴試著將鉤子拋出收回，贊道：「怪不得用起來這麼趁手。」
沈皓岩即道：「就算沒有馭風索，我也不會讓蛟精擄走妹妹的。」
觀音奴吸了口氣，訝道：「湖裡有蛟精麼？」她想起方才的情形，禁不住後怕：「幸虧大家齊心，不然一人落下，大家都跟著沉底。」
沈皓岩自負地道：「馭風索不比尋常繩索，在水裡也能收放隨心、運轉如意，妹妹大可放心。」倘若遇到兩難的狀況，他自然捨老船工而顧觀音奴，觀音奴卻聽不出這層意思來，笑盈盈地點頭。
老船工見兄妹倆相談甚歡，早避到一旁。數刻後風浪漸止，沈家大船駛到岸邊接了三人，徑往崔家而去。

遼國保大三年（一一二三年）六月。
夢澤香的味道飄溢真寂院的內室，耶律嘉樹懶懶地躺在臥榻上，眼睛半閉，神思卻已飛越萬重關山。借助上邪大祕儀，他不但可在千里之外掌控觀音奴的靈魂，甚至可以窺視她的夢境。

觀音奴靈臺清淨，很少做夢，即或有夢，也不過黃金草原、碧藍海天、師父兄長等。這次的夢卻與往次不同，嘉樹感到一股濛濛水氣撲面而來，整個夢境都浸潤著淡淡的青色。

一葉扁舟溯流而上，兩岸芳樹伸展，既非盛夏的濃郁，也異於初春的嬌嫩，明媚的綠枝投影在碧沉沉的水中，似要消融一般。無數纖小的白蓮漂浮在河面上，只得指甲大小，瓣兒卻有九重，美得令人屏息，映著點點波光，恍若蕩舟星海。

觀音奴與一名青衫少年在艙中促膝而坐，笑語輕柔。嘉樹聽不清兩人在說什麼，亦看不見那少年的正面，雖在觀音奴夢中，卻無端生出一股煩躁來，一拳擊在臥榻上，驚起了在羅幕外打盹的人傀儡息霜。

夢境忽而一變，夏日午後，薔薇的香氣充滿庭院。那青衫少年飄然而至，靠著流光溢彩的花架，向觀音奴脈脈而笑，低聲喚她「好夜來，好妹妹」。少年身材頎長，面孔俊美，笑時左邊露出一顆虎牙。

一陣風吹過，深紅淺緋的花瓣簌簌落下，這般芬芳甜蜜，伸出雙手也擁之不盡。

嘉樹長長地透了口氣，猝然醒來，呆了一會兒，想道：「是了，她今年十六歲了，情竇初開，做這樣的夢也不奇怪。」這想法並不能讓他感到寬慰，自己掌控的靈魂被人侵擾的憤怒席捲而來，然而驕傲如他，絕不會像母親一樣使用上邪大祕儀排除情敵、獨占意中人的愛慕；壓抑如他，甚至不肯承認自己對觀音奴的微妙情愫。

人傀儡息霜聽到動靜，殷勤地奉上剛沏的熱茶。對著容貌與觀音奴有三分相似的息霜，嘉樹胸口發堵，抬手將茶盅打翻，厭煩地道：「以後不經傳喚，不要隨便進來。」

被茶水燙到的息霜哎呀一聲，不知道自己做錯了什麼，惶恐地看著主人大步走出內室，衣襟帶風，連束髮的長帶也筆直揚起。

注：

宋・楊萬里《過寶應縣新開湖》之一：「雨裡樓船即釣磯，碧雲便是綠蓑衣。滄波萬頃平如鏡，一雙鸕鷀貼水飛。」之二：「天上雲煙壓水來，湖中波浪打雲回。中間不是平林樹，水色天容拆不開。」

第二折　部族

遼天慶十年（一一二〇年）四月，金國再度發兵攻遼，一路勢如破竹。五月，金主完顏阿骨打的大軍攻克上京外郛，上京留守蕭撻不也見勢不妙，當即率眾出降。契丹人在漠北草原上建起的第一座城池就此陷落。

遼國降臣低首赤背，步出皇城安東門，在完顏阿骨打的馬前緩緩跪下。太陽將沒於望京山後，斜暉中，焰尾草的花呈暗淡枯澀的紅，彷彿大戰後被烈日曝曬過的戰士之血。

血色的花海中，阿骨打一身白色甲冑，指著眉睫前的城郭，厲聲道：「鑌鐵契丹已被天神拋棄，今後天下是我赤金女真的天下了。」他身後的女真鐵騎拔出戰刀，高舉過頂，齊聲歡呼：「皇帝萬歲！金國萬歲！」萬柄白刃映著落日，令將要沉入黑夜的草原猛地一亮。

涅剌越兀部向來戍於黑山之北，負拱衛上京之責，司徒蕭古哥於當日夜間驚聞上京陷落的消息，隨即召集族中的司空和將軍商量應對之策。涅剌越兀屬小部族，未設部族大王和左右宰相，司徒大帳就是最高議事之所。

然三人議來議去，將軍蕭七斤寧可率族中八百壯士戰死，也不願與上京留守蕭撻不也一樣屈膝投降；司空蕭涅里則認為金國勢大，可先假意歸順，保全族人土地，待本國大軍馳援時再返回去，兩人激辯半夜仍相持不下。蕭古哥傾向於蕭涅里的看法，無奈蕭七斤請戰之意甚是堅決，他正低頭思量，從人急急來報：「金國軍隊已逼近我部營地。」

蕭古哥吃了一驚，暗道：「來得好快。」忙迎出帳去，見一隊金國人馬逆著朝陽向涅剌越兀部馳來，蹄聲雜遝，約有一千之眾。

領頭一騎便是觀音奴在上京城遇見的完顏朮里古，他率兵直入營地，到司徒大帳前仍不下馬，手中鞭子直指蕭古哥：「你便是涅剌越兀的頭領？」

蕭古哥拱手道：「司徒蕭古哥見過猛安。」原來金國兵制，以千夫長為猛安，以百夫長為謀克，戰時組軍上陣，閒時漁獵為生，故猛安謀克戶中多是血緣相近的親族。蕭古哥見他統率千人，即以猛安稱呼。

朮里古氣焰沖天，傲然道：「奉我大金國皇帝之令來問司徒，涅剌越兀願戰還是願降？」

蕭古哥不置可否，笑著將朮里古請入大帳，奉上美酒肥羔，方從容道：「若涅剌越兀願降，需得多大的誠意，皇帝才會接受？我部的族人土地又能保全多少？」

蕭古哥問得直白，朮里古也不客氣，竟擅自將納降的條款翻了三倍：「皇帝要徵調涅剌越兀的六百名年輕女子到金國為奴，另須獻出良馬六千匹、肥羊六千隻勞軍。」他兩月前在上京城中被觀音奴羞辱，一直懷恨在心，今日便存心刁難涅剌越兀部。

蕭古哥聽了這條件，怒氣從心口直竄全身，在血管中劈啪作響，面上卻恭順異常，大力摁著就要掀掉几案跳起來的蕭七斤，滿口答應：「涅剌越兀必定竭盡全力讓皇帝滿意，只是我部牧場分散，請猛安寬限兩天，容我部備齊這些勞軍的羊馬，兩天後與女奴一道送往大營。」

朮里古很滿意蕭古哥的態度，用馬鞭的手柄抵著下巴道：「那便兩天，不可延誤了。不過貴部有位姑娘，美貌得像早晨的太陽，叫什麼來著？啊哈，蕭觀音奴。我今天便要將這美人帶走。」

蕭古哥心底一涼，澀然道：「我部雖有一位蕭觀音奴，卻不是契丹人，今年三月便跟著她的漢人父親回宋國去了。」

這事說來離奇，朮里古自然不信，掏掏耳朵道：「司徒在說笑話麼？我聽著可沒什麼趣兒。」

蕭古哥肅然道：「的確是實情，沒有半句假話，我蕭古哥豈能拿三千族人的性命與猛安開玩笑。」

朮里古始而驚愕，繼而大怒。他昨晚興興頭頭地討了這趟差使，一大早急不可耐地奔來，路上便想了不少折辱觀音奴的法子，不料統統落空。朮里古挫了挫牙，一腔惱恨無處發洩，叫道：「好，好，不過一個女人，司徒就這般推三阻四，藏匿不交，可見剛才的承諾只是敷衍。既然涅剌越兀沒有歸順大金國的誠意，我也只好如實稟告皇帝。」

朮里古站起來作勢要走，早就按捺不住的蕭七斤從右側撲來，掄圓了二十八斤重的大刀向他砍去。戰刀在空氣中劃出一個冷光懾人的巨大扇面，穿過朮里古的頸項便似穿過腐木，流暢非常，勢不可擋。

眾人方覺冷風襲體，寒毛根根豎起，朮里古的頭顱已飛了出去。落到紅色的氍毹上時，那頭顱才迸出一聲低嗥，淒厲得讓人掩耳。帳中頓時大亂，跟隨朮里古的女真武士迅即吹響了示警的號角。

蕭古哥摸著刀柄，望向蕭涅里道：「女真人太苛刻了，羊馬尚在其次，要我六百族人去給他們作奴隸，還不如戰死得好！我本想拖延兩天，將族中老幼送出去，現在也來不及了。」

蕭涅里拔出刀來，聲音低沉有力：「戰吧！」

蕭七斤滿襟都是朮里古腔子裡噴出的鮮血，又劈翻了一名女真武士，搶出帳去大喝：「兒郎們，集結！殺敵！」聲若猛雷，響徹營地。

女真人軍法嚴酷，若伍長戰死，以下四人皆斬；什長戰死，伍長皆斬；百長戰死，什長皆斬。故完顏朮里古一死，手下的騎兵再無退路，以十五人為一隊，散入營地，不論老幼，逢人便殺，打算血洗涅剌越兀，為本部的猛安復仇。

涅剌越兀部中婦孺老人占了大半，可以上陣的壯年男子不過八百，一未裝束，二未集結，被這些精銳的女真騎兵殺了個措手不及。營地中沒人哭泣求饒，只聞女真騎兵的馳突咆哮、刀槍利矢穿過人類肉體時的沉悶聲音以及垂死者的喃喃詛咒。濃烈的血腥味瀰散開來，被灼熱的陽光蒸著，連空氣都是赤色的。

完顏阿骨打在淶流水起兵反遼時，從者不過兩千五百人，此後與遼國大小數百場戰爭，女真武士無不以一當十、以少勝多，遂生出契丹軍寡弱之感。此番在涅剌越兀部，女真人才明白契丹軍雖然疲軟渙散，契丹百姓卻不是待宰羔羊。

最初的慌亂過後，營地各處都展開了反擊，包括行路顫顫的老者、裙子掖到腰間的婦女以及剛能開弓的孩子。一人赴死並不可怕，數千平民以悍不畏死的姿態向組織嚴密的軍隊逼來，即便最凶狠無情的女真武士也為之動容。

耶律歌奴的氈房位於營地邊緣，禍事初起時尚未波及。蕭鐵驪聽到蕭七斤呼喊殺敵之聲，丟下啃了一半的大餅，對歌奴道：「阿媽，女真人動手了，你在我前天挖的地窖裡藏好，千萬不要出氈房。」抓起刀便衝了出去。

蕭鐵驪放開腳步往司徒大帳奔去，中途遇到一隊女真騎兵行凶，長槍捅穿了蒲速盌大娘的小孫子阿達，將那孩子釘在地上，拔出槍時故意向上一撩，劃開了他的胸腔。阿達的身子抽搐兩下，小小的鮮紅的心臟暴露在空氣中，仍在微微搏動，瞳孔卻已散了。孩子的眼珠又黑又潤，望著初夏的天空，死也不曾閉眼。

蕭鐵驪看到阿達死時的表情，只覺憤怒像雷電一樣擊穿胸口，呼吸中都含著焦枯的苦味。這孩子昨天還騎在他的肩上玩耍，此刻卻躺在自己一族的草原上，再不能跑跳說笑，轉瞬將腐敗成泥。

蕭鐵驪的刀緩緩拔出來。捌死阿達的騎兵感到這男子像松林中的霧氣般漫過身側，喉管隨即一冰。騎兵的喉嚨裡發出咕嚕聲，被自己的鮮血嗆到，半折的頸項支撐不了沉重的頭顱，古怪地歪到一邊，整個人像面口袋一樣滑下馬去。

對於雷景行等一流高手，「夢域影刀」擁有強大的催眠力量，普通人則根本看不清蕭鐵驪的刀路。是這般流麗刀法，來如迷夢，去似流雲，彷彿鯤鵬展翅時劃過大地的影子，風暴消歇時浩淼水面的清光；是這般肅殺刀法，彷彿光陰的流轉，四季的更迭，裹挾著刀影中的人們奔向死亡，不可逆轉也不可抗拒。

蕭鐵驪殺氣沛然，將餘下的十四人全部斬落馬下，女真騎兵們來不及反應，也沒感到太大痛楚，就在這璀璨的光影裡逝去。蕭鐵驪出手，並不追求凌虐生命的殘忍快意，殺敵一名，族人活下去的希望便多一分，這目標使他和武器達到了完全合一的境界，方一動念，鋼刀已至，俐落地切開敵人最脆弱的部位。

殺死最後一人，蕭鐵驪緩緩收刀。稠而暖的鮮血沿著冰冷的刀鋒滑下來，滴在橫陳腳下的女真騎兵臉上。那是一張稚氣的面龐，蕭鐵驪想：「還沒有十八歲。」但他不會憐憫敵人，即便是這樣年輕的敵人。

蕭鐵驪站在那兒，只感到一種莫可名狀的空虛，連四肢百骸都是空的。目睹阿達死亡時的憤怒喚醒了心中的猛獸，他出刀的速度甚至快於意念的速度，身體的伸展也超越了人所能達到的極限。猛烈的爆發過後，他虛脱地站在當地，五月的風攜著鮮血的腥味、牛羊的臊氣和焰尾草的芬芳，穿過了他空蕩蕩的身體。

另兩隊女真騎兵謹慎地圍住了蕭鐵驪，一隊在正面，一隊在背面。當先的重甲兵執長槍，斷後的輕甲兵操弓矢，兩支小隊均呈扇形推進，以圓陣為鋒，兩翼夾攻。這是女真人最擅長的戰法，源於平時的狩獵習俗。兩軍對壘時，凶悍的女真騎兵可以反覆衝陣達百餘回合而不知疲倦，以如此戰法對付蕭鐵驪一人，實在是被他的刀所震懾。

蕭鐵驪體內的血流得極慢，四肢冰涼，脈搏微細，冷汗浸透長衣，浸濕了刀柄。他此刻才明白，「夢域影刀」的力量與他的感情是呼應的，人的情緒有多狂暴，刀的力量就有多駭人，若不懂得節制，只能透支了體力。

蕭鐵驪兩腿發虛，面容卻沉靜，對著緩緩逼近的女真騎兵，眼都不眨一下，淵默如山的氣勢壓倒了那些虎狼般的戰士。若他們即刻縱馬而來，十個蕭鐵驪也死了，這般謹慎布陣，卻讓蕭鐵驪有了喘息的時間。

一名女真什長忍受不了這難堪的對峙，提起長槍，低喝道：「殺！」進攻隨即發動，兩隊騎兵迅速合圍，像一隻巨大的鐵拳包住了蕭鐵驪。重甲兵們居高臨下，十來條長槍往蕭鐵驪的要害扎去，尖銳的槍頭無一例外地飲到了蕭鐵驪的血，輕鬆得他們自己都不敢相信。

眾人齊喝一聲，正要用槍將蕭鐵驪架起，在空中肢解了他，不料蕭鐵驪遽然拔地而起，遊龍一般滑出了冷光如雪的槍林。當此存亡之際，蕭鐵驪空虛的丹田忽然回暖，從小蓄積的豐沛刀氣與神刀門的碧海真氣扭作一團，在經脈中鼓蕩不已，終於融會到一處，正大剛直又浩浩蕩蕩，令他絕地逢生。

周邊的輕甲兵把躍到空中的蕭鐵驪當成了箭垛子，弓弦聲連綿不絕地響起，密密麻麻的利矢徑向他射來，距離既近，力道亦猛。

蕭鐵驪飛起一腳踢在那什長的頭盔上，借力躍出了重圍。饒是如此，他的肩膀、小腿和腰部均已中箭。

女真人的箭鏃長約七寸，形如鑿子，一旦陷進身體，貿然拔出就會扯起大片血肉。蕭鐵驪知道這鑿子箭的厲害，未敢拔它，伸手折斷箭杆，不及包紮，回身與女真人戰到一處。

那什長被蕭鐵驪踢破頭顱，紅白俱出，死狀極慘，激起女真人同仇敵愾之心，面對凜凜如戰神的蕭鐵驪，並無一人退卻，反而個個爭先。蕭鐵驪渾身是傷，彷彿浴於血中，無力像剛才那般施展「夢域影刀」，奪了一匹馬過來，與這二三十人硬扛硬架，竟也不落下風。

蕭鐵驪殺得性起，整個人都化身為刀，在女真騎兵中縱橫馳驟，吸引了相當數量的敵人，垓心也由司徒大帳移到他這裡，使蕭古哥和蕭七斤等得以喘息，並騰出手腳來組織反攻。

女真騎兵散入營地之初，各小隊建制整齊、進退有序，必要時還能相互呼應，然而涅剌越兀部反抗激烈，拖到後來反被契丹人各個擊破，堵在營地各處圍而殲之。

這一戰，從早晨戰至正午，兵戈之聲漸漸稀疏，最後在涅剌越兀部營地中梭巡的三百餘名契丹戰士，搖搖晃晃地騎在馬上，個個都血葫蘆一般。

蕭七斤再也找不到一個堪為對手的女真騎兵，放聲笑道：「這些狗日的女真人。」笑聲未了，一頭栽下馬來。蕭鐵驪正好迎面而來，躍下馬來扶他，未料大戰之後全身乏力，一個踉蹌，倒在蕭七斤旁邊。

蕭鐵驪滿頭滿臉都是血，已經辨不出本來面目，蕭七斤撐起身子，對上他黑多白少的眼睛，鬆弛下來道：「是鐵驪啊，古哥和涅里呢？」

「司徒和司空都戰死了。」

蕭七斤一震：「死了？」他與蕭古哥、蕭涅里自小為友，情誼深厚，聞言胸口一窒，喃喃罵道：「兩個沒義氣的，竟不等我。」

蕭鐵驪的身體沉得石頭一般，也不在乎身上大大小小的傷口，攤開手腳，長長地吁了口氣。

天穹那麼高、那麼廣、那麼藍，焰尾草那麼燦爛、那麼溫暖、那麼芬芳，在水晶般天空和紅毯般草原間，橫亙著巍峨秀麗的黑山。蕭鐵驪遙望著深碧色的山巔，道：「不光是司徒和司空，所有死去的族人，他們的魂靈都到黑山大神那兒去了。」
蕭七斤苦笑道：「鐵驪，跟女真人這一仗，早遲都要打的，可賠上我涅剌越兀，才賺得這一千女真，你說這買賣虧不虧？」他喘了口氣，不等蕭鐵驪回答便大聲道：「我契丹立國兩百年，土地廣闊，人口遠比東北一隅的女真多，怎麼就這般不禁打呢？五年前皇帝領兵親征，十幾萬人竟敗給了完顏阿骨打的兩萬人。自那以後，女真人日益囂張，每下一城，咱們的軍隊不是滑腳逃走，就是厚顏投降。如今輪到咱們，古哥和涅里都勸我委曲求全，我實在嚥不下這口氣。堂堂契丹男兒，死便死了，怎麼能彎腰去舔女真人的靴子？」
蕭七斤受傷極重，用力說話時多處傷口迸裂開來，他自知不免一死，將心中的話一股腦地向蕭鐵驪倒出來：「其實，古哥和涅里也不是不肯打，只是擔心族中老幼沒處安置。可人人都有親族，人人都有顧慮，女真人騎到頭上了也不敢吭一聲，遼國就真的要亡了！今日之戰，是我先挑起來的，牽連了這麼多老人孩子，黑山大神一定會將我打進暗黑地獄，永世煎熬，這也是我該得的報應。」
想到靈魂將在黑山地獄中受千殛萬劈之苦，這勇毅無畏的將軍也不禁膽寒。他沉默片刻，忽然振奮起來，拚著最後一分力，拍著鐵驪道：「你們這些年輕人，日後要多娶媳婦，多生兒女，涅剌越兀就靠你們了。」
蕭七斤溘然而逝，蕭鐵驪想著他最後的叮囑，不知該哭還是該笑，胸臆間的哀痛既深且重。當年在西夏被衛慕氏家族追殺時，他痛恨自己的無能為力，曾暗暗立誓，要練成強悍武功，保護身邊之人。如今才發現，即便練成絕世刀法，所保護的人仍然有限，世間沒有哪樣武功可令人以一己之力摧毀一支軍隊。蕭鐵驪不願再想，站起來對蕭七斤的屍體拜了三拜，往自家氈房奔去。

蕭鐵驪掀開狼皮褥子，打開蓋板，見耶律歌奴不在自己挖好的地窖中，不禁大吃一驚。他抬眼將氈房掃了一遍，見矮几上留了張短柬，拿起一看，正是母親字跡。

蕭鐵驪一目十行地讀完，腦袋裡不僅嗡地一響。耶律歌奴出身破落貴族家，懂得漢文，精通契丹大小字，這張短柬寫得極其工整，可見她離開時的從容。

蕭鐵驪衝出去，一路搜尋，在阿剌大爺的氈房外找到了耶律歌奴的屍體。他不由自主地發抖，在母親的屍體前跪下來，小心翼翼地摸了摸她的手。那手還有微微的暖意，緊握著她平時慣用的匕首。蕭鐵驪陡然生出一線希望，湊到她耳邊，低聲喊道：「阿媽，阿媽。」

耶律歌奴還是一動不動，氣息全無，慘白的臉上也失去了平日的柔和光彩。蕭鐵驪用力捂住眼睛，似乎這樣就可以將破堤而出的悲傷潮水堵回去。世間最溫暖柔和的那個人，即便被他棄絕，只要他回頭，必定露出慈和微笑的那個人，是真的不在了。

依契丹習俗，子女死去，父母可以晨夕痛哭；父母死去，子女卻不許悲哭。蕭鐵驪伏低身子，忍了許久，抬起頭時雙目赤紅，因為忍得太用力而掙破了眼底的血管。

他抱起母親，將她挪到氈房間的空地上，架起乾柴，點火焚燒她的屍體。火舌舔著這溫柔婦人，發出滋滋的聲音，散發著異樣的焦香。蕭鐵驪跪坐在旁邊，眼睛紅得像要滴出血來。

契丹人原無修建塚墓的習慣，人死了便將屍體送進深山，置於高樹，三年後將骨頭撿回來，一把火焚乾淨。太祖阿保機立國後，漢人的土葬也日漸流行，像蕭鐵驪這般直接燒掉的卻不多見。

熊熊火光中，還活著的族人漸漸聚攏到這片空地上，有人忍不住道：「鐵驪，你在做什麼？周圍可是咱們漠北最好的草場。」

「有白水隔著，燒不了多少，況且我們也沒有機會在這片草場上放牧了。女真人還會再來，死的人這麼多，哪有時間收殮？依我看，大家不如動手燒了營地，撤到山南的牧場去。」蕭鐵驪聲音嘶啞，態度卻出奇地鎮定，予人安心之感。

人群中有年長者搖頭道：「撤到山南？中途一定會遭遇女真大軍。」

蕭鐵驪道：「東邊是女真人的地界，西面、北面都是草原，我們人困馬乏，很難逃出女真騎兵的追捕。如果不走大道，從松密徑繞過女真大營，今夜就能趕到山南牧場，那兒不但有五十族人，還有三千駿馬，再一晝夜就可到達秦晉王鎮守的燕京。」

「松密徑是真寂寺的禁地，從沒人敢冒犯的啊。」

蕭鐵驪決然道：「真寂寺的法師曾在我部借宿過，如今我部有難，向他借道應該不難。倘若法師降罪，我願一力承擔，絕不牽累大家。」

涅剌越兀部的司徒、司空和將軍都已戰死，剩餘的三四百人疲憊不堪，迷茫中聽蕭鐵驪說得有理，無不悅服，依言在營地各處放火。其時正是仲夏，天氣炎熱，草場乾燥，火苗以燎原之勢蔓延開來，連兩千多族人和一千女真士兵的屍首都焚了，蕭鐵驪一行即往松密徑遁去。

半個時辰後，女真大營因完顏朮里古出來半日沒有消息，派出小隊騎兵來此打探，遠遠地便見涅剌越兀部營地及周圍草場火勢連天，近看更是淒慘，火中橫著數千具屍體，還有些緊抱在一處，已分不清是親人還是敵人。火焰燃燒的熱力令空氣微微顫動，焦黑的骸骨似在火中起舞，堪稱活的煉獄圖。

涅剌越兀傾一族之力，致朮里古部全軍覆沒，代價不可謂不重，而人口稀缺的金國在半日內葬送千名戰士，也令金主完顏阿骨打大為痛心。阿骨打在一連串完勝後，因這沮喪的一仗結束親征，留兵駐守上京，自己率大軍回國。

阿骨打亦曾派出數隊騎兵追擊涅剌越兀部的逃亡者，結果一無所獲，其中一隊還誤入真寂寺的禁地，觸發了松密徑中布置的陣勢。那陣勢因地貌而設，發動時彷彿整座森林都活了過來。老樹們發出震耳欲聾的巨大聲響，拖著大蟒般的根鬚向這隊騎兵掩來，地殼隨之隆起，天地因之倒置。

騎兵們只覺頭下腳上，渾不知自己是腳踏實地，還是立馬虛空。這顛倒錯亂的幻象極其真切地逼來，就算最冷靜的戰士也辨識不清，女真騎兵們紛紛落馬，混亂中多人被同伴或戰馬所傷。

一股清冷的霧氣湧來，掩住了所有幻象。驚惶的騎兵們看不見霧中的敵人，盲目對攻，又誤傷多名同伴。還是領兵的謀克最先鎮定下來，喝令部下停止攻擊，向他靠攏。

霧氣越來越濃，吞噬了蒼翠的森林，無聲無息地在他們周遭湧動，即便兩人並肩，也看不見彼此面容。騎兵們聚在一處，握緊武器，屏息等待，卻不知等待什麼。這遮天蔽地的迷霧給予人無限的懸想空間，比剛才見到的幻象更讓人焦灼不安。

一旦陷進真寂寺的陣勢，對時間的感覺就會完全混亂，女真騎兵們不知等了多久，才見到霧氣裂開，一名白衣素巾的男子緩緩行來。隨著他飄拂的衣袖，乳白的濃霧迅疾退去，眼前的世界一片清明，原來霧氣也是幻象。

那男子漸漸走近，冷月的光輝照在他臉上，神祇般英俊，神祇般冷酷，讓人咬緊牙關還止不住打顫。他寬大法衣下的身體，修長完美，輪廓分明，隔著廣袖長裾也能讓人感知其中蘊涵的可怕力量。尤其長得幾乎連在一起的眉毛下，那雙鮮明、光耀卻沒有一絲感情波動的藍色眼睛，其目光所過之處，宛如冰封。他的聲音彷彿冰塊相擊：「列位擅闖真寂寺的禁地，是想獻出身體與魂魄，成為天神的犧牲麼？」

領兵的謀克大驚，想起了面前之人的身分。女真人與契丹人一樣信仰薩滿教，而真寂寺的法師是最接近神的巫覡，連極邊之地的東海女真亦知道其聲名，並深感敬畏。這謀克是女真族太巫之侄，知道叔父奉皇命見過真寂寺的法師，並達成相安無事的默契，自己出征時也被告誡要避開其禁地。他醒過神來，知道不宜辯解，立即跪下向法師請罪。

耶律嘉樹淡然道：「你們要將遼國怎樣，與我無關，但若再犯到真寂寺，斷不輕饒。這次放過你和手下，不過看在令叔面上。」

女真騎兵們狼狽地退出了松密徑。將要走出森林時，謀克大著膽子回頭，只見林中岑寂，那法師已不見蹤影，然而虛空中彷彿有一對冰冷的藍眸凝視著他，寒意像箭鏃一樣穿過心臟，令他驚出一身冷汗。

蕭鐵驪率四百族人和三千良馬逃至燕京。留守燕京的秦晉王耶律淳有自擇將士之權，溫言勉勵了早就想延攬的蕭鐵驪，授以小將軍之職，並將跟隨蕭鐵驪的涅剌越兀遺民收歸帳下。

蕭鐵驪自來燕京，心情一直低落。母親的遺囑要他尋回觀音奴，在這樣的時刻拋棄族人國家卻是他做不到的，然而留在遼國，以後的路該怎樣走，他也很茫然。

過去二十五年中，蕭鐵驪一直致力於自身武功的修煉，與女真人正面交手後，他深切地感受到遼的衰弱與金的興盛。女真人發動的戰爭以摧枯拉朽之勢襲來，契丹軍隊卻無力遏制其擴張，即便將武功練到登峰造極的地步，個人在戰爭中發揮的作用仍然有限，令他深感挫敗。

五月天氣晴和，某日蕭鐵驪有暇，一人來到燕京最繁華的六街酒肆買醉。燕京即古燕國之都薊城，隋唐時改置幽州，據山川關隘之險，為帝國北方重鎮。五代時，後晉的石敬瑭將燕雲十六州割讓給遼國，太宗耶律德光即將幽州升為陪都，號南京，亦名燕京。

遼的燕京因襲唐代幽州城的布局，街道寬闊，里坊整齊，市井風貌較之上京大不相同，蕭鐵驪卻無心遊覽，要了兩角酒，自斟自飲，自澆塊壘。

酒至半酣，蕭鐵驪忍不住拿出母親留下的短柬，展開來看了又看，雖則上面的字句他已爛熟於胸。短柬上有兩段契丹大字，寫得頗為端麗：

「鐵驪，我這輩子從沒違拗過男人們的意思，不管是你阿爹的、阿叔的，還是你的。這次我不能聽你的話了，女真人打過來，部族中人人都要出力，我雖然不濟事，卻也不願像地鼠一樣躲起來。」

「嫁給你阿叔，是阿媽對不起你，你肯回來，我真歡喜。現在唯一放不下的就是觀音奴，你讓宋人帶走觀音奴的時候，我很捨不得，卻不敢為她說一句話。我死以後，觀音奴就是你唯一的親人了，你一定要找到她，好好待她。」

蕭鐵驪沒料到柔弱的母親有這樣的血性，他為她驕傲，這感受在一定程度上抵消了母親去世的悲哀。至於觀音奴，從游隼雷帶回的消息中可以知道她在宋國過得很好，他不願將她拖進自己所處的泥沼。儘管他很想念自己一手帶大的妹妹，與她離別的痛苦就像吃肉沒有鹽，行路沒有馬，每天每刻，無處不在，然而沒有什麼是他不能忍耐的。

蕭鐵驪結帳離開時，酒肆的二樓傳來一陣歌聲，挽住了他的腳步：「勿嗟塞上兮暗紅塵，勿傷多難兮畏夷人。不如塞奸邪之路兮，選取賢臣。直須臥薪嘗膽兮，激壯士之捐身。可以朝清漠北兮，夕枕燕雲。」唱歌的是名男子，音色明亮，感情充沛，令那些跳躍的音符變成一簇簇火苗，點燃了聽者的情緒。

蕭鐵驪當街聽完這首漢歌，深受感染，情不自禁地大聲道：「呵！朝清漠北，夕枕燕雲！」

臨街的窗戶被推開了，一名三十來歲、相貌清雅的男子探出頭來，熱情地招呼：「朋友，上來喝一杯吧。」男子認出蕭鐵驪，驚喜地道：「是蕭小將軍，自松醪會後就極想與將軍一晤，不意今日巧遇。」

蕭鐵驪在秦晉王帳下見過他一面，還禮道：「大石林牙。」

原來這男子名喚耶律大石，乃遼國宗室，太祖耶律阿保機的八世孫，通漢學，善騎射，天慶五年進士及第，擢為翰林應奉，歷任泰州、祥州刺史和遼興軍節度使。遼語呼翰林為林牙，故眾人皆稱他大石林牙。

蕭鐵驪重返酒肆，耶律大石亦命人重整筵席，與他把酒敍話。耶律大石的正妻蕭塔不煙也在座中，性情爽朗，言語明快，一見蕭鐵驪便道：「聽說涅剌越兀部迎戰金軍時，蕭小將軍受傷百處仍屹立不倒，一人斬殺三百名女真武士，堪稱我契丹首屈一指的英雄。」

蕭鐵驪很驚訝，立即道：「那一戰，我可能殺了百人左右，不會再多了。就算真的殺了三百敵人，也不值得稱道，涅剌越兀近乎滅族，上京還是淪陷了。」

耶律大石重重地歎了口氣：「太祖創業之地被女真人奪走，對民心士氣打擊很大啊，不過涅剌越兀拚死相爭，也為遼國上下立了榜樣。」

蕭鐵驪沉默片刻，打起精神道：「剛才聽大石林牙唱歌，讓人心都熱起來了，真是好歌。」

「這歌是宮中文妃所作，意在勸諫皇上。女子有這樣的胸襟，實在讓我輩男兒感佩啊。」耶律大石的語氣有了微妙的變化，「不過，這歌卻不討皇上喜歡，文妃也因此遭到厭棄。」

蕭鐵驪訝道：「怎麼，難道皇上不想收復河山，逐走女真？」

耶律大石的手輕輕叩著桌面，「也罷，既然蕭小將軍通曉漢話，我將文妃作的另一首漢詩念與你聽，你便明白了。」他的聲音渾厚優美，一句句念來鏗鏘有力：「丞相來朝兮劍佩鳴，千官側目兮寂無聲。養成外患兮嗟何及，禍盡忠臣兮罰不明。親戚並居兮藩屏位，私門潛畜兮爪牙兵。可憐往代兮秦天子，猶向宮中兮望太平。」

蕭鐵驪沉吟道：「這詩的意思是說皇上重用奸臣，賞罰不明？」

耶律大石雙目灼灼，接道：「不錯，就是這意思，還要加上拒諫飾非、窮奢極侈、耽於遊獵、怠於政事幾條。」

塔不煙一直含笑坐在旁邊，聽到這裡咳了兩聲，道：「重德，不要說過了。」

耶律大石擺了擺手道：「不妨事，漢人有句話叫『白頭如新，傾蓋如故』，我與蕭小將軍正是一見如故。方才的話不是隨便說的，我信他。」

蕭鐵驪胸口一熱，端起酒碗來敬耶律大石，仰首將一大碗公烈酒灌了下去。耶律大石也一氣飲完，將酒碗摜到樓板上，笑道：「痛快！蕭小將軍，耶律大石虛長你幾歲，若不嫌棄，今日與你結為異姓兄弟如何？」

耶律大石形貌儒雅，為人卻慷慨豪邁，蕭鐵驪早有耳聞，今日一見，便即心折，當下伸手道：「耶律大哥。」

耶律大石伸手與他重重一擊，隨即緊緊握住，道：「蕭兄弟。」

塔不煙笑道：「自松醪會後重德就時常念叨，世間有如此英雄而不識，實在是平生憾事，今天可算遂了心願。」

「蕭兄弟，大哥有幾句掏心窩的話想跟你說。時局敗壞如此，是因為咱們遼國是從根子開始爛起的，國家綱紀廢弛，軍隊疲軟渙散，跟女真人打起仗來自然一輸再輸。」耶律大石壓低嗓門，一字一頓地道：「等到合適的時機，我們想擁戴新的主君，重建太祖太宗時的強大國家，兄弟你願共襄義舉麼？」

蕭鐵驪聽了這犯上謀逆的話，一時沒有反應過來，待到醒過神時，多日的頹氣忽然一掃而空，一種前所未有的光明感覺灌注心底，他全身熱血如沸，慢慢道：「擁戴新的主君，重建新的國家，我當然願意。蕭鐵驪願意為之竭盡全力，死而後已。」

遼國真寂院。

遊隼電疾飛而至，掠過庭院，徑直停在書房的條案上。耶律嘉樹解開綁在牠足上的小竹筒，抽出一張薄薄的紙條兒，上面只有寥寥的一行字：「觀音，我已投到秦晉王帳下，安好，勿念。鐵驪字。」信中對涅剌越兀族滅、耶律歌奴身死之事隻字未提。蕭鐵驪的態度正是耶律嘉樹所希望的，他將紙條原樣封好，撫摩一下電的頸羽，輕叱道：「去。」

注：

①《遼史》卷二十八《天祚皇帝本紀》：「（天慶十年夏）五月，金主親攻上京，克外郛，留守撻不也率眾出降。」

②《金史》卷四十四《兵志》：「其部長曰孛菫，行兵則稱猛安、謀克，從其多寡以為號，猛安者千夫長也，謀克者百夫長也。」

③天祚帝的文妃蕭瑟瑟，乃晉王與蜀國公主之母，出身渤海王族。她所作的兩首歌詩，出自《遼史》卷七十一《后妃列傳》。

第三折　訂婚

宋國宣和七年（一一二五年）暮春，團圞的月亮陷在湖水般藍汪汪、清凌凌的夜空中，月華明瑟，與滿城的華燈、市河的波光相映，為不夜的揚州城鍍上了一層銀輝。

卷珠簾的店主應付了幾撥食客，忙裡偷閒地踱出後門，站在自家的河埠頭邊剔牙。一艘畫舫從通泗橋方向航來，經過卷珠簾的埠頭時，店主恰聽見一個清亮的少女聲音道：「怨不得前人說，天下三分月色，揚州要占去兩分。皓岩，咱們下船吃點宵夜，賞賞月亮。」

一名青年男子道：「外面的東西不乾淨，別又害你鬧肚子。再行兩刻就到我家別院了，廚子也現成，咱們清清淨淨地坐在園子裡賞月不更好？」

有小童垂涎欲滴地道：「聽說揚州卷珠簾的碧桃糕和燒黃魚跟別處做法不同，好吃得要命，卷珠簾釀的雲液酒也是一絕呢。」

青年不悅道：「原來是你小子在旁邊攛掇。」

少女笑道：「皓岩，你可別怪小安，是我想去。」

青年雖然答應了，聲氣卻甚是勉強。

短短幾句話間，那畫舫已過了卷珠簾的埠頭，只得調頭回來。店主笑嘻嘻地迎上去，見一位年方弱冠的青年從艙中步出，五官深刻，氣質清貴。他個子甚高，堪堪擋住身後的少女，只瞧見一角碧藍裙子。一名梳著總髻的伶俐侍童蹦蹦跳跳地跟在後面。

店主招呼道：「客官來宵夜麼？鄙店還有一間臨水的閣子空著，離大堂甚遠，極清淨的。」一句話便讓青年蹙著的眉頭舒展開來，點頭道：「那最好。」

那著蔥白短襦、絞纈藍裙的少女經過店主身側時，令他呼吸一窒。卷珠簾的店主識人多矣，卻從沒見過這般清麗俊爽的人兒，剎那間，淡銀的月色竟明澈到了十二分，面前的世界也微微晃動起來。

那少女步子甚快，她走過之後，店主眼前仍浮現著一張清極麗極的面龐，全然不施脂粉螺黛，淺蜜色肌膚，雁翎般眉毛，一雙眼睛黑是黑、白是白，孩子似的清淨澄明。

當先的沈皓岩回過頭來，面色頓時一沉，狠狠瞪了店主一眼，店主訕訕地移開目光，亦覺自己失態。

沈皓岩攜觀音奴、崔小安在那間臨水的閣子坐定。窗子半開，傳來夜行船的欸乃聲，風中花香隱約，實在是個宜人春夜。兩隻繪著削肩美人的薄紗燈籠輕輕搖曳，暖黃色的燈光裡，沈皓岩的心也在搖曳，望著觀音奴道：「夜來，咱們可有兩個月沒見了，這次你到海州修煉，進境如何？」

「馬馬虎虎啦，師父年年都說要考查我的刀法，可五年裡頭只來過一次，今年多半也是嚇唬我的。其實我是在家裡悶得慌，找藉口出去玩兒呢。你也知道阿婆不喜歡我，何必跟她大眼瞪小眼，相看兩生厭。」觀音奴的眼睛亮晶晶的，開心地道：「李太白的詩裡說，明月不歸沉碧海，白雲愁色滿蒼梧。東坡居士也講，鬱鬱蒼梧海上山，蓬萊方丈有無間，所以我一直想看看大海中的蒼梧山是什麼樣子，這次終於如願。那麼細白的岩壁，映著碧綠的海水，還有很多海浪侵蝕的奇石怪洞，漂亮極了。」

沈皓岩苦捱兩月，忍著不去找她，恐怕打擾她練功，她倒玩兒去了。他鬱悶已極，又不能當真生她的氣，無奈地道：「夜來，你下月就滿十八歲了，怎麼還像個長不大的孩子？既然待在家裡不舒服，不如早點嫁過來，咱們家個個都疼你。」他從杭州一路趕來，下決心見了面就向她求婚，口氣似乎隨便，一顆心卻狂跳不已。

觀音奴的臉微微紅了，連眼皮都染上了那美麗的微紅。她十三歲與沈皓岩相識，十六歲與他定情，對這全心全意愛護她的青年，她同樣地傾心相許。躊躇片刻，觀音奴道：「姆媽很捨不得我呢。」

沈皓岩熱切地道：「那不要緊啊，我們可以經常回寶應看望表嬸，或者接她到杭州小住。」

觀音奴看著沈皓岩，眼波既清且柔，乾脆地道：「好，皓岩。」

沈皓岩喜不自勝地握住她的手，道：「咱們就這麼說定了。正好阿爹過五十大壽，長輩們都聚在杭州了，到了家我先稟告堂上，再由阿爹出面與表叔商量。」

觀音奴笑道：「表伯的大生日，家裡肯定忙亂。皓岩最狡猾了，跑到揚州來接我，躲掉多少事情。」

沈皓岩哼了一聲，惱她不體察自己的思念之情，嘴上卻不肯承認：「表叔表嬸十天前就到杭州了，他們記掛你，讓我趕緊接你過去，你倒在這裡說風涼話。」

吱呀一聲，店小二推開水閣的門，送上方才點的燒黃魚、碧桃糕、乳黃瓜、荼蘼粥等。被兩人晾在旁邊的崔小安歡呼一聲，咬著筷子道：「好香啊，好香啊。」

淮揚菜清淡，觀音奴則嗜吃辛辣，來卷珠簾只是為了這孩子想吃，當下拍著小安的頭道：「沒人跟你搶，別噎著了。」

沈皓岩斟了兩杯雲液酒，遞給觀音奴一杯。雲液以糯米釀成，綿甜香滑，兩人淺斟慢啜，都不想說話，眼波交會時的情意卻是釅釅。

月亮在波心搖盪，市河中有船行過，飄來細細的絲竹聲和調笑聲。船上卻有一名男子打破了春夜的寧靜，大喊道：「痛快，今日真是痛快！」

另一個較為蒼老的聲音道：「你這消息可確實，遼國皇帝真的被金國將軍俘獲了？」

那男子道：「千真萬確，就上個月的事兒，那遼國皇帝一路逃竄，最後在應州新城被一個叫完顏婁室的金人逮著了。哈哈，遼國徹底完蛋了，真是痛快啊。」

年長者憂慮地道：「所謂前狼後虎，遼國亡了，金人卻也不好對付。我朝雖然收回了燕京一帶土地，卻不是自己打下來的，是靠銀絹從金人手中換來的。這般氣弱，難保金人不對我中原江山起覬覦之心啊。」

卷珠簾的水閣中，觀音奴面色蒼白，跌碎了手中的酒杯。沈皓岩亦知道這消息瞞不了多久，懊惱地想：「真是不順，我今夜向她求婚，偏讓她在今夜聽到這消息，晚兩天也成啊。」

觀音奴只覺得五臟六腑擰成一團，半晌方透過氣來，低聲道：「皓岩，我雖然是漢人血統，心裡卻當自己是契丹人，怎麼也扭不過來。遼國亡了，我沒法像他們一樣感到痛快。」

沈皓岩見她這樣，大感心疼：「你若是難過，就大聲哭出來，這樣忍著，不是玩的。」

觀音奴眼睛酸澀，喉嚨乾痛，卻是哭不出來，失魂落魄地呆坐在那兒，半晌方道：「唯一可慶幸的是大石林牙自立為王，在去年秋天就跟天祚皇帝分道了。鐵驪向來追隨大石林牙左右，如今他們一路西進，也不知到了哪裡，小電已經兩個月沒遞消息來了。」

沈皓岩聽觀音奴提起蕭鐵驪，頓時妒意大熾，卻又說不出口，只能勉強壓下。他記得她初來寶應的頭兩年，極想回遼國，偷跑了三次都被崔逸道派人追回，足見她心中那契丹蠻子分量之重。如今她雖安心留在宋國，卻時時與蕭鐵驪傳遞消息，令沈皓岩十分不快。

經此一事，良宵頓成長夜，兩人都無心在岸上消磨，沈皓岩起身結帳，觀音奴帶小安回了畫舫。

後世詩云：「龍舟飛渡氾光湖，直到揚州市河里」，說的正是寶應至揚州的水路。到揚州後，從瓜洲渡長江，在京口沿八百餘里長的浙西運河而下，過常、蘇、秀等州，便到了運河最南端的杭州。

崔府的畫舫從寶應出來，在揚州時因等待自杭州北上的沈皓岩，多耽擱了兩天，為免錯過沈嘉魚的五十壽辰，此後行程便趕得甚急，經過蘇州時方三月廿五。沈皓岩見時間已然搶了回來，加之姑蘇是他少年時與觀音奴訂情之地，便吩咐船工將畫舫泊在城外的楓橋鎮，邀觀音奴上岸去舒散一下。

其時正是黃昏，夕陽溶溶，浸在水中金紅搖盪，背光的河面卻呈現出天青石一般的澄澈與色澤。半朱半碧的河水從江村橋與楓橋下流過，襯著寒山寺的一帶院牆與一角飛簷，彷彿一幅敷彩的山水。

觀音奴一襲白色舊衣，坐在船頭把玩耶律嘉樹送她的鐵哨。沈皓岩從船尾走來，見觀音奴微微低著頭，向來歡笑多憂愁少的臉上露出落寞之意，不由生出將她抱到懷裡好好安慰的念頭。

觀音奴突然站起，吹響了鐵哨。那鐵哨是真寂寺特製，加上她的碧海真氣貫注其中，吹出的哨音響遏行雲，到達極高處也不衰竭，反而令聽者生出向四方擴散的奇異感覺。

沈皓岩知她每日都要吹這鐵哨，以便為那對往來於宋遼兩國間的遊隼定位，然此刻她孤零零地立在船頭，衣衫飄舉，夕照染上她白色衣裾，令他想起一句舊詩「水仙欲上鯉魚去」。

沈皓岩心口一緊，大步上前，只恐她真的乘風乘魚而去，從後面環住她，呼吸著她身上特有的花木清氣，低頭在她耳邊喃喃道：「夜來。」觀音奴靠著他胸膛，輕聲答應：「皓岩。」

正當情濃意愜之際，空中忽然響起遊隼的鳴叫，觀音奴仰起頭，歡喜地道：「是小電回來了。」沈皓岩鬆開她，悶悶地想：「真是煞風景的鳥啊。」

觀音奴取出蕭鐵驪的字條，邊看邊道：「大王在可敦城得到威武、崇德等七州和大黃室韋、敵刺等十八部王眾的支持，兵勢大盛。今年二月以青牛白馬祭祀天地祖宗，揮師西進，將過高昌回鶻之地。」

她將字條又看一遍，且喜且憂：「高昌回鶻可是西域大國啊，不知回鶻王願和願戰？若是戰，鐵驪又有硬仗打了。」

沈皓岩百無聊賴地站在旁邊，忽道：「咦，這是什麼？」遊隼電的另一足上被人用彩線繫了一枚丁香形狀的金耳環。

觀音奴解下金環道：「眼熟得很，總覺得看誰戴過。」她反覆細看，在金環內側發現兩個米粒大的細字「衛九」，不禁詫異：「難道是清櫻的？」

沈皓岩湊過來道：「怒刀衛家的九姑娘麼？」

觀音奴沉吟道：「應該是她。你知道怒刀衛家有一種『回音技』，可以將聽到的各種聲音還原出來，前年清櫻來寶應，見我用鐵哨馴鳥，她就學會了，小雷小電也肯親近她。換了旁人，想在雷和電的爪子上做手腳，不被啄得頭破血流才怪呢。雷電能聽到數百里內的鐵哨聲，清櫻的聲音卻不能及遠，所以她必定是在附近巧遇小電，才會借牠給我傳訊。」

沈皓岩皺起眉頭：「如此說來，情形不妙啊。她若在附近，跟著小電就能和咱們會合，繫這丁香環做什麼？我從家中出來時，聽阿爹說衛世伯人在大理，趕不上爹的壽筵了，不過他家九姑娘要送壽禮過來。莫不是運河上的黑幫看中了九姑娘帶的東西？」

觀音奴困惑地道：「若是送給表伯的壽禮，江南道上可沒人敢動。而且清櫻的五個哥哥三個姐姐都厲害得很，誰敢欺負她啊？這樣吧，我們跟著小電去找清櫻，有事沒事，找到她就知道了。」她將金環在遊隼面前晃了晃，「小電，你若知道清櫻在哪裡，帶我們去如何？」

那遊隼歪著頭，黑豆般的眼睛裡透出股聰明勁兒，翅膀一振，低低飛起，在畫舫前方盤旋。兩人跟著小電，一路追過閶門，進了州城。

宋時蘇州，清如處子，六縱十四橫的河道織成一張水網，是美人血脈；街與河並行，屋枕流而築，三百橋梁如虹如月，是美人骨骼；綠楊掩映的粉牆黛瓦，白石廊橋的朱闌碧牖，卻是美人顏色。

小電飛進閶門右側的一條水巷，沈皓岩和觀音奴也不著急，閑閑地沿石頭駁岸邊的小街踱去。行得三百步，見對岸有座臨水的堂皇大宅，雪壁朱門，門畔的石級一直伸到水邊，石級兩側和埠頭均圍著鐵柵，另有石橋接這邊的小街，橋上設了一道門，只供自家人用。小電便停在這宅子的牆頭。

沈皓岩見兩道門都緊閉著，低聲對觀音奴道：「看樣子是後門，咱們悄悄進去，探探裡頭的虛實。」其時天已黑透，街上也無行人，兩人躍過河道，再一個起落便神不知鬼不覺地進了那宅子。

兩人落在一叢扶桑花旁，不及打量周遭，先聽到細碎人聲，忙伏低身子，躲到扶桑闊卵形的葉子後。

一對青年男女沿花徑走來，調笑無忌，舉止放浪。觀音奴從未見過這樣火辣的調情場面，不禁羞得面紅耳赤。沈皓岩伸手蒙住她的眼睛，以極低的聲音道：「好妹妹，別看。」觀音奴面頰發熱，在花葉暗影裡呈現出動人的玫瑰色澤，垂頭時頸項的曲線美妙而脆弱。

沈皓岩被她的羞澀模樣打動，感到她的睫毛在掌心微微顫抖，腦海中不禁綺念如潮，恨不得俯身在那秀美的頸項上細密親吻，一嘗芳澤。他苦苦煎熬，恍惚中連那對男女的聲音也變得遠了。

男子用懶洋洋的口氣道：「聽說院裡又來了個絕色的美人，性子也極溫柔可親，可是真的？」

「也是個吃著碗裡、瞧著鍋裡的，那可是有主的人了。」女人呸了一聲，道：「十五那天，行院來了個京城口音的小少爺，說要包下咱們這兒最好的院子。」

那男子咬著她的耳珠，含糊不清地道：「怎麼？不是最好的女人，倒是最好的院子？」

女人點頭：「你算問到點子上了，原來那小少爺帶了自己的女人來逛行院，這可是從沒鬧過的稀奇笑話呀，媽媽當場垮臉。那小少爺二話不說，讓人抬了一箱珠寶上來，隨媽媽取用。媽媽頓時笑得見牙不見眼，別說把行首的院子騰出來給他們，只怕讓行首去疊被鋪床，媽媽都肯的。」

那男子歎息道：「枉你們媽媽在這行打滾多年，恁地沒眼水。養一個行首出來容易麼？讓她受了這種折辱，以後身價大跌，哪裡是一箱珠寶補得回來的。」

女人微微冷笑：「媽媽把持姑蘇最好的行院二十年，黑白兩道通吃，你敢說她是白混的？她腹黑心冷，只怕看上這小少爺的財、那小娘子的貌了。我見過那小娘子，嘖嘖，真是頂尖人物，初看也不覺得多麼美貌，細瞧竟跟美玉明珠一樣會發光的，待人也極溫柔妥貼。」

那男子一笑，「你向來是個不服人的，能得你這般稱讚，果然不是尋常顏色了，你們媽媽真打得好算盤。」

觀音奴大為不安，用傳音入密道：「皓岩，你聽這形容，真的很像清櫻。」

沈皓岩收斂心神，見那兩人去得遠了，方鬆開觀音奴道：「夜來別急，咱們既然找上門來，自然要查個確實。」

這宅院建得繁複幽深，兩人尋了幾處都沒眉目。沈皓岩索性現身，向途中遇到的小廝打聽行首姑娘原來的住處，那小廝只當他是院裡的客人，一五一十地說了。兩人悄悄尋到小廝說的香遠益清閣，沈皓岩見閣子周圍設了紫衣秦家的五色陸離陣，不禁皺眉，暗想這決然是那小太歲幹的了。

觀音奴不熟悉這陣勢，被沈皓岩牽著滑到窗下，果見銷金幔中、素銀燈旁，一名少女支頤而坐，肌膚潔白，光澤瑩然，彷彿新雪堆就、暖玉塑成，赫然便是東京怒刀衛家的九姑娘清櫻。

衛清櫻腳邊的絨毯上，貓一般蜷著個十四五歲的錦衣少年，面容俊俏，神氣卻憊賴得很，正是東京城中人見人厭、鬼見鬼愁的小太歲秦裳。

觀音奴一見秦裳便覺頭大，道：「竟是這小鬼幹的好事！他一向只聽清櫻的話，如今連清櫻也管不住他了。」

沈皓岩哼了一聲：「他人小鬼大，仰慕九姑娘也非一日了。你知道九姑娘的性子，外和內剛，綿裡藏針，小裳定是吃了不少苦頭，這便發狠了。」

卻見衛清櫻伸足踢了踢秦裳，道：「夜深了，你還不去睡覺，賴在這裡做什麼？」

秦裳捱了半日，只等到這一句話，順勢抱住她的小腿，涎著臉道：「櫻姐姐，長夜淒清，一個人很寂寞的，我陪你好麼？」

衛清櫻的內力被秦裳用重手法封住，四肢軟弱，掙脫不開，只能別過頭，淡淡道：「哼，小鬼。」

這話正踩到秦裳的痛腳，他跳起來齜著一口白牙，露出貓一樣的憤怒表情：「哼，我小麼？男子漢該有的物件和手段，我可一樣不缺。」

窗外的觀音奴險些嗆住，伸手按住刀柄：「也虧清櫻忍得下，我可忍不住了。」

沈皓岩拉住她：「事情鬧大了，九姑娘面上須不好看。我們也沒把握在破五色陸離陣的同時，既制住小裳，又不與小裳照面。」他苦笑一聲道：「論輩分，我們還得叫小裳一聲舅公。他若銜恨報復，那可後患無窮。」

觀音奴只會爽快直接的法子，無奈道：「依你說該怎麼辦？」

沈皓岩笑道：「我有位朋友善製香料，送了我一種奇香，以酩酊花為主料，雖非迷香，卻有醉人之效，今日正好拿來試試。」

觀音奴看他在衣囊中取出一枚蠟丸，掰開後露出顆雪白丸子。她湊上去嗅了嗅：「沒什麼味兒呀。」

沈皓岩道：「等你聞得出它的香味時，可就醉得一塌糊塗了。」一伸指一彈，無聲無息地將這丸子投進室內的香鼎中，「酩酊丸遇火即燃，香透重樓，咱們雖隔得遠，也須閉住呼吸。」

秦裳正糾纏衛清櫻，渾不知被沈皓岩動了手腳。他收起怒氣，在衛清櫻臉上親了親，軟軟地道：「櫻姐姐，你和我連江南最有名的大行院都逛過了，還有什麼清白可言？不如乖乖從了我吧。」

衛清櫻幽幽地歎了口氣，道：「事到如今，我也沒法子了，你想怎樣便怎樣吧。」秦裳聽她鬆口，又驚又喜，竟不敢相信，果然她話鋒一轉道：「只是不日你扶我靈柩返鄉時，可要記得我生性怕冷，做了鬼只有更怕，求你每日在我腳頭生一盆炭火，也不枉你我相識一場。」她嫣然一笑，歉然道：「夏天要來了，這樣做味道不免大些，請你擔待啦。或者多填點兒香料，也能遮得住。」

觀音奴想笑又不敢出聲，拉著沈皓岩的袖子，雙肩發抖，忍得甚是辛苦。

秦裳怔怔地望著衛清櫻，面色卻越來越白，顫聲道：「你……你故意拿這話來激我，明明知道我寧可自己死了，也捨不得傷你半分。」

紫衣秦家人丁單薄，到秦綃、秦絡這代，竟只得姐妹二人。秦綃之父直到耳順之齡才從近支中過繼這唯一的男孩兒過來，不免寵溺過分，從小到大，任他予取予求，他也只在衛清櫻面前受挫罷了。

秦裳這話說得千迴百轉，連觀音奴都覺得有些可憐了，衛清櫻卻不為所動，他便發狠道：「哼，拿死來威脅我麼？我若將你賣給這行院的老闆，她有的是讓你求生不得、求死不能的手段，你倒試試看。」

衛清櫻正色道：「風塵中多的是有情有義的奇女子，你可不要看輕了這行當。我們衛家人，幹什麼都要掙頭一分，即便流落風塵，也要當行出色、顛倒眾生的。」

秦裳氣惱至極，搖著她的肩膀道：「哼，當行出色，顛倒眾生，你想都不要想。」他忽然揚眉一笑，骨軟筋酥地道：「櫻姐姐，你身上薰的什麼香，真好聞啊。」秦裳踮起腳轉了半圈，歪倒在衛清櫻腳畔，一張臉紅彤彤的，便似喝醉一般。

衛清櫻自然不免，昏昏沉沉地想：「這行院老闆眼神不正，莫非著了她的道兒？不知道夜來收到我的消息沒有？那鳥兒若是往遼國飛的，可就無望了。」

觀音奴見兩人醉得不省人事，掩了口鼻，靈巧地越過花窗，將搭在椅背上的一件連帽披風裹住衛清櫻，像抱行李捲兒一樣將她抱起來。衛清櫻身材頎長，觀音奴個子適中，抱著她雖不算費力，卻不大相當，有種貂蟬舞關刀的滑稽感覺。

沈皓岩素有潔癖，視行院為醃臢之地，且要避男女之嫌，不便給觀音奴搭手，遂在窗外道：「辛苦你了，我去雇艘船來接你們。從閶門到楓橋，總不能就這麼抱著九姑娘回去吧。」

「是啊，想不到清櫻挺重的。」觀音奴輕輕踢了秦裳一腳，笑道：「小鬼看我跟清櫻交好，心裡不忿，每次來寶應都變著法兒跟我作對，可就這麼丟下他，也怪可憐的。」

「我看可憐的是行院老闆吧，小裳醒來找不到九姑娘，只怕將行院拆了的心都有。所謂惡人自有惡人磨，行院老闆也非善輩，遇上東京赫赫有名的小太歲，正是得其所哉。」

兩人笑嘻嘻地帶著衛清櫻去了。畫舫行到吳江縣時便有消息傳來，秦裳甦醒後找不到意中人，驚怒交迸，不但知會了蘇州官府，還借了運河上漕幫的勢力，將麗景院攪得一塌糊塗，生意是做不成了，院內的廳堂樓閣、水榭歌臺也被他拆了無數。消息中稱小少爺的原話是：「就算掘地七尺，也要把我櫻姐姐找出來。」

衛清櫻得了這消息，長歎一聲，對沈皓岩和觀音奴道：「真是我命裡的魔星，我再不露面，下次過蘇州時麗景院該變成麗景池了。為免那小魔星記恨兩位，咱們就此別過，到杭州時再聚吧。」兩人聽了這話，深以為然。

衛清櫻憂慮地道：「不過，能在五色陸離陣中來去自如，還能解開秦家封人內力的重手法，這世上可沒幾人能辦到，那小鬼還是會疑心到三公子的。」

沈皓岩笑道：「我一賴到底就是，倒不怕他，只要小裳不找夜來的麻煩就行。」他溫柔地看著觀音奴，「夜來脾氣耿直，對上這樣滿肚子壞水的小鬼，總是吃虧些。」

衛清櫻一路行來，看出兩人關係已更進一步，抿嘴一笑，飄然告辭。果然秦裳得知衛清櫻在秀州現身，再沒興趣作踐麗景院的屋子，欣欣然追了過來。那行院老闆得知他是紫衣秦家的小少爺，八寶崔和鳳凰沈兩位太夫人的幼弟，欲哭無淚，打碎了牙齒也只好和血嚥下。

話說杭州在隋唐時已是江南名城，咽喉吳越，勢雄江海，入宋後更被仁宗皇帝御口封為「東南第一州」，風物之雄麗、市井之繁華，的確稱得上南方首屈一指的大都會。

宣和年間，徽宗皇帝的花石綱擾民太甚，江南百姓不堪其苦，隨方臘舉事。暴民占據杭州時，屠戮官民僧尼，並兩度縱火，第一次火勢綿延了六日，第二次也經夕不絕，令杭州變得滿目瘡痍。

沈皓岩和觀音奴入城後，雖已過去四年，一路仍可見到被毀壞的屋舍。觀音奴喜愛這美麗的城市，不免歎惋：「可惜啊，不知杭州什麼時候才能恢復到原來的樣子。」她頓了一下，忽然問：「皓岩，聽說方臘信奉的摩尼教有種奇怪的教義，說人生為苦，殺人就是救苦，殺人就是度人，度得多了，自己還能成神，你怎麼看？」

沈皓岩的思維沒她這麼跳躍，愣了一下，道：「唔，這麼嗜殺的教義，跟『神刀門下，不殺一人』的戒條正好背道而馳。我說實話，你別生氣，摩尼教的教義很邪門，神刀之戒卻有些矯枉過正了。」

「我發誓會遵守神刀之戒，雖然一直沒有領悟祖師爺的深意。」觀音奴撩起帷帽四邊垂下的輕紗，鬱悶地道：「為了遵守戒條又不傷及自身，神刀門歷代弟子都要將功夫練到第七層時才能出島遊歷。我在夏國拜師入門，不曾到過島上，算是門裡的特例，所以師父不許我隨便出手，遇事只能自衛。」

沈皓岩自負地道：「今後有我，你也不必出手，我自然會保護你周全。」

觀音奴笑道：「若事事都要皓岩出頭，那也無趣得很。等我把神刀九式練到潔然自許界，就可以像師父一樣遊歷四方、率性而為了。」

沈皓岩默然無語，抬手將帷帽的輕紗放下來，掩住她明媚的容顏。

觀音奴在馬背上長大，騎馬的姿態挺拔優美，與沈皓岩並轡行於杭州街市，堪稱玉樹瓊花，路人嘆羨的目光卻被寒著臉的沈皓岩一一擋了回去。

觀音奴不會看人臉色，更不知道自己的話惹沈皓岩不快，見他懶怠說話，便自得其樂地觀街景，一隻追著自己尾巴玩兒的小土狗也能令她再三回眸。

兩人過了清湖橋，折進一條幽靜小巷。沈皓岩在一座大宅的後門下了馬，觀音奴跟著躍下，尚未落地便被他接住。他托著她，僵立片刻才放下來，心中戾氣橫生，又不知將她如何是好，煩躁地想：「你生來散漫，想什麼就做什麼，性子也不柔順，每每自行其是，偏偏我這樣喜歡你！真想將你藏在家中，永遠不與外人見面才好。」

觀音奴見他神情古怪，忍不住好笑：「皓岩，我還不會走路的時候就已經會騎馬了，你不用這樣嬌慣我。」

沈皓岩見那薄紗之下約略露出的明朗笑容，動了動嘴角，眼睛裡卻沒有笑意，默不作聲地牽了觀音奴的手，帶她入宅拜見家中長輩。

當晚，沈嘉魚在後園的夜來如歌亭設了家宴，除了兩位太夫人，座中皆是崔沈二姓之人。兩家原是世交，現在的當家人又是姨表兄弟，關係極為親厚。不日便是沈嘉魚的五十壽辰，崔氏舉家來賀，沈府自然盡心款待，日日歡宴，卻都沒今日隆重。

酒過三巡，沈嘉魚舉杯笑道：「雖然高堂在座，我不該稱老，可看著孩子們這般出息了，還是忍不住感歎歲月不饒人啊。」

崔逸道見沈嘉魚的目光落在觀音奴面上，會意地笑了笑，順著他的話頭道：「是啊，我家夜來已經長成大姑娘，熹照今年秋天也能參加州裡的解試了。」

崔熹照聽父親這樣說，微不可聞地歎了口氣。他身體羸弱，是崔沈兩家唯一不習武的子弟，崔逸道對他期許甚高，一心希望他進士及第，光耀門楣，令這少年備感壓力。

「皓岩今年也行過冠禮了。」沈嘉魚道：「賢弟，你看皓岩與夜來，兩孩子一塊兒長大，感情融洽，年齡相當，咱們不如親上加親，把他們的婚姻大事定下來如何？」

崔逸道點頭：「我與大哥想到一處了。」

李希茗放下牙筷，三分訝然、七分悵惘地道：「夜來已經到談婚論嫁的年齡了！唉，我竟一直拿她當小孩兒。」

「這，這不太妥吧。」沈嘉魚的母親秦絡是位溫柔怯懦的老太太，見眾人的目光齊刷刷地集中到自己身上，有的吃驚，有的困惑，卻沒一個贊同，越發口吃起來：「夜來是……是極好的孩子，不過讓她嫁給皓岩，豈不是……呃，不太妥當。」

秦綃與秦絡坐在一處，當即打斷了秦絡的話：「我看沒什麼不妥。小絡，你是越活越回去了，話都說不清楚，在這裡嘮叨什麼？」

秦絡從小就畏懼長姐，數十年過去，畏懼之心也不曾稍減。秦綃這般呵斥，秦絡立即噤聲，僵了半刻，還是忍不住道：「我沒有，我，我是說……」她不敢與秦綃對視，兩手握拳，聲音越來越小：「他們不應該，不應該……」

秦綃含笑將手搭在秦絡肩上，迫她轉頭對著自己，柔聲道：「小絡，你糊塗了麼？中表為婚，因親及親，這是喜上加喜的好事兒啊。況且孩子們兩情相悅，身為長輩，理當玉成，怎麼倒橫加阻撓？」

秦綃抬手將秦絡的一根碎髮挽到耳後，似有意若無意地，小指的長甲在秦絡後頸上劃出一道血痕，這背光處的動作，眾人都不察，秦絡卻痛得一縮。秦綃微笑道：「小絡，你我都是一把年紀的人了，怎麼還像小孩兒一樣使性子？」

宋國盛行中表婚，姑舅家或姨母家常結為姻親之好，故眾人均覺秦綃的話合情合理，反倒是平時沒什麼主見的秦絡，莫名其妙地變得乖戾起來。

秦絡眼中流露的情緒很複雜，悲傷中摻著怨憤，怨憤裡帶著疲倦，她睜大眼睛看著面前的碗碟，似乎要將碗碟瞧出洞來，廢然道：「中表為婚，因親及親麼？」

沈嘉魚素來不喜歡秦綃這跋扈姨母，雖然心中已定了觀音奴作兒媳婦，此刻卻要為母親撐起場面，恭敬地道：「這是兒女大事，應該先得母親允許，再與表弟商量。因母親平時很疼夜來，兩家又是熟不拘禮的，兒子便疏忽了，請母親息怒，咱們改日再議。」

秦絡有氣無力地道：「也好。」

紛亂中，觀音奴轉頭，看向右首的沈皓岩。那樣美的眼睛，刀刃一樣明澈、鋒利，直接切在他心口。她的聲音極低，然而清晰、乾脆：「皓岩，姆媽教我漢家的禮儀，阿爹傳我漢家的詩書，可我還是做不成漢人，因為我弄不懂漢人是怎麼想事情的，也不會像漢人一樣繞著彎兒說話。」

她徑直問他：「皓岩，你喜歡我麼？喜歡的是爹媽眼中的漢人姑娘崔夜來，還是本來的我，契丹人蕭觀音奴？」

沈皓岩伸出手，在長案下攥住觀音奴的腕子，攥得她的腕骨疼痛欲裂。他一字一頓地道：「我只喜歡你，勝過一切人，不論你是夜來，還是觀音奴。」

觀音奴回過頭，嘴角含笑，彷彿盈盈欲放的千瓣白蓮，那笑意一瓣瓣地舒展，清淡裡含著不能窮盡的美。她輕聲道：「皓岩，我會嫁給你，不管別人說什麼，不管遇到怎樣的事，我會嫁給你，雖死不離。」

觀音奴從不猜疑沈皓岩，也不會撒嬌吃醋，與他見面固然歡喜，離別時也沒什麼不捨，她這樣放得下，反而令他不安。這一刻他終於確認：她愛他，如同他愛她。沈皓岩滿心歡暢，只覺肋下生風，如上雲端。

崔熹照坐在觀音奴左首，聽到了兩人的熱烈對白。少年白皙的面孔突然透出一抹紅色，耳輪也紅得朱砂一般，想：「阿姐這樣喜歡三表哥啊。」他不好意思再聽，悄悄出了夜來如歌亭。

庭院中有幾株粉桃，緋色花瓣落了一地，在夜裡幾乎辨不出本來顏色，只感到釅釅的黑裡一片微微的紅，讓這少年不忍心踏上去。

夏天就要來了。

金國天會三年（一一二五年）夏四月。

金太祖完顏阿骨打已病逝兩年，繼位者是阿骨打的弟弟完顏吳乞買。原屬遼國的大片土地，已盡數落到女真人手中，唯真寂寺關起門來成一統，並未因遼國的覆亡受到牽連。耶律嘉樹在真寂院中安穩度日，手中的網早已撒了出去，只等魚兒長大，便可收網。

這日千丹收到宋國密報，匆匆流覽一遍，忐忑不安地呈給嘉樹。嘉樹讀完後，面上卻淡淡地瞧不出喜怒，只吩咐道：「崔沈聯姻，原是預料中事，倒是兩個老太婆的態度值得推敲。秦綃素來不喜歡觀音奴，秦絡卻很疼她的，怎麼談婚事時反了過來。你傳話過去，要他把當時的情形細細寫來，哪怕是聽來無足輕重的話，也不可漏掉一句半句。」

千丹諾諾退下。嘉樹將手籠回袖中，微涼的手指觸到那塊圓潤的雞血石，輕輕摩挲著，單憑觸覺，他也知道漫過石面的鳳凰霞彩，何處是尾羽，何處是飛翼。

六月。

宋國傳來密報，稱崔沈兩家已行定聘之禮，正式為沈皓岩和觀音奴訂婚，並定在明年十月初九執親迎之禮。嘉樹得到這消息，緘默半日，開口說的第一句話便是傳喚息霜。

息霜原是宋國人，遼兵打草穀時將其擄來，嘉樹途中遇見，看她的容貌與觀音奴有三分相似，便出手救下，用千卷惑洗去她的記憶，將她變成了真寂寺的人傀儡。息霜忘記前塵往事，得嘉樹悉心調教，便一心奉他為主。

這日聽到主人傳喚，息霜飛也似的趕到書房，屏住呼吸向嘉樹行了一禮。

嘉樹指著案上的一幅畫，溫言道：「你過來看看。」

息霜怯生生地倚在案邊，見痕跡猶新，顯然是主人剛剛畫就。畫上是名持刀少女，年方十三四歲，容貌清麗至極。刀口上深濃的一抹胭脂紅，與她的絳唇明眸相映，一眼望去，只覺滿壁風動，滿室生光，驚得息霜說不出話來。

嘉樹道：「她生得美麼？其實容貌還在其次，那樣明潔可愛的魂魄，天下再找不出第二個來。」息霜滿懷妒意，聽他續道：「息霜，我能將你變得跟她一般美，甚至更美，你願意麼？」

息霜雀躍起來，笑道：「真的？我願意。」

嘉樹伸出兩根手指托著她的下巴，細細端詳：「這第一步，要將你的骨相變得和她一樣。我用冰原千展烝一點點地給你改，要耗費很長時間，極痛，你忍得住麼？」

息霜與他的臉相距不過半尺，冰涼的眼睛，冰涼的手指，含著冰涼的魔力，令她心跳不已，低聲回答：「忍得住。」

秋八月。

宋國密報稱，崔熹照在楚州的發解試中拿到第二名，取得資格參加明年春天禮部舉行的省試，太夫人秦綃也要回京省親，故崔氏舉家乘船，渡淮水後沿汴河而上，往東京開封府去了。沈皓岩捨不下未婚妻觀音奴，便攛掇了祖母秦絡與崔家同行。

彼時汴河兩岸的農田都已收割完畢，清野蕭疏，林木參差，與淮南的水鄉風光相較又是一種味道。將近東京時，岸上人煙漸稠，河中舳艫相銜，觀音奴最是閒不住，拉了沈皓岩到船頭賞玩，遠遠地見一座朱紅色的拱橋橫跨汴河，狀如飛虹，跨度極大，卻沒一根柱子支撐，不禁嘖嘖稱奇，近看才知橋身是由兩層巨木拱骨相貫，互相托舉。

沈皓岩笑道：「夜來覺得新鮮麼？東京城裡的上土橋、下土橋也是這般建造，見慣了就沒這麼稀罕了。」

過了虹橋，再行得七里，崔府的船便自東水門入了東京。

東京是當時世上最繁華的大城，八方輻輳，四面雲集，居民逾一百五十萬。汴河自東向西橫貫帝京，沿岸屋宇雄闊，百肆雜陳，街市車水馬龍，行人絡繹不絕，看得觀音奴眼花繚亂。崔府的船在下土橋靠岸，換乘車馬，徑往紫衣巷秦家而去。

冬十月。

金國皇帝完顏吳乞買正式下詔攻打宋國，兵分兩路殺向中原。至此，宋國聯金攻遼的國策徹底失敗，且因出兵攻遼時表現出的空虛軟弱，令自己變成了金國眼中的肥肉。

消息傳到真寂院，千丹興奮地稟報耶律嘉樹：「主人當年曾發誓，除非宋國傾覆、遼國滅亡，否則絕不越過雁門、白溝一步。如今看來，遼宋同時淪亡這樣不可能發生的事，竟真的要兑現了。真是天佑主人，要讓主人親手了結這血海深仇。」

千丹在真寂院出生長大，並沒有家國的觀念。嘉樹聽了，卻沒有她預想中的高興，深藍眼睛裡流露出的悵惘和哀傷令千丹大惑不解。

完顏宗翰的西路軍進攻太原府時，遭到河東路馬步軍副總管王稟和太原知府張孝純的頑強抵抗，久攻不下。

完顏宗望的東路軍則進展順利，宋國派去駐守浚州與黃河天塹的兩支軍隊望風而逃，女真人未遇到任何抵抗，輕鬆地渡過黃河，於次年正月包圍了宋國都城東京。

皇帝趙佶陷入這等窘況，遂將皇位內禪給太子趙桓，自己卻倉皇南逃。名將李綱雖與包圍東京的金軍相持不下，各地勤王之師也陸續趕來，新即位的皇帝趙桓卻被嚇破了膽，主動提出與金軍議和，甚至將皇弟康王趙構送到金營作人質。

在宋國答應金軍納銀絹、割三鎮的要求後，完顏宗望於二月撤軍回國，新帝趙桓則在四月迎回了逃到應天府的太上皇趙佶。

觀音奴闔家居於東京，未隨太上皇外逃，沈皓岩與她相守於危城之下，彼此情意更篤。

新帝與金人議和時，曾罷免主戰的李綱，引起東京軍民的憤怒，在太學生陳東等人的帶領下，數萬百姓聚到宣德門外請願，將登聞鼓敲得稀爛，連鼓架也拆了，群情激憤之下，宮中內侍都被捶死了好幾個。

崔熹照少年熱血，也跟著幾個相熟的淮南舉子去了。觀音奴前腳聽說，後腳便追了去，只怕弟弟身子單弱，人多處吃了虧。到大內宣德門外一看，人山人海，喧嚷嘈雜，眾人相互推擠之下，踩踏之事也不鮮見。

觀音奴雖然藐視規矩，要她施展輕功在眾人頭頂上來去找人，卻也做不到。幸好宣德門外有座大酒樓，名曰潘樓，是五代時傳下來的百年老店，高達三層，觀音奴乘眾人眼錯不見，輕飄飄地躍到潘樓頂上。她向下望去，街市中密密匝匝盡是人頭，望得眼睛酸了也沒找到熹照。

半晌後有個官兒出來傳旨，李綱官復原職，兼充京城西壁防禦使，种師道老將軍也乘車來安撫眾人，憤怒的百姓才慢慢散去。

觀音奴在四散的人流中瞅見熹照，見他好端端的，鬆了口氣，用傳音入密喚他。喧鬧聲中，熹照聽阿姐的聲音縈繞在耳邊，細細的，卻格外清晰，四顧又不見人，抬頭望時，驚見自家阿姐隱於潘樓屋脊，笑微微地望著自己，風動衣襟，彷彿謫仙。

熹照強自鎮定，找個藉口向同伴作別。那幾個舉子剛走，他便覺眼前一花，觀音奴已到了面前。她速度雖快，仍被熹照身後的兩名書生看到，其中一人便握著拳頭，且驚且怒地道：「國之將亡，必有妖孽啊。朗朗乾坤，光天化日，竟有狐妖之流滿街亂竄了。」

熹照忙拉著觀音奴轉入另一條街，抑制不住地放聲大笑。他素來沉靜，極少笑得這麼歡暢。觀音奴也不著惱，等他笑完，姐弟倆牽手回了紫衣巷。

注：

①吳王夫差開鑿邗溝，以溝通江、淮，隋朝重開時取名為山陽瀆，宋代則稱楚州運河；秦始皇開鑿長江至錢塘縣的水道，隋朝重開時取名為江南河，宋代則稱浙西運河；至於隋朝開鑿的通濟渠，宋代稱其西段為洛水，稱其東段為汴河。

②載初元年（六八九年），武則天在洛城殿親策貢士，殿試自此發端。宋太祖開寶六年（九七三年），因科場舞弊，趙匡胤親自在殿廷進行複試，此後成為定制，科舉考試的三級制度（各州的發解試、禮部的省試、皇帝主持的殿試）正式確立，

③宋英宗治平三年（一〇六六年），定「禮部三歲一貢舉」之制，後世沿襲，稱為三年大比。查北宋時期的登科記錄，最後一次在宋徽宗宣和六年（一一二四年）。崔熹照參加宋欽宗靖康元年（一一二六年）的省試，乃因故事需要而虛設。

第四折　開國

遼國保大二年（一一二二年），金國攻克中京大定府和西京大同府，遼的五京至此已陷了四座，形勢岌岌可危。

天祚皇帝為避金師，輕騎逃入夾山，數日間命令不通，南京都統蕭幹、遼興軍節度使耶律大石等遂擁立留守南京（即燕京）的秦晉王耶律淳為天錫皇帝，改元建福。自此遼國分裂，天祚與天錫各領一方。耶律淳所建政權，世號北遼。

宋國去年才平定東南的方臘起義，本來不願出兵，知悉遼國內亂，以為是可乘之機，遂派太師童貫領十五萬大軍北伐，自京師趕至高陽關。

童貫欲招降天錫帝而不可得，即以种師道領東路，以辛興宗領西路，打算將遼軍圍而殲之。名將种師道向童貫進言，剖析形勢，指出這等倉促戰法並不可行。童貫以皇命和軍法相脅，种師道無奈從之。

天錫帝命蕭幹與耶律大石率部迎擊。五月末，种師道的前軍敗於蘭溝甸，再敗於白溝，辛興宗亦敗於範村，兩路宋軍皆潰。

六月初，种師道退回雄州，方至城下，遼國追兵已至。因宣撫司不許本國兵馬入城，种師道只得調轉頭來，指揮敗軍與遼國騎兵戰於城下。

其時狂風大作，當先的遼將黑甲黑馬，戰刀雪亮，身後鐵騎一字排開，低垂的鐵灰天幕和湧動的烏黑雲陣隨著遼軍一起逼近，模糊了天與地的界限。不少宋兵認出打頭的是北遼以阿修羅為號、刀下決無生魂的鐵驪將軍，心中都生出怯意。

兩軍相接不久，小兒拳頭大的冰雹劈里啪啦地落下來，砸到兵士的甲冑上錚錚有聲。疲乏的宋軍益無鬥志，四散奔逃。

蕭鐵驪見宋軍傷亡過半，己方大勝，隨即號令收兵。副將貪功，還想借機攻下雄州。蕭鐵驪歎了口氣，道：「今日之勢，我國只求自保，你還想開疆拓土麼？來日與金宋兩國還有大戰，何必為這區區一城折損士卒。」副將汗顏。

蕭鐵驪將戰刀上的淋漓血跡拭淨，率部返回，雖然取勝，胸中卻鬱鬱不快。他對敵絕不容情，刀出便不空回，然而殺人終究不是樂事，也只有對國家的忠誠能稍稍平息他在大戰後生出的厭倦煩悶。

此年六月，天錫帝耶律淳因病去世，在位僅三個月，遺命遙立天祚帝的次子秦王為帝。諸大臣議立耶律淳之妻蕭德妃為皇太后，改元德興，太后稱制。

宋國聞訊，再度發兵攻燕，仍以童貫統軍。此役因大部遼軍出擊，城內空虛，宋將高世宣等偷襲燕京得手，奈何接應的部隊沒有按約到來，致使高世宣等在巷戰中陣亡。其後北遼與宋國決戰於白溝，宋軍大潰，退守雄州。

宋國兩次攻燕大敗，童貫無奈之下，派密使赴金，請金國加以援手。金帝完顏阿骨打隨即兵分三路，向南暗口、居庸關及古北口襲來，對燕京形成合圍之勢。

連番大戰後，北遼用於衛戍燕京的部隊已不足八千，都統蕭幹仍撥了兩千至居庸關，以加強彼處兵力。蕭鐵驪得令後，隨即開拔。出城之際，隊伍前列的蕭鐵驪突然勒馬，緊隨其後的兩千騎兵一起停住，動作整齊，毫無亂象。

蕭鐵驪端坐馬上，感到一股肅殺之意沛然湧來，鞘中戰刀錚的一聲發出了悠長的歌吟。對手的刀氣像一匹連綿不絕的暗藍絲綢，繡滿朝開暮謝的雪色木槿，死亡的氣息隨著華麗柔軟的刀氣蔓延過來，竟與蕭鐵驪的刀起了共鳴。

蕭鐵驪拔出戰刀，耀眼刀光劃過長街，直襲北城客棧二樓臨街的窗戶。十步之內，刀風所及的契丹騎兵們隔著甲冑也能感到深切的裂膚之痛，足見他一刀之威。

窗內傳來一聲女子的驚叫，隨後再無聲息。蕭鐵驪令一隊騎兵進店搜索，卻一無所獲，只在二樓的一間客房裡發現了猶有餘溫的大灘血跡。蕭鐵驪急於奔赴居庸關前線，不願再延宕時間，迅即整隊離城，心中卻想這人的刀氣並不陌生，依稀便是居延雙塔寺的痲衣僧，時隔七年，西夏的仇家終究還是找上門來。

北城客棧後的深巷，沒藏空與衛慕銀喜隱於一棵大樹上。空凝神傾聽半晌，輕輕吁了口氣：「遼國騎兵撤走了。」他轉向銀喜，抱歉地道：「想不到蕭鐵驪的刀法竟精進如此，我雖無意在今日殺他，心中潛藏的殺機卻被他勘破，險些連累了主人。」

銀喜想到蕭鐵驪白虹貫日一般的刀光，打了個寒噤，默不作聲地挽起外面的長裙，將棉布襯裙撕了一幅下來，躊躇著想為他包紮傷口。沒藏空很自然地接過棉布，道：「我自己能行，不用勞煩主人。」

蕭鐵驪內力霸道，沒藏空雖竭力閃避，仍然傷到了右胸。他解開衣裳，一邊裹傷，一邊安慰銀喜：「以蕭鐵驪今日武功，或許我不能跟他正面對決，但金國派出大軍攻打居庸關，混戰之中，我一定能找到機會刺殺他，主人儘管放心。」

銀喜咬著嘴唇，恨恨地道：「讓蕭鐵驪稀里糊塗地死在戰場上，未免太便宜他了，我要他明明白白地死在跟前。你不是說他武功絕倫麼？那就先用紫瑰海散去他的內力，把他變成廢人帶回來。」

沒藏空很吃驚，欲言又止，默了一會方道：「是。」冬天的陽光穿過枝葉照著這男子，臉色因失血過多而變得蒼白，卻無損他的風姿，那是長年在青燈古佛前修煉得來，定睛看去彷彿隔著縹緲輕煙，疏離於塵世之外。

銀喜看著他，心中酸澀，想哭卻哭不出來。沒藏空的想法，她也知道一二，若他能溫柔開解，她也不是非要用這樣狠毒的法子對付蕭鐵驪，但他從不悖逆她的意思，表面恭順，實則疏遠。

她能以復仇之名隨他浪跡天涯，她可以驅使他做任何事，卻無法讓他墮入世俗情愛。便如此刻，兩人身體相偎，呼吸相聞，卻似隔著無窮山水，她相思迢遞，他永無回應。

居庸關距燕京百里，位於燕山山脈與太行山脈交接的軍都山中。此地山高峻，林幽邃，兩峰間的峽谷窄而長，關城就建在四十里長的溪谷中。扼守此關便把住了華北平原至蒙古高原的門戶，堪稱燕京的北方屏障，通向塞外的咽喉要道。

早在春秋之世，燕國便在此修建關塞，後秦始皇築長城，取「徙居庸徒」之意，命名為居庸關，歷漢唐至遼，均在軍都山峽谷中設置關城，以重兵把守。

蕭鐵驪率部趕至居庸關增援，不過休整了一日，金軍主力便已到達關下，打著金國皇帝的旗號，竟是完顏阿骨打領兵親征。

蕭鐵驪部是騎兵，全無守關經驗，且以區區兩千人對金國最精銳的兩萬鐵騎和五千步兵，不論正面進攻或迂迴偷襲都沒什麼勝算。蕭鐵驪便與居庸關守將耶律英哥商量，抽出箭術出眾的五百名射手參與守關，剩餘的騎兵則埋伏在關溝中，一旦關破，便以檑木滾石痛擊金軍；仍不能遏制，就以身體為關牆，憑藉地勢之利跟金軍作寸土之爭。人人都知道這是必死之局，然而國家頹敗至此，身為戰士，只有執戈殉之。

布置完畢，蕭鐵驪在關溝中巡視一遍。士兵們都沉默著，黑色眼睛裡看不到絕望，只有一觸即發的戰意。蕭鐵驪將戰刀舉過頭頂道：「黑山大神為證，蕭鐵驪願以血肉為關衛護居庸峽谷，直至戰死。」

士兵們握緊手中武器，同聲宣誓：「與將軍同死。」

以蕭鐵驪今日武功，要在戰爭中保全自己並非難事，但這些士兵跟了他兩年，他既然將大家帶入死地，便不會獨活。

戰鬥伊始，攻防雙方便投入了大量兵力，戰況激烈。女真人立國以來，連年征戰，攻城器械日益完備，此役便動用了洞子和雲梯。所謂洞子，是一種上銳下闊的大型木廊，外覆生牛皮和鐵葉，內裹濕氈，用以掩護士卒靠近關城，填壕溝，辟道路。

尋常的火箭飛石對付不了洞子，耶律英哥很有經驗，待洞子逼近關城後，以大石猛砸之，並向破開的縫隙中澆熱油、擲火把，燒得洞子中的金兵哀嚎不斷。金國的前軍統領極其凶悍，準備的土袋和木排用完後，連死去同伴的屍體也丟進了關壕，為後續進攻鋪平了道路。

蕭鐵驪率五百射手在關城上助陣，見金軍推出四部雲梯開始強攻，己方的箭卻所剩無幾，情急之下，將碧海真氣運到極致，彎腰抱起撞杆向雲梯掃去，但聞呀呀數聲，四部雲梯均被撞斷，立在梯頭的金兵全部墜落到關城下。蕭鐵驪順勢將撞杆擲了下去，又砸死二十餘人。

那撞杆是用山中巨松製成，平日需八名大力士合抱才能運用，似蕭鐵驪這般用法，實在駭人，震住了關城上下兩國軍隊，金國的攻勢亦因此緩得一緩。

位於中軍的完顏阿骨打看到這一幕，既驚且憾：「世間竟有如此好漢！可惜不為我所用。」

阿骨打身旁的侍衛統領乾咳一聲道：「皇上沒認出來？這遼將就是十天前在奉聖州刺殺皇上的傢伙，要不是皇上隔得遠，又有半山堂的人拚死護駕，險些讓他得手。那天咱們折損了幾十名頂尖兒的高手。」

另一名侍衛亦道：「此人名叫蕭鐵驪，出身涅剌越兀部。臣記得那涅剌越兀只是個小部族，卻寧死不肯投降我國，最後竟與朮里古部同歸於盡。皇上想收服他，難！」

阿骨打的馬鞭輕叩著手心：「傳令下去，破關以後不要傷了蕭鐵驪的性命，我要活的。」

說話間，金軍開始用七梢炮攻打關城。那炮需兩百五十人挽拽，射出的石彈重逾百斤，達五十步遠。在這樣的猛擊下，居庸關終於塌陷。金軍從缺口處湧進關城，守關的遼軍迅即迎上，展開了殘酷的白刃戰。

汗水和血霧模糊了士兵們的眼睛，血色成了天地間的唯一顏色，唯有憑著本能不停地揮刀和斬殺，終結對手性命或自己墮入死亡。這修羅場中沒有老者，只有柔韌少年和剛勁青年，最靈活的肢體、最強健的肌肉、最青春的生命被壓縮在狹長的關城中，用最慘烈的方式消耗、碰撞、迸發，直至化成血泥。

金國攻遼，從未遇到過這樣頑強的抵抗。後續部隊縱馬入關時，只見關城中的每一寸土地都被鮮血浸潤，兩國士兵的屍體堆疊一地，漫出了青色大石鋪就的門檻。前後兩道關門俱已破碎無蹤，十一月的冷風毫無阻礙地呼嘯而過，關溝兩旁的松林卻越凍越翠，優美風景與堆滿殘軀斷臂的戰場形成奇異對照。

蕭鐵驪遍身浴血，與十餘名倖存士兵守在關門外，雖然零落四散，不成隊形，金國的騎兵統領卻感到殺機像罡風一樣盤旋在前方，迫得人喘不過氣來。

金國統領判斷關溝中還有伏兵，卻昂然無畏，舉起手正要下達全力衝鋒的命令，溝中異變陡生，大如屋舍小似磨盤的石頭自兩山間崩落，砸斷古松無數，轟鳴聲中還夾著人類瀕死時的痛苦呼喚。金軍統領慶幸之餘，亦很困惑：「遼軍設下這樣厲害的埋伏，怎會提前發動？」

蕭鐵驪已達到沸點的熱血在瞬間冷卻，想：「兩山之上都建有長城，也派出了警戒哨，怎會反過來被金軍偷襲？」他驚疑的目光與金軍統領對上，兩人幾乎同時省悟：這樣規模的山崩，決非人力所能為。

金軍統領放聲長笑：「山石自己崩塌，砸死這麼多契丹伏兵，真是天佑大金啊，遼國真的該亡了！」

蕭鐵驪卻是心痛如狂。他的戰士並不畏懼死亡，但應該是踏著女真人的身體戰死，而不是這樣莫名其妙、窩窩囊囊地被天上掉下來的石頭砸死。他張開嘴巴，卻發不出半點聲音，因突如其來的憤怒和悲痛而啞了嗓子。他想要提刀再戰，四肢百骸卻空蕩蕩地沒一點力氣，碧海真氣像陽光下的冰雪一樣消融了。確切地說，像水一樣源源不斷地從左肩的傷口洩了出去。

混戰中蕭鐵驪多處受傷，並沒特別留意這一處，卻不料在這刻發作出來。他拚卻最後一點力氣拔出了插在左肩的暗器，豔麗奪目的紫刃飛刀輕盈墜地，他亦重重倒下。沉入黑暗的前一刻，他想：「觀音奴，我再也見不到你了。」

沒藏空隱在關溝旁的密林中，看著金國軍隊收拾殘局，將不肯投降的遼國士卒殺死，昏迷的蕭鐵驪則被抬走，隱約聽人道：「送到中軍大帳，皇上要見這人。」空不由苦笑，實在沒料到金國皇帝會對蕭鐵驪生出興趣。

金軍破關後直入燕京，其勢洶洶，侍衛們護著蕭太后從古北口遁走，左企弓等大臣開門迎降，金國不戰而下燕京。蕭太后無路可去，只得投靠天祚帝，卻被憤怒的天祚帝誅殺，已故的天錫帝耶律淳也被天祚帝降為庶人，除其屬籍。

阿骨打駐留燕京期間，沒藏空偷入軍中想帶走蕭鐵驪，卻被半山堂的高手察覺，將他當成了意欲行刺皇帝的遼國餘孽，全力圍攻。空本就中了蕭鐵驪的刀氣，此番遭逢大敵，傷上加傷，不得已服下青罡風，將功力提升了一倍，方才甩脫追兵，勉強逃到與銀喜會合之處，一所被獵戶棄置的深山木屋。

青罡風是極其霸道的藥，沒藏空重傷之下貿然使用，藥效過後便再也掙扎不起。銀喜見了他奄奄一息的模樣，又驚又痛，不再提報仇之事，一心一意地照料他。

空連動動手指都覺艱難，只好指點銀喜設置一些小陷阱來捕捉山中小獸，聊以果腹。一應雜事粗活，銀喜均須親力親為，以前看下人們做得輕鬆，輪到自己才知道艱難。一向都是沒藏空照顧銀喜，現在換成他被照顧，銀喜感到一生中從未有過的快樂，所經歷的苦楚也變成了甜美飴糖。

蕭鐵驪慢慢睜開眼睛，頭上是素漆車頂，耳畔是轔轔車聲，他素來鎮靜，然而自忖必死的人突然醒轉，仍不免生出今夕何夕的恍惚。眼前突然冒出一張少年的臉，小小眼睛，蒜頭鼻子，熱切地道：「將軍終於醒了，你睡了整整一個月。」

蕭鐵驪問：「你是何人？我現在何處？」他久未說話，發出的聲音裂帛般難聽。

少年開心地回答：「我叫來蘇兒。我爹在燕京城中開了家醫館，金國破城以後，老爹和我都被抓到軍中服勞役。我才不願看護那些女真人呢，幸好分派我來照顧將軍。將軍英勇不屈，在居庸關死磕女真人，我佩服得很。」他滔滔不絕地表白自己對蕭鐵驪的仰慕，末了才道：「女真人把我們擄回了金國，聽說今日就到會寧。」

蕭鐵驪早猜到結果，從來蘇兒口中證實後還是禁不住悲從中來，女真鐵騎席捲北地，國家的形勢何其危矣，個人的力量何其微矣！他低聲道：「哦，燕京陷落了。」

來蘇兒對著他經過戰火與鮮血的淬礪、變得鋼一樣冷硬的眼睛，感到很壓抑，揉揉鼻子道：「將軍現在餓麼？這一個月我只能灌些藥湯和薄粥給你。」

蕭鐵驪黯沉沉的眼睛裡忽然透出微微的亮色，來蘇兒知道是感激之意，赧然道：「老爹說將軍的體質很強，傷口比別人都痊癒得快，唯獨左肩的傷一直潰爛著不收口，我們弄了各種金創藥來敷都沒用。金國皇帝的醫官來給將軍看過，也沒弄明白。這傷說毒不像毒，說蠱不像蠱，古怪得很。」

蕭鐵驪想起昏迷前的奇異感覺，試著催動內力，經脈中竟是一片空虛，苦心修煉的碧海真氣已化為烏有。紫瑰海留下的傷口奪去了他的全部力量，卻仍未饜足，像一隻殘忍且極富耐心的小獸，一點點蠶食他的生命，將這昂藏男子磨成了孱弱病夫。

世間最殘忍的事，不是從未得到，而是擁有後再失去。達到刀術的極高境界卻再也無力施展，這打擊實在沉重，蕭鐵驪咬緊牙關，一股鐵銹味在口腔裡瀰散開來，苦澀地想：「我本該死在居庸峽谷，黑山大神卻沒有收走我的命。神還要我在世上輾轉受苦，那我就得受著。我還剩幾分力，就做幾分事，絕不能自輕自賤，墮了志氣，沒了骨氣。」

到達金國都城會寧，阿骨打聽說蕭鐵驪已醒，傳令在皇帝寨中召見他。眾大臣見兩名士兵架著一名瘦高男子走進大帳，這男子臉色青黃，顴骨高聳，一副病鬼模樣，若非有人扶持，連行走都困難，不知皇帝何以這般器重。與蕭鐵驪交過手的侍衛卻曉得厲害，禁不住將手按在了刀柄上。

兩名士兵半拖半拉地將蕭鐵驪弄到御前，摁著他肩膀，想讓他跪下來給皇帝行禮。蕭鐵驪無力反抗，卻也不願向金人屈膝，順勢便躺了下來。這樣大剌剌地躺在皇帝御座前，兩旁的大臣和侍衛都露出怒色，阿骨打卻不計較，低頭對腳下的蕭鐵驪道：「我平生最敬慕英雄，若將軍能誠心歸順，即封你作都統，為我開拓西疆，成就不世功業。」

對於降金的遼將，這待遇已極為優渥，見蕭鐵驪默然無語，阿骨打又道：「如今我已平了遼國的五京，再拿到阿適，遼國便徹底完結。將軍英雄了得，須放眼天下，何苦為那昏君陪葬，辜負了一身本領。」

被人從氈車拖進大帳，蕭鐵驪的背心已浸透汗水，但聽阿骨打直呼天祚帝的小名，對遼國蔑視已極，實難忍受這樣的侮辱，一邊喘氣一邊回答：「蕭鐵驪是個粗人，先生教我妹子讀的漢人歌詩，我只記得兩句，一句是『男兒寧當格鬥死』，可惜黑山大神沒給我戰死沙場的榮耀。另一句是『縱死猶聞俠骨香』，俠骨也罷，香骨也罷，契丹人的脊梁骨可以給女真人敲斷，絕不能自己彎曲。皇帝可以折辱我、殺了我，要我降你，除非黑山崩塌，白水倒流。」

蕭鐵驪素來不喜言語，慣以力量服人，但他被雷景行薰陶多年，非當年離家出走的渾小子可比，這話若朗朗說來，自有一番氣勢，奈何他氣衰力竭，斷斷續續地好容易才講完。

蕭鐵驪衰弱至此，眾人卻不覺得他高自標榜、大言欺人，只因他那對黑多白少的眼睛，彷彿黯淡面孔上的兩簇黑色火焰，以魂靈為柴燃燒不已，著實令人動容。

阿骨打在按出虎水旁的會寧稱帝，名為國都，卻沒有城郭，還是依部落時代的習慣建置帳幕，星散而居，宮殿更無從談起，直接將氈帳喚作皇帝寨、國相寨、太子莊等。蕭鐵驪不肯投降，若將其收容在會寧帳中，無疑在自己的腹心之地埋下一顆危險的種子。阿骨打思忖片刻，吩咐道：「我不會侮辱英雄，更不要你死，只將你交給半山堂看管，一切養好傷再說。」他的笑容很誠懇，「你哪一天想通了，願意到我麾下效力，就哪一天放你出來。」

蕭鐵驪被兩名士兵架出了皇帝寨。其時正是隆冬，藕灰色的天空下，按出虎水結了冰，日光沒有一點兒溫度，照在冰面上折射出淡藍的光芒，按出虎水兩岸的沃野和山林覆滿皚皚白雪。

眼前景致雖然清湛，但蕭鐵驪太過虛弱，平時日不以為意的寒冷就像千萬根梨花針同時刺進身體，痛到後來已然麻木。

負責押送蕭鐵驪的除了一隊女真騎兵，尚有郭服的關門弟子徒單野。徒單野不忿蕭鐵驪在松醪會上勝了二師哥完顏清中，令二師哥歸國後被師父重罰，安心要給蕭鐵驪吃點苦頭。不料蕭鐵驪一直發著低燒，一天十二個時辰倒有九個時辰在昏睡，且是皇帝託付的人，徒單野不敢折磨氣息微弱的蕭鐵驪，便把氣出在來蘇兒身上，呵斥毆打，百般折磨。蕭鐵驪無力保護來蘇兒，甚是自責，卻不知自己越痛苦，徒單野就越稱心。

將到半山堂的刑堂時，因來蘇兒要隨騎兵們回去覆命，徒單野不甘心就此放過這折磨蕭鐵驪的最佳「刑具」，拍拍來蘇兒的肩膀，和氣地道：「小兄弟，我與你無冤無仇，這幾日多有得罪，你別放在心上。」

來蘇兒被徒單野折磨得狠了，他一靠近便發抖，哪管他說些什麼。

徒單野瞥了靠著車壁喘氣的蕭鐵驪一眼，笑道：「你們遼國的第一好漢現在是個玻璃人兒，一根手指也碰不得，只好委屈小兄弟代他受過了，若是熬不住，變成鬼時就找他索命吧。」一臉上笑著，手中細鞭已劈頭蓋臉地抽了過去。

徒單野鞭法極佳，每一鞭下去都不見血，卻痛入腠理。鞭上淬有毒藥，不一會兒，來蘇兒的臉便腫了起來，顏色青紅，像一隻半透明的南瓜，腫脹的眼皮跟臉皮粘連在一起，什麼都看不見了。來蘇兒癢痛難耐，在雪地中滾來滾去，嘶聲喊道：「鐵驪將軍，殺了我吧，殺了我吧。」

蕭鐵驪看得睚眥欲裂，無奈紫瑰海一直肆虐，身上又戴著精鐵打造的沉重手銬和腳鐐，想移動半分也不能。

來蘇兒這一喊令徒單野動了真怒，丟開細鞭，另取了一根烏結藤似的長鞭來，鞭梢一捲剝去來蘇兒的小襖，冷笑道：「想死還不容易嗎？」

徒單野在半山堂專掌刑罰，對折磨人的各種鞭法都有心得，一鞭就能刮掉來蘇兒一條肉。鮮血碎肉四處飛濺，襯著長鞭帶起的紛紛雪片，其狀甚慘。來蘇兒開始還能大聲呼痛，漸漸只能發出垂死小獸般的嗚嗚聲，最後竟沒了聲息。

隨行的騎兵都露出不忍或不屑之色。女真族風氣剛勁，崇尚武勇，似徒單野這般陰柔歹毒的男子實在少見。

徒單野的眼白變作淺紅色，正感興奮，不料來蘇兒年幼骨脆，禁不起他折騰，三十鞭便瀕臨死亡。徒單野對這六感盡失的少年沒了興趣，意猶未盡地對著蕭鐵驪揮出一記空鞭。

長鞭在空中炸響，鞭上附著的血滴與肉屑濺得蕭鐵驪一臉一身。徒單野張狂地放聲大笑，秀麗的五官也微微變形。

蕭鐵驪曾被雷景行譽為神刀之器，能以自身為器蓄積刀氣，後來修習碧海心法，更將天生刀氣與碧海真氣融為一體，內力之強，足可睥睨四海，這一刻卻只能眼睜睜地瞧著徒單野凌虐來蘇兒，心中的痛苦憤恨實非語言能形容。漫說來蘇兒對他滿懷仰慕，且有看護之恩，便是一個毫不相干的孩子，往日的蕭鐵驪也不會作壁上觀。

來蘇兒的血濺到蕭鐵驪臉上時，他的憤怒也達到了頂點，驀地，氣海中似有火騰起，狂暴的刀氣開始在經脈中往來馳突。原來紫瑰海將碧海真氣盡數化去，卻只能鎖住蕭鐵驪的天生刀氣，此刻刀氣脫了紫瑰海的禁制，洶湧澎湃，不但將原有的經脈衝得更為寬闊，以前最為滯澀的幾處也豁然貫通。這也算因禍得福，卻不是蕭鐵驪現在的身體所能承受，喉頭一甜，嘔出一大口烏黑的淤血。

那淤血挾著剛猛絕倫的刀氣，彷彿一支血箭，徑直對著徒單野射了過去。徒單野猝不及防，左頰竟被射出一個核桃大的血洞，霎時血流如注。

徒單野一向以美男子自居，臉部突然遭此重創，劇痛之餘驚懼不已，愣了一會兒，發狠地朝蕭鐵驪撲去，被幾名眼疾手快的士兵一把拉住：「徒單大人息怒，你若殺了這人，大家都會被皇上重罰，連半山堂都會被連累。」徒單野急於處理傷口，恨恨地收手，目中怨毒之色卻令人不寒而慄。

蕭鐵驪自此便在半山堂的刑堂地牢中開始了囚徒生涯。慷慨一死，其實容易，零碎又漫長的刑罰才是最折磨人的。徒單野與蕭鐵驪有毀容之仇，雖不敢要了他的命，卻挖空心思地想出種種新鮮刑罰在他身上試手腳，每次都弄得他快死了才罷手，好轉一點又開始折騰。

若是普通人，長期受虐定然身心俱損，縱然不死也會變成廢人一個，蕭鐵驪卻是越挫越強的性子，一旦認準目標，什麼苦都吃得，什麼屈辱都受得。他想再見到可愛的妹妹觀音奴，想為慘死的來蘇兒討回公道，甚至還想有朝一日再為國家的復興出力，這些願望像明亮的焰尾草一樣開放在陰暗潮濕的地牢裡，令他捱過了徒單野的種種酷刑。

蕭鐵驪左肩的傷一直沒有痊癒，拖的時間長了，整個左肩都已烏黑腐爛。紫瑰海的效力非常強橫，自上次天生刀氣突破禁制後，蕭鐵驪又恢復到經脈空虛的狀態，他無法運用自己的刀氣，便開始試著重修碧海心法。

兩月後蕭鐵驪小有成就，新生的碧海真氣卻被紫瑰海吞噬。他不服輸，再練再吞，再吞再練。雖然一直沒有成功，但令他感到安慰的是，第一次從雷景行練碧海心法，築基就費了一年功夫，重練後只用了兩個月，最近的這一次只用了四十天。

遼國保大三年（一一二三年）四月。

真寂院書房，千丹向耶律嘉樹稟報：「觀音奴又離家出走了，這次跑得最遠，到了河間府才被崔逸道追上。」

嘉樹揉著額角，頭疼地道：「她是為了什麼出走？」

「這次倒不是因為秦綃苛待觀音奴。宋金兩國都曾出動大軍攻打燕京，如今燕京落到金人手中，蕭鐵驪又數月沒傳消息給觀音奴，大約她是擔心蕭鐵驪的安危吧。」

嘉樹微微蹙眉：「蕭鐵驪這邊出了什麼事？」

千丹知道主人有此一問，不慌不忙地回答：「據查他在居庸關一戰中被女真人俘虜，輾轉落到遼東半山堂手上。以他今日武功，老奴不相信天下有什麼牢籠能困住他，遲遲沒有脫困，多半是受了重傷。」

嘉樹想了想，道：「也罷，明日我與你赴遼東一趟，看看是怎麼回事。」

千丹清楚蕭鐵驪與主人的復仇大計沒什麼關聯，這麼不辭辛勞地趕過去，不過是為了觀音奴。她一念及此，心中頓時生出寒意，卻又無可奈何。

半山堂的耳目著實了得，耶律嘉樹悄悄潛入遼東，不出三日，郭服便打發完顏清中來拜會，話也說得極客氣：「嘉樹法師難得來遼東一趟，若有什麼用得著的地方，只管吩咐，半山堂定然盡心竭力給法師辦好。」

嘉樹見露了行藏，索性大方承認要見蕭鐵驪一面，只是這樣一來，倒不好再動救蕭鐵驪的心思了。完顏清中滿口答應，親陪嘉樹去探監。

徒單野素日最喜歡這二師哥，聽他來了，開心地迎出來，卻見二師哥身後跟著一名頎長男子，黑色風帽下容顏凜冽如冰雪。徒單野未曾想到世間有這樣清冷脫俗的男子，自慚形穢之餘，更生出妒恨之心。他目不轉睛地盯著嘉樹，眼神陰冷粘膩，左頰上的圓形傷疤微微扭曲，越發顯得難看。

嘉樹不悅，與徒單野對視時便用了幽淼離魂之術。徒單野哪裡能抗拒嘉樹強大的精神力，很快屈服，嘉樹冷冷地道：「你累了，躺下來睡一覺吧。」

徒單野打了個呵欠，乖乖地在花園中的甬道上躺下，抱著一株滿身是刺的玫瑰睡得甚香。

完顏清中性子平和，對這個被師父寵得陰狠又跋扈的師弟一貫敬而遠之，但看嘉樹這麼欺負他，心中亦感不快，道：「這位是我執掌刑堂的小師弟，法師要見蕭鐵驪，須喚醒他才方便。」

「我見了這人就不痛快，你將他腰間的鑰匙取下來，自己領我去就是了。」嘉樹似笑非笑地道：「郭堂主給我這樣的方便，我也不能駁了他的面子。我若真要將人帶走，你就是有十個師弟在旁邊陪著也沒用。」嘉樹把話攤開來說了，完顏清中尷尬之餘，倒也鬆了一口氣。

嘉樹看著鐵柵欄後瘦得只剩一副骨架的人，無論如何不能跟松醪會上意氣風發的魁偉男子聯繫起來，試探著道：「蕭將軍？」

蕭鐵驪未見到嘉樹，先聞到他衣裾帶來的新鮮味道，四月的陽光，初發的玫瑰……地牢外的世界竟如此美好。他深深地吸了一口氣：「嘉樹法師，久違。」

嘉樹坐下來，細細問了蕭鐵驪的症狀，沉吟道：「昔日中原武林有位叫燕南天的大俠，不幸落入仇家手中，全身經脈被毀掉十之七八，不料因禍得福，練成了嫁衣神功。原來這嫁衣神功的真氣暴烈異常，修習的祕訣就是在練到六七成時將之全部毀去，從頭練過。你的情形與燕南天頗有不同，經脈完好無損，只是被人用藥物化去了全身真氣。嗯，當時傷你的暗器可曾留下來？」

蕭鐵驪搖頭：「沒有，不過我記得是一把紫色的飛刀。」

「紫色？啊……」嘉樹眼底的光芒一閃而過，隱晦地問：「你是否得罪過夏國的僧人？」

蕭鐵驪猛地省起前事：「當年在夏國居延城，我為了觀音奴跟衛慕氏和雙塔寺結下深仇。這次出征之前，又在燕京遇見了雙塔寺的和尚。」

「哦，為了觀音奴？」

「不錯，那居延城主衛慕諒是個瘋子，喜歡吸食小孩的鮮血，觀音奴也差點遭了他的毒手。」

嘉樹恍然，難怪觀音奴身上會發出似花非花、似木非木的淡香，原來是奪城香在作怪。想到觀音奴若葬身於飲血妖人之口，就不會有漠北草原上的相遇，此生將永不得見，嘉樹心中發涼，面上卻淡淡的：「那就是了，你中了雙塔寺化人內力的紫瑰海，需要能在瞬間提升功力的青罡風作解藥。我不知道青罡風的方子，但有一種效果類似的藥替代，這藥對你的傷勢必有好處，只是難以根治。你若願意，我便給你服下。」這話他用了傳音入密，只說與蕭鐵驪聽，站在旁邊的完顏清中臉一熱，訕訕地走開幾步。

蕭鐵驪默默點頭，嘉樹讓他服下一顆鴿卵大小的白色藥丸，又用銀刀將他左肩的腐肉盡數挖去，敷上解毒生肌的密製藥膏。蕭鐵驪感激嘉樹，嘴上不說，卻牢牢記在心底。

嘉樹忙完，徐徐道：「我來此探望蕭將軍，遇見一隻遊隼在這一帶盤旋不去，很像我以前送給觀音奴的那隻，便捉了來。千丹，你拿給蕭將軍看看。」

蕭鐵驪是實誠人，一見遊隼便喜出望外地道：「正是，正是，我許久沒給觀音奴寫信了，她不知道多生氣。我現在就給觀音奴寫封信，請法師幫忙帶出去，小電自己會飛去宋國的。」

嘉樹笑了笑，對完顏清中道：「此間可有紙筆？」

完顏清中令人將紙筆送來，心中卻道：「嘉樹法師心機深沉，這麼做定有深意。」轉念間，忽然想起那遠去宋國的少女，曾在上京市中與自己交手，亦曾在白虎臺上踏著自己的鋼鉤翩然而過，這驚鴻一般的美麗，今生再不能觸及，不由得惘然。

蕭鐵驪素來報喜不報憂，且因手腕無力怕觀音奴看出，汗流浹背地寫了半天，只得一句安好勿念。

嘉樹收了信，帶著千丹與遊隼電告辭。馳出十里地後，嘉樹重重地哼了一聲，道：「咱們與西夏雙塔寺向來井水不犯河水，如今倒好，雙塔寺的僧人竟跑到遼國來撒野了。」

千丹知道當年耶律真蘇與耶律真芝兩兄弟聯手創下真寂寺的基業，後來為一個女人鬧翻，耶律真芝便負氣跑到西夏雙塔寺做了和尚，不禁歎息：「真芝老祖帶走的紫瑰海、青罡風和奪城香等諸般密藥，還有能預言國運的《迷世書》，咱們真寂寺都已失傳，老奴也只聽過名字罷了。」

「密藥寶書尚在其次，真芝老祖不知在何處得到一種長生術，靠飲美貌孩童的鮮血來養顏益壽，那才是喪心病狂。以後你要多留意雙塔寺和衛慕家的動向。」嘉樹緩和一下語氣，「至於蕭鐵驪的事，我現在已不便出手。打探一下雷景行的行蹤，把消息傳出去。雷景行若知道蕭鐵驪被囚，絕不會袖手。」

千丹諾諾稱是。

耶律嘉樹走後三日，蕭鐵驪左肩的傷口便已結痂，經脈內亦開始有細細的刀氣流轉，這極大地鼓舞了蕭鐵驪。雖然嘉樹說紫瑰海餘毒難清，但他遙想那燕南天的事蹟，只覺自己亦要有這種置之死地而後生的氣魄，將紫瑰海當作磨礪自己意志和內功的利器，絕不輕易退縮。

這日蕭鐵驪正專心捕捉經脈中散逸的刀氣，見金國士兵押了一人進來，赫然是耶律大石，驚道：「耶律大哥，你怎麼也來了？」

耶律大石優美渾厚的聲音碰到地牢的石壁又折回來，帶著細微的嗡嗡聲：「我想奪回燕京，率部襲擊金軍，卻在居庸關被俘，又不願跟在金國皇帝的馬屁股後頭折騰遼國的江山，就被送到這裡來了。鐵驪，咱倆可真是一對難兄難弟。」

蕭鐵驪將手伸出鐵柵欄，與耶律大石緊緊一握。

刑堂花園中的玫瑰日漸枯萎，菊花日漸繁盛，風中的涼意越來越重，蕭鐵驪的體力也恢復到普通男子的水準。在徒單野的折磨下，這耿直漢子學會了每天病懨懨地躺著，看起來已離死不遠，暗地裡卻將碧海心法練了又練。

紫瑰海仍然會吞掉蕭鐵驪新練出的真氣，卻不像原來那樣徹底，反覆多次後終於築基成功。南海神刀門中從無一人似蕭鐵驪這般，修習碧海心法時每晉一層都要練上百遍。艱辛如此，他對碧海真氣的理解和把握從此也無人能及。若說他現在的真氣只有一碗水這麼多，精純的程度卻稱得上嘗一滴而知滄海。

九月的一個夜晚，蕭鐵驪聽到地牢外有細碎的兵刃相擊之聲。盞茶功夫後，一位瘦瘦小小的銀髮老人踱進來，拔刀，橫削，刀身迸發燦爛光華，切過碗口粗的鐵條竟如切腐木。

蕭鐵驪喜不自勝地跪下磕了三個頭，仰起臉道：「先生。」他滿腔敬慕，滿懷歡喜，卻多一個字都說不出來，只能道：「先生。」

雷景行揉了揉蕭鐵驪亂蓬蓬的腦袋，歎道：「鐵驪啊，你也算我半個弟子了，竟給人這般欺負。看你現在這樣子，我可真難受，咱們一起把觀音奴瞞住吧。」

此前再多磨難，蕭鐵驪都默然承受，這一刻卻似回到父母膝前的孩子，說不盡的辛酸委屈都化作一滴熱淚，沉甸甸地墜下來，在雷景行的衣襬上化開。他竭力克制，哽聲道：「先生，我有一位大哥也關在這裡。」

雷景行微微一笑：「好，將他救出來，咱們一起走。」

徒單野不允許囚犯穿衣服，蕭鐵驪裸著身子從地道口鑽出來，月光下，只見古銅色的皮膚上新傷疊舊傷，竟沒有一塊完好之處。他極其瘦削，傷痕累累的皮繃在高大的骨架子上，令人有種錯覺，若伸手敲一敲，會聽到銅器的聲音。

一地都是傷者，蕭鐵驪與耶律大石剝了兩套衣裳穿上。雷景行出手很有分寸，守衛們雖然失去反抗之力，卻沒有性命之憂，蕭鐵驪留意到這點，暗想：「我若現在動手，先生絕不會允許。徒單野，你項上的人頭就先寄著，我總有一天要替來蘇兒討回來。」

雷景行在馬廄中牽了幾匹好馬，三人絕塵而去。徒單野一直閉眼裝死，聽蹄聲去得遠了，不顧背上傷口，掙扎著抽出壓在身下的一本羊皮面簿子，狠狠地念出封皮上的兩行字：「三京畫本第五十八卷，南海磨刀匠。哼，死老頭，半山堂和你的梁子結大了。」

歸途中，耶律大石遇到一支舊部，都是不得已而降金，如今見主將無恙，自然重隨左右。雷景行看他們已脫離險境，不顧挽留，灑然而去。

蕭鐵驪等隨耶律大石逃至夾山見天祚帝。甫一見面，天祚帝便責問耶律大石：「我尚在位，你竟敢立耶律淳為帝！」

耶律大石毫不畏懼，答道：「陛下掌握全國的財力和兵力，卻不能拒敵於外，金兵一至就棄國遠遁，使黎民塗炭。就算立十個耶律淳，也都是太祖的子孫，勝過向金人乞命！」天祚帝無言以對，賜給耶律大石酒食，赦免他的謀逆之罪。

天祚帝得耶律大石兵歸，又得陰山室韋的支持，自以為得天之助，決定出兵收復燕雲。耶律大石竭力勸阻：「自金人陷我長春州與東京遼陽府，陛下從此不到廣平澱捺缽，退守中京；及陷上京，又退守燕山；及陷中京，車駕改幸雲中，又自雲中播遷夾山。如今舉國漢地皆為金人所有，國勢至此才求戰，不是辦法啊。臣認為應當養兵待時，不可輕舉妄動。」

天祚帝不從。耶律大石失望至極，決定放棄這冥頑不靈的昏君，率兩百鐵騎連夜離開夾山大營，向西而去。

與天祚帝分道後，耶律大石自立為王，設置北、南面官屬，又在可敦城得到威武等七州、大黃室韋等十八部王眾的支持，軍勢日盛，銳氣日倍，開始向西擴張，為復國積蓄力量。

延慶元年（一一二四年）二月初五，耶律大石在起兒漫即帝位，號葛兒汗，漢號天佑皇帝，冊元妃蕭塔不煙為昭德皇后。他仍以遼為國號，中國史書稱之為西遼，穆斯林文獻中則稱為喀剌契丹帝國。

耶律大石稱帝後，領軍南下，歸併了高昌回鶻。

由於東喀剌汗王朝新繼位的君主易卜拉欣懦弱無能，常被葛邏祿人和康里人欺凌，遂向西遼求援。

延慶三年（一一二六年），耶律大石領大軍進入東喀剌汗的都城八剌沙衮，降封易蔔拉欣為土庫曼王，並以八剌沙衮為西遼首府，號虎思斡耳朵，意即強有力的宮帳。耶律大石兵不血刃、不費分文便將東喀剌汗置於控制之下。

其後耶律大石繼續西進，在尋思干（即撒馬爾罕）以北的卡特萬草原，與西域諸國聯軍進行了一次具有決定意義的會戰。西遼以少勝多，殺得西域十萬聯軍望風而逃，伏屍數十里，俘虜中甚至包括塞爾柱蘇丹的妻子。

穆斯林史學家伊本．阿西爾這樣評價卡特萬會戰：「在伊斯蘭教中沒有比這更大的會戰，在呼羅珊也沒有比這更多的死亡。」此役後，塞爾柱王朝的勢力退出河中地區，西遼縱橫中亞，相繼征服西喀剌汗、花剌子模等國。

與此同時，隔著浩瀚的大沙漠，金國對西遼的幾次進攻均以失敗告終，而西遼以七萬鐵騎東征、希冀光復故國的努力也沒能成功。

耶律大石一生常執復國之念，至此也只能歎息：「這是命數啊！」

西遼疆域遼闊，作為中亞的大帝國，歷世六主，歷年近百，最後被成吉思汗的蒙古國滅亡。

注：

①《遼史》卷二十九《天祚皇帝本紀》：「（保大二年十一月）秦晉王淳妻蕭德妃五表於金，求立秦王，不許。以勁兵守居庸，及金兵臨關，崖石自崩，戍卒多壓死，不戰而潰。」史書的記載只這寥寥數語，非常平淡。但我想，一國淪亡不會沒有以身相殉的戰士，所以按自己的想法重寫了這一段。

②關於女真人陣地戰、攻城戰的戰術特點和所用器械，參考了都興智先生的《遼金史研究》一書。

③《遼史》卷二十九《天祚皇帝本紀》：「（保大三年）夏四月丙申，金兵至居庸關，擒耶律大石。……秋九月，耶律大石自金來歸。」

④據《遼史》卷三十，耶律大石「以甲辰歲二月五日即位」，年號延慶，查《辭海・中國歷史紀年表》，延慶元年即西元一一二四年。「延慶三年，班師東歸，馬行二十日，得善地，遂建都城，號虎思斡耳朵」，則可推算出建都八剌沙衮的時間是一一二六年。事實上，在這樣短的時間裡開國建都並不靠譜，根據《金史》的記載，耶律大石一一三二年稱帝、一一三四年定都的判斷比較切合實際。出於突出主線、精簡結構的需要，本書取一一二四年之說。

第五折 迷局

唐朝極盛之日，在碎葉道西端，伊塞克湖之西，楚河之南，有城曰裴羅將軍城。此間土地肥美，可耕可牧，盛產瓜果美酒，氣候也很宜人，後來成為喀剌汗王朝的都城八剌沙袞，現在則是西遼帝國的首府虎思斡耳朵。

西遼延慶三年（一一二六年）四月，一支引人注目的隊伍進入了虎思斡耳朵城。隊伍前列是位披著深紫色袈裟的大和尚，深灰色的眸子上覆著一層薄冰似的翳，正是西夏的空見國師，隨行者也多為僧人。

在西夏，國師、德師不單是給予高僧的封號，同時也是官階的一種，與中書、樞密同為上等司位，地位很崇高。空見此來，便是作為皇帝嵬名乾順的使者，表達西夏想與西遼和好的善意。

嵬名乾順是位善於審時度勢的君主，即位之初依附遼國，借此與宋朝抗衡；遼國將亡時，他又迅速向金國稱臣，同時不斷出兵侵宋，不但奪回了原來失去的土地，還進一步擴大了自己的疆界。高昌回鶻與西夏接壤，自高昌回鶻成為西遼的屬國，嵬名乾順深感自己不宜兩面樹敵，便遣空見國師出使西遼，向天佑皇帝耶律大石示好。

隊伍末端有兩個人，一位是深目白齒、氣質清淡的沒藏空，另一位身材嬌小、線條玲瓏，雖穿著男子衣裝，卻一望即知是女人。她纏的頭巾甚長，拉下來掩住了面容，只露出一對嫵媚的大眼睛，懶洋洋地打量著繁華的街市。

由於東喀剌汗王朝的歷代君主都信奉伊斯蘭教，新統治者的影響力尚來不及體現，城中建築全是伊斯蘭風格，大大小小的穹隆圓頂，大者恢弘，小者秀雅；各式各樣的拱形門窗，俱刻著連綿細密的藤蔓花紋或幾何紋。

蒙面女郎的眼神既不清澈，也不靈動，像某種有點兒稠的果子酒，緩緩地流連在伊斯蘭建築美麗的紋理間。這眼波瀲瀲地醉人，卻不覺得輕浮，是有很好教養又天生風情的女子。

街上有很多行人盯著她瞧，嘴裡還嘟嘟囔囔，她不禁皺眉：「空，這些人在說什麼？」

沒藏空仔細聆聽，道：「哦，他們說我們是從東方來的異教徒，還說銀喜一定是個美人。」

衛慕銀喜聽他這樣說，含情脈脈地向他望去，卻見他表情淡然，不禁生氣，提高聲音道：「沒藏空。」空錯愕地轉過頭來，她卻沒法責備他，只得道：「嗯，這個，這次一定會見到那人吧？」

沒藏空道：「放心，我已打聽清楚，上個月西遼出動七萬大軍東征金國，統帥是六院司大王蕭斡里剌，並非那人。據說那人因突發急症，大病了一場，現在還養著。」

銀喜眼睛一亮：「大病一場？莫不是紫瑰海的作用？」

沒藏空搖搖頭：「倘若紫瑰海真有效果，那人連走路都費力，哪能東征西討，立下赫赫戰功，成為西遼皇帝的左膀右臂？如今他官至北院樞密使，執掌兵機、武銓、群牧之政，武功又深不可測，連紫瑰海都能克制。不論明刀明槍，抑或暗箭毒藥，咱們都很難算計得了他。倒是主人這法子，若真說得西遼皇帝動了心，將那人賺到暗血城的地宮中，還有幾分勝算。」

「我瞧這西遼皇帝一心復國，若能得到預言國運、指點迷津、讓他趨吉避凶的《迷世書》，怎麼會不動心？並且《迷世書》不是我們編出來的，而是薩滿教中的真芝大法師傳下來的，聽說契丹人對真蘇和真芝可是奉若神明啊。」銀喜得意地笑了笑，「既然如此，何必苦苦跟在那人後面伺機報仇？拋出這麼誘人的香餌，他自己會上鉤。」

天佑皇帝耶律大石在獅子院召見了空見國師，起初相談甚歡，後來耶律大石突然發問：「貴國皇后是我的族妹成安公主，自她出嫁，已多年不見，不知近況如何？」

空見國師非常尷尬，卻只能如實回答：「去年金國俘獲天祚帝後，皇后心憂故國，以致無法進食，後因身體衰竭而駕崩。」

王座上的男子垂目道：「這麼說成安是絕食而死了？」他的相貌很清雅，語氣很平穩，卻讓人感到戰慄，彷彿一頭嗜血的獅子正要探出爪子。

空見鎮定地道：「陛下應該清楚，夏一直以臣事遼。金兵猖獗，我國曾派出三萬人馬相助，也曾邀天祚帝來夏暫避。其後金國勢大，我國若不依附，則社稷危矣，並非有意背棄當年跟遼國立下的誓書。皇后聽聞天祚帝被俘後一心求死，打算以身殉國，吾皇雖想盡辦法勸她進食，終究還是無力回天。」

耶律大石微微一笑：「既然貴國打算跟大遼重修舊好，我若向貴國借道攻打金國，不知如何？」

「夏願與大國世代通好。」空見不動聲色地回答：「但大軍自境內通過，不免引起朝野動盪、軍民震駭，更恐有池魚之禍，所以夏不會借道給遼，正如夏不會借道給金。」

耶律大石放聲大笑：「國師說得實在！」他高踞王座之上，見末席有名麻衣僧人，大膽地抬起頭與自己對視，嘴唇微微翕動，似乎有話要說。

耶律大石心中一動，會見結束後悄悄留下這僧人。出乎意料，麻衣僧並非向他密報什麼軍國大事，而是談起了失傳已久的《迷世書》。

「當年真芝老祖攜《迷世書》來夏國，後卒於居延城雙塔寺，《迷世書》的下落就成了一樁懸案。小僧七歲起在雙塔寺出家，繼承了真芝老祖的衣缽。據我師父的臨終遺言，《迷世書》就藏在惠慈敦愛皇太后的陵墓中。」

耶律大石甚感興趣：「你這話可確實？」

沒藏空道：「出家人不打誑語，陛下跟前更不敢有虛言。當年夏國的后族衛慕山喜作亂，陰謀殺害武烈帝嵬名元昊，敗露後被武烈帝賜死，族人盡被牽連，包括武烈帝的生母衛慕氏在內。據說衛慕氏死前喊著兒子的乳名，立下這樣的毒咒，『嵬理，嵬理，我既予你骨肉，死後當化為厲鬼索回』。武烈帝弒母之後，心神恍惚，常被噩夢魘住，得知真芝老祖的神通，便向他求助。真芝老祖在居延城外修了一座巨大的陵墓，鎮住了惡靈，武烈帝也終於感到心境寧和。據師父講，真芝老祖將《迷世書》以及各種法器留在了陵墓的密室中。」

耶律大石注視著侃侃而談的沒藏空：「明白地說出你的意圖。」

「惠慈敦愛皇太后的陵墓建成至今已有八十二年，曾進入地宮又活著離開的外人只有三位，其中一位正是北院樞密使、阿修羅將軍蕭鐵驪大人，另外兩位則是蕭大人的先生和幼妹。」沒藏空這話說得非常狡黠，略去原因只談結果，令聽者生出誤會，又算準了以蕭鐵驪的性格，絕不會與自己爭辯。

果然，耶律大石看向王座右側一直沉默不語的男子：「鐵驪，真有此事麼？」蕭鐵驪點了點頭。

沒藏空趁熱打鐵地道：「小僧空守著寶藏，卻不得其門而入，故斗膽邀蕭大人重入地宮，合力開啟密室之門，屆時《迷世書》歸大遼，小僧只想得到老祖留下的法器。」

蕭鐵驪知道這是個圈套，但當年結下的仇總有一日要算清，與其讓他們背地裡玩花樣，不如痛痛快快地當面了結。且一直被壓制的紫瑰海，上個月突然反噬，自己雖然挺了過來，終究不是長久之計，此去夏國，或有機會拿到解藥青罡風。他想定後，只問了一句：「地宮中真有《迷世書》？」

「沒藏空向九天神佛發誓，《迷世書》確實放置在惠慈敦愛太后陵中。如有虛言，讓我手上的密戒即刻爆裂，讓我遭受六神俱滅之苦。」

蕭鐵驪看清沒藏空修長手指上套著的暗黑戒指，肅然道：「臣願為陛下去取《迷世書》。」

耶律大石斟酌片刻，對蕭鐵驪道：「你的病無礙麼？」

「陛下放心，已然無礙。」

沒藏空躬身退下，寬大的僧衣在柔軟的地毯上掃過，「如此小僧告退，在居延城恭候蕭大人到來。」

金國天會四年（一一二六年）四月。真寂院。

「主人鈞鑒：此次隨雙塔寺沒藏空至西遼都城，一路並無異樣。唯西遼皇帝會見國師後，單獨與沒藏空晤談甚久。小人買通宮中內侍，知悉二人談話中多次提及居延的惠慈敦愛太后陵與《迷世書》。其後西遼北院樞密使蕭鐵驪率輕騎二十人，換作百姓裝束，悄然離開都城，去向不明，小人大膽臆測，當與沒藏空所談之事有關。」

嘉樹看完密報，嘉許地道：「千丹，這消息可值黃金十兩。」耶律真蘇為真寂寺留下巨額財富，嘉樹借此建起了自己的諜報網。因他感興趣的人事有限，網鋪得不大，卻是最有效的。

「老奴稍後便將主人的賞金兌現給他。」千丹探詢地道：「但不知主人有什麼打算？」

「真芝老祖的遺物關係重大，我決定親赴西夏。就算消息有誤，拜會一下雙塔寺的同門也不錯。」

行至桓州，嘉樹與隨從歇在一家客棧。其時正是初夏，午後的陽光明晃晃地鋪了一地，暖洋洋的風吹過庭院，讓人感到全身乏力。嘉樹靠在臥榻上，本想打個盹兒，卻一頭沉進了黑甜鄉——

「唉，二郎躲哪兒去了，到處都不見。」

「二郎最怕熱了，這種天氣，一定在水邊的夜來如歌亭。」

兩名小丫鬟端著沙糖冰雪冷圓子和冰鎮荔枝膏，在水邊張望半晌，跺了跺腳，怏怏地去了。男孩兒在夜來如歌亭的大梁上翻了個身，露出促狹的笑意，低聲道：「這麼甜膩膩的東西，我才不吃呢。」

一時梁下又傳來衣服窸窣之聲，男孩兒悄悄探頭，見一名藍衫青年牽著一位十七八歲的少女進來，心想：「是阿爹的客人麼？我從來沒見過。」

天色卻於此時暗了下來，方才還照著男孩兒的明麗陽光霎時間變成了冷清清的月光，夜香樹的味道幽幽地飄浮在周遭，涼絲絲的夜氣貼在男孩兒的皮膚上，讓他打了個寒噤，心想：「奶娘說小孩子不好好吃東西就會被園子裡的妖精捉去，難道是真的？」

他有些害怕，又有些興奮，偷眼瞧去，見那青年目不轉睛地望著少女，微笑道：「夜來，我今天真高興，高興極了。」那叫夜來的少女歎了口氣：「可是姨婆不高興呢。」

男孩兒看清少女的面容，心裡一陣迷糊，想：「世上竟有這麼好看的妖精。呀，她叫夜來，莫非就是夜來如歌亭變的精靈？那男的是什麼呢，怪石、樹椿、青蛙？」他不喜歡那青年，心裡亂猜一氣，忽然想起自己正躺在亭子精靈的梁上，臉騰地紅了，收緊了手腳，一動也不敢動。

男孩兒老實了一會兒，屏住呼吸向梁下瞧去，正見那青年輕輕揉著夜來的手腕，淺蜜色腕子上赫然現著五個烏黑的指印，他柔聲道：「夜來，我今天情不自禁，傷著你啦，現在還痛麼？我讓你捏回來好不好？」

夜來微微蹙眉：「當時不覺得，現在挺痛的。不過你並非故意，我幹嘛小氣兮兮還要捏回來？」

青年低下頭，溫柔地在指印上一一吻過，熾熱的唇貼著她細膩如絲的肌膚，情致纏綿地道：「是我的錯兒，以後再不會了。」

男孩兒能感到，這亭子精靈的心像緘著口的丁香花蕾，方才瓣兒還包得好好的，忽然一下就舒展開來，喜悅像露珠一樣在花瓣上滾動。他那麼真切地感覺到她的歡喜，毫釐不差地從她的靈魂傳遞給他的靈魂，為什麼他心裡卻這樣難受呢？

男孩兒在橫梁上蜷起身體，心底突然響起一個男子痛楚的聲音：「你明明是我的，怎麼能跟別人這樣親近？我絕不允許，絕不！」

男孩兒驚慌起來，捂著胸口道：「誰？誰在我心裡？」這一下失去平衡，他從梁上栽了下來，卻沒能落到實地上。他在無邊無際的黑暗中墜落，始終觸不到任何東西，就這麼不停地往下墜，又孤單又絕望……

嘉樹猛地醒過來，額上全是冷汗，一顆心跳得像要從腔子裡蹦出來。借助夢澤香和在觀音奴靈魂深處烙下的「上邪之印」，他可以隨意窺視觀音奴的夢境，卻從來不曾像今日這般，連自家魂魄都失了控制，悠悠忽忽地從自己的夢飄進她的夢。兩個夢疊在一起，卻沒被她接納，最後那種魂魄失落的滋味，他絕不想再嘗第二次。

拭著額上的汗，嘉樹煩躁地提高聲音：「千丹。」

千丹在廊下應了一聲，推門進來，聽到主人吩咐：「我想見觀音奴了，帶她來見我吧。」

千丹不由得目瞪口呆，多少年了，竟又聽到主人用這樣任性的帶點兒孩子氣的口吻說話。不過他的要求太為難人了，千丹的額上也開始冒汗。

嘉樹見千丹呆呆的樣子，歎了口氣：「我是說，想法子讓觀音奴來夏國見我。」千丹還有點反應不過來，他只得進一步明示：「觀音奴若知道蕭鐵驪去了居延城，以她的性子，怎麼會安心待在家裡？」

宋國靖康元年（一一二六年）四月。

初夏午後，令人困倦思睡。觀音奴坐在書案邊看現在坊間最流行令曲的印本，翻到會唱的地方還跟著哼兩句。她看了一會兒眼皮就開始打架，不知不覺伏在書案上睡著了，亂紛紛地做了許多夢。

觀音奴睡了大半個時辰，醒來後怔怔地想：「好奇怪的夢啊。我夢見去年和皓岩訂婚時的事兒啦，可怎麼會有個小男孩從夜來如歌亭的梁上掉下來呢？我拚命想接住他，他卻像人參娃娃一樣，沾到土就不見了。」那是個容顏秀澈、眼睛冰藍的男孩兒，觀音奴琢磨一會兒，恍然道：「這活脫脫就是嘉樹法師小時候的模樣呀。」

觀音奴不由想起嘉樹法師聽到自己的漢名後，說的那幾句押韻的話兒：「春鶯輕囀，夜來如歌；芙蕖半放，夜來香澈；秋水清絕，夜來生涼；初雪娟淨，夜來煮釀。」後來到了皓岩家，在夜來如歌亭的一幅畫上竟也見到了這幾句話。

她吁了一口氣，驚歎地道：「遠在遼國，卻能知道宋國的事兒，嘉樹法師真是神通廣大啊。不過我會夢見小時候的法師，也真夠奇怪的。」

窗外傳來窸窸窣窣的聲音，熹照探出頭來：「阿姐，今天禮部放榜了。」

本朝省試一般在正月下旬舉行，因金軍包圍東京，直到今年二月才撤走，省試便延宕到了三月，放榜的時間也相應延遲。

觀音奴撲到窗邊，一迭聲地嚷道：「怎樣？怎樣？你通過省試啦？什麼時候殿試啊？」

熹照見她這樣激動，微笑道：「嗯，通過了。往年殿試都在三月，今年定在什麼時候就不曉得了。」

觀音奴雙手捏住熹照的面頰，向兩邊拉了拉，得意地宣布：「熹照是我們家的小才子。」她忽然惆悵起來，「可這樣一來，你就要離開家了。」她懷疑地瞅著他，「你才十八歲誒，你會不會做官哦？」

熹照看著觀音奴，只是微笑，心想：「灑脱來去、不受羈絆的生涯，我這輩子都無緣了，唯願阿姐永如今日之純，心中所想，都能實現。」

自嘉祐二年（一〇五七年）起，只要殿試答卷中不出現「雜犯」，例如犯先帝、時皇的名諱，舉進士及第便沒什麼問題了，這就是「殿試不黜落」。故熹照通過省試，崔逸道極為高興，雖沒有大張旗鼓地慶祝，亦邀了京中親友宴飲。

這樣的場面，年輕人不免拘束，好容易挨到席散，沈皓岩向崔熹照遞了個眼色，觀音奴則拉了衛清櫻的手，四人踏著月色往舊曹門街的北山子茶坊而去。北山子茶坊與尋常的分茶店不同，廊廡掩映，兼有園林之美，號稱仙洞、仙橋，京中仕女夜遊最愛到此處吃茶。

衛清櫻是北山子的常客，衣履精潔的店小二一見她便笑嘻嘻地迎上來請安：「九姑娘好，多日沒見了，您喜歡的敲冰榭正空著呢。」

敲冰榭三面環水，涼風習習，送來荷花的香氣。沈皓岩和崔熹照把著茶盅，漫無邊際地聊著天；衛清櫻靠在欄邊，拿了根小巧的釣竿釣魚；觀音奴卻是個沒耐心的，蹲在旁邊玩水，衛清櫻若釣上魚來，她便拿去餵小雷。

一時月上中天，空水澄碧，仙橋上來往的茶客看見水榭中坐著的四人，紛紛贊道：「不知誰家兒女，恰似神仙中人。」

偏觀音奴耳朵尖，隔著水面隱約聽人道：「好一隻猛禽，這種遊隼和青鶻雜交得來的鳥，只有我主人能馴服，想不到東京也有人養。」

觀音奴抬眼認準橋上説話的男子，一溜煙追上去：「請留步，你既然認得我的隼，那你認得蕭鐵驪麼？或者你認得嘉樹法師？」

男子躬身行了一禮：「我主人正是嘉樹法師，敢問姑娘是……」

「我叫蕭觀音奴，這隻隼就是嘉樹法師送給我的。」

「小的來東京為主人購買筆墨紙硯，不意見到松醪會上擊敗半山堂高手的蕭姑娘，真是榮幸之至。」

觀音奴不好意思，趕緊把話岔開：「呃，嘉樹法師還好吧？畢竟現在遼……」周圍人多，她把後面的話嚥了回去。

「主人一直閉門修煉，近來靜極思動，到夏國居延城去了。」

觀音奴打了個寒噤：「什麼？去那裡？」居延是她童年記憶中最恐怖的地方。

男子猶豫片刻，道：「其實居延之事，與蕭姑娘也有關係。」

「咱們換一個地方說話。」

到了僻靜處，那男子壓低聲音，改用契丹話道：「主人此去夏國，是因為居延暗血城中藏有本派祖師的遺物。聽說令兄，也就是西遼的樞密使蕭鐵驪大人，為了拿到暗血城地宮中可以預言國運的《迷世書》，也趕往居延了。」

觀音奴頓時愣在當地，想到陰森的地宮不免全身發冷，想到蕭鐵驪又不免全身發熱，半晌方道：「多謝你告訴我這消息。」

「寶藏現世，不免紛爭，小的仰慕蕭大人的功業，所以跟姑娘多了兩句嘴，請姑娘千萬別告訴我主人，不然小的會被重罰。」

「你儘管放心，我絕不會讓你為難。」

觀音奴嗒然若喪地回來。沈皓岩因她突然去追一個陌生男子，還談了半晌，心中不悅，沉著臉不說話。

衛清櫻放下魚竿問：「夜來，出什麼事兒了？」

熹照見阿姐先是臉色發白，漸漸變成緋紅，眼底更燃起熊熊火焰，暗道不妙，果然觀音奴一開口便道：「我要到西夏去。」

沈皓岩克制住胸中怒氣，輕聲問她：「去西夏？」

「嗯，鐵驪也在那裡。」

沈皓岩一時臉色鐵青，觀音奴再怎樣單純也看出來了，懇切地道：「你們不知道，我十三歲前，不知父母，只知鐵驪，一直跟他相依為命。記得我還是嬰兒時，被野狼叼走，是鐵驪把我從狼洞裡抱回來的。八歲時，在西夏的居延城，我被人捉進一座大墓，要吸乾我的血，也是鐵驪救我出來，還因此跟人結仇。」

「如果沒有鐵驪，我現在只是一具枯骨，絕不會認識你們，更不能坐在這兒跟你們說話。鐵驪這次去西夏，要到那座大墓裡找一樣東西，我擔心當年的仇家會暗地裡做手腳。」

觀音奴將手覆在沈皓岩的手上，堅定地道：「這事因我而起，我不能夠置身事外。」

沈皓岩聽她的口氣，知道自己沒法阻止，只得反過來握住她的手：「此行大有風險，我不會讓你孤身一人前往。要去，咱們一起去。」

觀音奴鬆了一口氣，坦白道：「我其實很怕去那個地方，有皓岩陪著我，安心多了。」她極少向沈皓岩示弱或撒嬌，這麼一說，他吃驚之餘，倒也很受用。

衛清櫻笑道：「三公子，夜來，我也湊個熱鬧如何？雖說二位是未婚夫妻，行事又光明磊落，但多一個人去，日後不會給閒人落下話把兒，長輩們也安心。我呢，還可以借此機會躲開秦裳那小太歲，見識一下異國的風物。」

沈皓岩聽她想得這樣周到，也願借重怒刀衛家的力量，忙笑道：「九姑娘肯去，我和夜來求之不得。」

三人說得很投契。熹照在旁邊默默坐著，心想：「本朝風氣重文輕武，我卻覺得不能習武是我平生憾事。阿姐，真難過我幫不了你。」

西夏元德八年（一一二六年）五月。

居延城胡楊客棧，上房西窗下，耶律嘉樹與蕭鐵驪相向而坐。嘉樹專注地把著蕭鐵驪的脈，半晌後點了點頭：「你的內傷已徹底痊癒，但紫瑰海餘毒不清，說不定哪一天又會反噬，你要小心。」

蕭鐵驪道：「法師為了給我療傷，耗費了半個月時間，我真是……唉，我真是不知道怎麼說才好。」

嘉樹想：「算行程，觀音奴今天或明天就到居延，也是時候攤牌了。」遂笑道：「舉手之勞，不必放在心上，況且我在居延停留，除了給蕭大人療傷，還有一樁真寂寺的大事要辦。不瞞你說，我得知真芝老祖的遺物藏在居延暗血城的地宮中，故想來瞻仰一番。」

蕭鐵驪大驚，隨即道：「不敢隱瞞法師，我也是為這事來的。雙塔寺的僧人沒藏空邀我來此，助他開啟地宮密室，事成後以《迷世書》作謝。我不相信他，卻還是來了。與其像上次那樣被暗算，不如跟他當面了結。」

「說句不客氣的話，沒藏空守著密室多年都沒能打開，何以見得你就會成功？刻意邀你來，是算準你的脾氣設下的套子。」嘉樹頓了頓，「我感興趣的不是《迷世書》，而是真寂寺三大祕儀的法器。蕭大人，我看咱們不妨聯手，將計就計與他周旋，勝算會大得多。」

蕭鐵驪甚為振奮：「法師願出手相助，那再好不過。」

停在窗邊的遊隼小電突然振翅而起，一個漂亮的折身飛出了院子。電沒有主人的指令，絕不會擅自行動，蕭鐵驪很詫異，嘉樹卻知道自己等的人終於來了。

果然，一炷香後，小電帶著小雷翩翩飛回。兩隻鳥兒親熱地靠在一起，蕭鐵驪去解小雷腳上的竹筒，牠還頗不耐煩。

蕭鐵驪看了觀音奴傳來的紙條，難以置信卻又欣喜若狂，大叫一聲，衝出院子，躍上馬背，一陣風似的去了。

嘉樹拾起蕭鐵驪落在地上的紙條，見上面用《靈飛經》一般腴潤流麗的小楷寫著：「鐵驪，你在居延城麼？我在居延海，就是上次你捉魚的地方，快過來跟我們會合。觀音奴。」

當初告別，嘉樹或以為今生不會再見，孰料世事變遷，短短六年間遼覆亡，宋式微，終與她在夏國重逢。當年的女孩兒是否真如夢中所見，長成了清麗曼妙的少女？他沒法像蕭鐵驪那樣迎上去，只能等在原地，把相逢當作偶遇。

感到觀音奴的靈魂焦灼又雀躍地等著蕭鐵驪，自己卻只是個局外人，嘉樹忽然感到說不出的惱怒，微微用力，那紙條便化成齏粉，紛紛揚揚地從他指尖灑落。

夏天的居延海，湖水純藍，美人純粹。

蕭鐵驪一眼便看到了水邊的觀音奴。她長高了很多，超過了他的肩膀；她穿著漢家的短襦長裙，衣袂翩躚。然而拋卻身外的一切，他看到的還是那個妹妹。在暮色漸深的曠野裡，仰著純真明媚的臉，夕陽在她身後渲染出綺麗的光與濃黑的影。

他那小小的焰尾草一樣明亮的妹妹啊！

蕭鐵驪喉嚨乾澀，眼底有可疑的濕意，大步走上去，托著觀音奴纖細的腰，轉了好幾圈才放下來。

觀音奴緊閉著眼睛，感到全世界都在旋轉，剎那間時光倒流，她還是騎在哥哥馬上的小女孩，野蠻，無畏，不懂愛得也不懂得恨，在廣袤的草原上跑來跑去。然而時間是如此殘忍的東西，不舍晝夜地奔流而過，不會停駐，不可追回。蕭鐵驪停下來的時候，魔法就噠的一聲終止了。

觀音奴的眼睛裡浮起了一層薄薄的淚霧，在看到蕭鐵驪以前，她從來沒有意識到自己的成長。她像鴕鳥一樣把頭埋在蕭鐵驪的胸口，憤恨地想：「我為什麼要長大呢？我要是永遠那麼小就好了。」

沈皓岩一直努力說服自己蕭鐵驪只是她哥哥而已，看著眼前這一幕，他握著馬韁的手不禁顫抖起來。

衛清櫻微不可聞地歎了口氣，以極低的聲音道：「三公子，那只是養育夜來的人罷了。夜來心如赤子，你別錯怪了她。」她說完這話，便感到蕭鐵驪向自己投來一瞥，始而凌厲，繼而溫和，還向她點了一下頭。

衛清櫻的嘴角微微翹起來，算是回禮。她從沒想到，有耐心照料嬰兒的男子竟是這般模樣，方臉闊口，濃眉深睛，輪廓跟鐵一樣粗獷，身軀跟山一樣雄健，周身散發著強烈的殺伐氣息，一看便知是軍中大將。這男子實在談不上好看，卻極具男子氣概。

觀音奴回過神來，向蕭鐵驪一一介紹：「這位是衛清櫻，我最要好的姐妹；這位是沈皓岩，鐵驪你曉得的吧？」

蕭鐵驪在觀音奴的信裡知道她跟沈皓岩訂了婚，然而聽說是一回事，見面又是另一回事。這樣一對玉樹瓊花般的戀人，甜蜜而有分寸的小動作，只有兩個人才懂的獨特詞語，加上觀音奴露出的幸福微笑，沈皓岩擺出的保護姿態，都令蕭鐵驪鬱悶至極。

譬如家有乖巧女兒的父親，或有可愛妹妹的哥哥，眼睜睜看著自家的寶貝被一個男人拐走，從此悲喜繫於他，責任歸於他，多少都會感到這種難以言喻的失落，尤其觀音奴還是蕭鐵驪一手帶大的。

幸而有衛清櫻在，路上的氣氛還不至於太尷尬。衛清櫻長在人口繁密的大家庭，自小學會察言觀色，見什麼人說什麼話，令聽者如沐春風，即便蕭鐵驪這樣的寡言男子，她也能從容應對。

四人回到胡楊客棧，在庭院中遇見了耶律嘉樹。

觀音奴停住腳，瞪人眼睛看看嘉樹，回頭看看皓岩，驚訝地道：「皓岩，怪不得我在汜光湖上第一次遇見你時，就覺得你面善，原來你跟嘉樹法師長得這麼像。感覺根本不同，站在一起卻又很像，真是奇妙。」

沈皓岩客氣地笑了笑，眼神卻不善。

嘉樹則一絲笑意也無，俯視著臺階下的沈皓岩，冰原千展炁像潮水一樣漫起，雖是盛夏，庭院中人人都覺得遍體生寒，觀音奴更忍不住打了個噴嚏。

嘉樹凝注觀音奴，微微一笑，彷彿破曉時冰面的反光，在廊下的暗影裡一閃即逝。滿庭寒潮忽然間退得乾乾淨淨。嘉樹懶怠說話，更不與人招呼，徑直穿過長廊回房歇息。

衛清櫻用閒聊的口氣對旁邊的蕭鐵驪道：「法師的架子很大啊。」

蕭鐵驪回答：「其實他為人極好。」

沈皓岩被嘉樹的氣勢壓住，感覺很不痛快，嘉樹看觀音奴的眼神也讓他不舒服，淡淡道：「不相干的人罷了，理他做甚？」

一行人在胡楊客棧安頓下來。店主的小兒子木圖從未見過觀音奴這樣的姑娘，美麗，自然，像野生的那伽花一樣無拘無束地開放，在喧囂的白晝開放在少年的眼底，在寂靜的夜晚開放在少年的心裡，雖然只見了她三天，卻彷彿愛了她三年。

這日正午，觀音奴獨自經過庭院，木圖知道那總是守在她身旁的男子出了客棧，便大膽地走上去，向她表白自己的愛慕。党項族的熱情少年，愛一個人就恨不得把心都掏出來，絕不會掩飾躲閃。

觀音奴在沈皓岩獨占性的保護下，從來沒有應付追求者的經驗。對她來說，得人愛慕並不是什麼可資炫耀的事。相反，少年木圖火辣辣的表白、灼灼發亮的眼睛以及緊張時分泌出的汗水味道，都令觀音奴感到被冒犯，甚至激起無以名之的厭惡。她像隻豎著毛的貓一樣，往旁邊跳了兩步。

「我這麼喜歡你，就算即刻為你死了也甘願。」

木圖說得誠心誠意，卻被觀音奴當成了要脅，她氣惱地瞪大眼睛，果決地道：「我從來沒有招惹過你，沒有和你講過一句話，沒有向你遞過一個眼色，既然如此，你要死還是要活，跟我有什麼關係呢？」

觀音奴從木圖身旁走過去，把這瞬間憔悴的少年當成庭院中的樹啊石頭啊一樣地走過去。

在這十九歲少女看來，愛與不愛間並沒有第三條路可走。必定要等到光陰漸深，她才會想起當年愛過自己的那些人，儘管不是自己所愛，仍該懷著溫柔的心去感謝他們，而不是冷漠無情地拒絕與摧毀。

嘉樹隱在窗邊的暗影裡，面無表情地看著這一幕，心口卻有種被碾碎的感覺。從他的角度，只能看到觀音奴的側臉，那柔美的輪廓幾乎融進金色的陽光裡。只有在最好的年紀，才能有這樣的明亮容顏，看得人眼睛發痛，心房戰慄。

如此奪人的美麗，如此殘酷的青春。

愛她，卻不被她所愛，這是何等的痛楚和絕望，嘉樹現在已經知道。

前來拜訪嘉樹的沒藏空與衛慕銀喜站在門畔，也見到了這一幕。沒藏空饒有興味地想：「這就是當年那小女孩麼？聽說蕭鐵驪在戰場上殺人如麻，有阿修羅之號。她殺人時卻連血都不見，也是個小小的阿修羅啊。」

銀喜瞥見沒藏空的表情，不禁大怒。她知道在沒藏空眼中，世間萬物沒有差別，一個人不見得比一頭豬要緊，所以她能容忍他的無情，但他這樣含笑望著那異族少女，顯然超過了她容忍的限度：「這麼多年來，他甚至沒有正眼看過我，卻可以對這陌生的女孩兒微笑！」

銀喜的手緊握成拳，因太過用力而折斷了長長的指甲。她儘量用平和的語氣道：「就是為了這女孩，蕭鐵驪殺死了我的父親？如果這女孩要去暗血城，那我也要去，我要親眼看著她被埋葬。」

沒藏空不知道銀喜的意志能否抵禦靈府大陣的可怕力量，此刻卻不是解釋的時候，只得躬身應是。

第六折　疑陣

惠慈敦愛太后陵的地表建築是一座美侖美奐的城，暗紅色的神牆包圍著巨大的八角形靈臺和密簷式佛塔。它用了如此多的琉璃構件，以致除了黯無星月的黑夜，荒野中的旅人在很遠的地方就可瞧見它的光彩。

據說墓裡埋著的女人因為被親生兒子殺死，變成了威力強大的惡靈，連受命於天的皇帝都感到畏懼，最後惡靈被遼國來的真芝大法師鎮在了佛塔下。往來於居延古道的旅人們遂把惠慈敦愛太后陵稱為暗血城，並相互告誡那是不可接近的禁忌之地。

暗血城上空常有妖風騰起，盤旋直上雲霄，呼嘯聲令人聞之色變。牲畜野物和暗夜裡的迷路者經常莫名其妙地在暗血城外丟掉性命，橫屍於荒草間，也沒人敢去收斂。屍體腐敗後，一入夜草叢中就會飄出青白的磷火，越發顯得鬼氣森森。

五月的黃昏，沒藏空引著眾人穿過這片野地。

觀音奴無意中踢到一個骷髏頭，那頭拖著尺餘長的黑髮，慘白的骨頭在夕陽下閃著瘮人的冷光。觀音奴默不作聲地繞了過去，嘉樹感到她的靈魂在發抖，心想這一貫勇往直前的姑娘也有害怕的時候麼？

踏進暗血城南門，特意瞭解過西夏皇陵布局的嘉樹發現，這座陵園竟沒有外城、月城與陵城之分，也沒有設置鵲臺、碑亭和獻殿，只有三十六座排列成蓮花形狀的佛塔包圍著中央的靈臺。佛塔間以麻石小徑勾連，因長期無人打理，小徑以外的空地長滿了齊腰深的荒草。

當天邊的火燒雲由淺緋變作玫瑰灰、由金紅變作葛巾紫，在晝夜交接時開放的逢魔花剎那間開遍這荒城。像無數小孩兒在荒草中探出頭來，蒼白花盤如面，赤紅花蕊如唇，花瓣上的兩個黑斑兒恰似眼睛，在風中輕輕搖擺，說不出的淒涼和詭異。糜爛的花香堵著人的鼻子，膩得人喘不過氣來。

「這就是地宮的入口。」沒藏空停在西邊的一座佛塔前，慢呑呑地道：「我原本只邀請了蕭大人，後來蕭大人提出要諸位相助，」他的目光在耶律嘉樹、觀音奴、沈皓岩、衛清櫻面上一一掃過，「我也答應了。不過蕭大人的二十鐵騎就不必了吧，開啟密室，並不在人多。」

蕭鐵驪想，這二十名騎兵打仗在行，真進了地宮卻未必管用，守在入口還能防止被人斷了後路，才想答應，便聽嘉樹冷冷接道：「人留下可以，還請空法師將解藥一併留下。」

衛清櫻反應最快，立即捂住鼻子，輕聲道：「是那種像孩兒面一樣的花作怪麼？」

嘉樹點頭道：「逢魔花香味奇異，聞的時間若超過半個時辰，就會讓人產生各種幻覺。若整夜守在這裡，必然狂躁而死，暗血城外的累累白骨就是明證。」

那二十鐵騎聽嘉樹說得這樣凶險，一起怒視沒藏空，更有人將手搭在戰刀上，氣氛頓時緊張起來。

沒藏空從容地道：「嘉樹法師考慮周詳，是我疏忽了。」他從袖中摸出一隻小瓶，拔開塞子，一股奇臭便飄散出來，將那膩人的花香抵消了不少，「列位圍成圓圈，整夜聞著瓶裡的臭藥，自然無恙。」

衛慕銀喜站在空身後，聞言抿嘴一笑，隨即斂了笑意，默默道：「父親，殺死您的仇人來了，願您英靈保佑，讓他們再也走不出暗血城。」

二十鐵騎見蕭鐵驪首肯，依言守在外面，其餘人則隨沒藏空進了佛塔。塔牆上微微凸起四塊青石浮雕，空結了施無畏印、尊勝手印、月光菩薩手印和賢護菩薩手印，逐一擊去，地面的青磚便悄無聲息地滑開，露出一個黑漆漆的深洞。這機關看似簡易，若不知方法強行突入，斷龍石的機關就會啟動，徹底封閉地道入口。

舉著火把，眾人隨沒藏空穿過一條綿長的地道。地道以切割整齊的巨大岩石砌成，通向靈臺下的圓形墓室。

墓室空間頗高，底部直徑達三十丈，越往上直徑越小，到頂部便收縮成一個不足半尺的圓。置身其中，彷彿陷在一個碩大無朋的圓錐形沙漏中，讓人感到十分壓抑。

墓壁和圓頂上彩繪的天國景象非常奇特，包括漢人的女媧大神，人首蛇身，端坐於九天之上，其下有天闕九重，每一重都有神靈和虎豹把守；契丹人的黑山大神，巍巍然，肅肅然，正指引靈魂騎飛馬升天；佛祖在西方極樂世界拈花微笑，菩薩羅漢侍立兩旁，空中妙音鳥清歌宛轉、吉祥天女翩然若舞；耶和華與佛祖遙遙相對，不辨雌雄的美麗天使展開了潔白的翅膀……不同民族、不同信仰中的天國被雜糅到一塊兒，予人光怪陸離之感。

衛清櫻睜大眼睛，屏息看著面前的怪誕壁畫，她旁邊的銀喜卻頭也不抬，只盯著自己的腳尖。

沒藏空見銀喜的表情太不自然，暗自歎氣，踱過去輕聲道：「這兒是不要緊的，不用擔心。」

銀喜抬起頭，平時明眸善睞，今日竟有些呆滯，木木地看著面前的沒藏空，不敢向旁邊瞟上一眼，儘管如此，還是避不開周遭的濃豔壁畫。那顏色稠得像要從墓壁上漫出來，浸透她的絲履，爬上她的裙裾；那壁畫像是有生命、在呼吸，只一照面，銀喜就不寒而慄，垂下頭兀自嘴硬：「我不擔心。」

沒藏空反覆叮囑銀喜不要看迷宮中的壁畫，沒想到卻令她生出了恐懼之心，實在是適得其反。他不禁道：「主人其實不必親來的，我現在送你出去，在墓外等消息就好。」

沒藏空並不知道銀喜的嫉妒心勝過了恐懼心，絕不肯在觀音奴面前示弱的，她咬著牙道：「別人都沒有臨陣脫逃，我怎能退出？我不會走的。」

沒藏空見分處兩隅的衛清櫻和蕭鐵驪不約而同地向這邊看來，擔心說多了引起眾人疑心，對銀喜點了點頭，踱到一邊去，暗自思忖：「靈府大陣發動後，只要將主人護在風暴之眼就行了。這陣勢是真芝老祖晚年所創，耶律嘉樹並不知道，其他人就更不消說。所謂魔由心生、咎由自取，端看這些人怎麼取捨了。」沒藏空本不願牽扯蕭鐵驪以外的人，但情勢如此，他也無可奈何。

觀音奴對壁畫沒興趣，安靜地站在祭臺旁，卻非銀喜以為的從容自信。她所以不動，不過是因為無力動彈。

十一年前，觀音奴曾躺在這兒任人宰割，祭臺上血跡斑斑，因年深日久變作難看的醬色，也不知道哪些是她所染，當年的恐懼和絕望卻像洪流一樣捲來。

觀音奴腦海中來來往往盡是那眼細如針、面白如紙的妖異城主，反反覆覆只有自己竭盡全力對蕭鐵驪說出的那句話：「哥哥，殺了他。」

嘉樹感知她的情緒，走過來安慰道：「沒事兒，都過去這麼多年了。他妄求長生，竟飲活人的血來為自己延壽，真正死不足惜。」

觀音奴愣了一會兒才意識到嘉樹在跟自己說話，勉強答道：「是啊，沒想到會遇見這樣的妖人。」

兩人說得沒頭沒尾，旁邊的人也插不上話。沈皓岩站在附近，負著手欣賞墓壁上的彩畫，心裡卻對嘉樹厭惡到了極點。

沒藏空開啟圓形墓室的暗門，引眾人進入明神之宮。殿堂幽暗，到處垂著深紫色的帷幕，空氣中卻沒有陳腐的味道。歷來陵墓都以密封和防盜為要務，惠慈敦愛太后陵卻不同，倒似真芝老祖給自己建造的地下宮闕。眾人暗暗留心，均未發現新鮮空氣從何而來。

踏進建築在下一層的密魔之宮時，觀音奴深深吸氣，認出是當年困住自己的迷宮。她曾逛遍此間，現在還依稀記得道路，然而沒藏空領大夥兒走的這條，她敢肯定自己從沒到過。

沿途所見的故事壁畫，形制之巨大，色彩之靡麗，遠遠超過明神之宮的圓形墓室所繪。畫中人物有兩男一女，穿著契丹衣衫，表情與肢體都極度誇張變形，乍見覺得荒誕，細瞧有點噁心，看的時間長了竟透著種奇異的美感，只覺那三人在面前活了過來，上演一幕幕扣人心弦的好戲，令觀者捨不得移開眼睛，因畫中人的悲喜而激昂、沮喪和歡悅。

沒藏空道：「當年真蘇老祖與真芝老祖同時愛上一個叫瑟瑟的女子，結果瑟瑟選擇了真蘇，真芝傷心之下避到夏國。這十六幅壁畫就是真芝老祖追憶往事時所作。」

一路行來，嘉樹見沒藏空侃侃而談，向眾人解釋畫中情景，眼睛卻似盲人一般空蕩蕩地沒什麼情緒。嘉樹心中一動，暗想：「真芝老祖小時候頑劣異常，他的母親卻很嚴厲，一點小錯也要念叨三日，不料真芝老祖因此創出了視而不見、聽而不聞的兩忘功，一顆心冷硬如鐵，再不為外物所動。看來這党項和尚確實繼承了真芝老祖的衣缽。」

嘉樹試著撤去冰原千展炁的防護，用常人的眼光來看這些畫，由惘然至悚然，最後竟驚出一身冷汗。他最擅長的就是精神控制術，卻差點著了這些壁畫的道兒。

十六幅巨畫構成一個整體，蘊含著極其邪惡的精神力，反覆對人進行暗示、煽動和蠱惑。嘉樹竭力收斂心神，克制紛至遝來的種種惡念，待到心境寧和，地道也走到了盡頭。

火把的光微微發黃，照著兩扇潔白的石門，沒藏空撥動機關道：「這就是真芝老祖收藏《迷世書》和法器的暴室，這麼多年來，我一直沒有參透，始終不得其門而入，但願諸位能有所得。」

石門緩緩開啟，沒藏空率先進入，將覆於牆面的紫色帷幕逐一揭開，露出鑲嵌在石壁上的長明石。

一間可容納數百人的八角形廳堂呈現在大夥兒眼前，牆壁、地面乃至穹頂都是素白色，不知是用什麼材料建成，在長明石的映照下泛著粼粼的珠光。暴室中央擺了一張覆著黑熊皮的寬大椅子，與八根巨大的白石柱子正好等距。室內太過空曠，黑白兩色的對比太過強烈，令已經看慣濃豔奇詭壁畫的人們生出莫名的焦躁。

觀音奴一直勉力克制的恐懼終於爆發出來，清晰地聽到自己牙齒叩擊的聲音。她小時候被沒藏空劫走，醒來時第一眼瞧見的就是這間屋子，詭異的地底世界使她失語，想不到十一年後的今天，她再度體驗這種咽喉被鎖、聲音被禁的感覺。

恍惚中，觀音奴忽然發現左數第二面牆上隱約顯出圖畫，不由自主地走了過去。衛慕銀喜等人亦迷迷糊糊地向其餘幾面牆靠攏，只有嘉樹和沒藏空還留在原地。

沒藏空第一次見識靈府大陣的力量，深感靈驗。他聽師父說過，除去入口，暴室的七面牆上各有一道暗門，藏著七幅用祕製顏料作的隱畫。

真芝老祖深諳人性的陰暗面，針對人類的七種惡德，在七幅隱畫上施加了七種咒語，包括恐懼、嫉妒、貪婪、傲慢、虛偽、自私和憤怒。先前經過的十六畫廊能激發人潛藏的惡德，進入暴室後凡與隱畫的咒語產生共鳴者，必被靈府大陣吞噬。

沒藏空一進暴室就選擇了離恐懼之牆最近的位置，準備陣勢發動時拉住銀喜退向風暴之眼。孰料銀喜在恐懼之牆前停留了一會兒，便搖搖晃晃地走向憤怒之牆，末了跟沈皓岩一起停在嫉妒之牆前，那位置離沒藏空就相當遠了。

沒藏空焦躁起來，想趕去接應銀喜。他的情緒一波動，立即被嘉樹乘虛而入，將他牢牢地箝制在當地。

察覺情勢不妙的嘉樹微微笑著：「空法師，你最好不要妄動，否則冰原千展炁將你的血脈凍裂，未免傷了師門的情誼。」

嘉樹制住沒藏空後，轉頭看向觀音奴，見她踮起腳尖，張開雙臂，全神貫注地在白石牆上摸來摸去，恨不得把自己掛到牆上，其餘人也都是這模樣，不由困惑。

沒藏空卻明白，這些人受了真芝咒語的蠱惑，必定是在摸索暗門上的隱畫。一旦有人觸發隱畫的機關，靈府大陣就會發動。空一念及此，冷汗不由涔涔而下。

果然，沒藏空還來不及反應，象徵恐懼、貪婪和嫉妒的三面牆上，暗門悄無聲息地開啟，已被隱畫蒙蔽了心智的人們毫不猶豫地踏了進去。觀音奴進了恐懼之門，蕭鐵驪與衛清櫻進了貪婪之門，沈皓岩與衛慕銀喜則進了嫉妒之門。

門內早就布好了陷阱，像巨獸的大嘴一般，正巴巴地張開了等著他們。一腳踏空，數聲驚叫，這幾人便沒了動靜。

隨著惡德之門被打開，暴室頂部的風門也緩緩開啟，風道中傳來細碎的聲音，初如蚊蠅，漸似潮生，最後像近在咫尺的雷聲般震得人耳膜發痛。沒藏空知道這風來自地底，剛猛無倫，進了暴室後風力還要加倍，血肉之軀根本不能抵擋。儘管他一向看淡生死，也覺得目下這種死法忒淒慘了。

就在這間不容髮的一刻，嘉樹突然放開沒藏空，毫不猶豫地撲進恐懼之門。暗門已快合攏，嘉樹一縷煙似的滑了進去。

沒藏空被嘉樹的冰原千展烝所傷，只得強提真氣，竭盡全力地躍起。他剛落到熊皮椅上，狂風已咆哮而至。奇異的是，無論那風如何狂暴，如何像戰神的巨矛一樣劃開面前的空氣，他的衣襬和長髮始終安靜地垂著，紋絲不動。

一滴血突然濺在沒藏空的手背上，他抬手摸了摸耳朵，感到細細的一縷血正從耳心裡流出來。空終於知道真芝老祖為何稱這裡為暴室了，這裡容納的是洞穴巨人的深沉呼吸和憤懣吶喊。

九十年前，真芝老祖來到居延，發現這兒的荒野中有個怪洞，狂暴的氣流在洞中迴旋不已，當地人稱為洄風洞。他那時被心上人拋棄，恨不得深藏地底，從此不見人才好，便鑽進洄風洞探險。

在降到深達八十丈的豎井之底，爬過一條不容人直腰的狹長地縫後，真芝老祖發現了一個瑰偉奇特的地底洞穴，環環相套，構造複雜。此洞之深廣，他耗盡餘生之力也沒能窮盡。後來武烈帝嵬名元昊請真芝老祖鎮壓惡靈，真芝便在洄風洞上建起了惠慈敦愛太后陵，並為明神之宮和密魔之宮設計了風道，使深藏地底的洞穴也能順暢地跟地表交換空氣，不知情的後世旅人遂稱之為暗血城的妖風。

密魔之宮的暴室正建在豎井底部，真芝老祖沒有使用輔材，憑藉人力和火藥在地底的巨岩中鑿出了這個白色廳堂，連八根石柱和熊皮覆蓋的石椅都是巨岩的一部分。

真芝老祖根據洄風洞的風勢，特意鑿了一條風道來配合靈府大陣。凡在午夜進入暴室者，只要觸動隱晝的機關，就算沒有掉進暗門後的惡德之牢，也會被午夜的暴風撕成碎片。唯一安全的地方就是暴風之眼，真芝在風眼處鑿了把石椅作記號。

半個時辰後，因風門驟然開啟而失去平衡的狂風終於停歇。暴室中一片祥和，彷彿什麼都沒發生過。到明日正午，洄風洞的風轉向，所產生的強大吸力便會讓風門自動關閉。

沒藏空的耳中猶有風的轟鳴，全身的肌肉也因緊張而變得又酸又痛。他思忖道：「小主人一意孤行地來到險地，又沒有聽從我的囑咐，看了十六畫廊的壁畫，以致掉進惡德之牢。衛慕氏的嫡系只剩主人一個了，倘若她就這樣死去，我將得到解脫，沒藏氏的後代也都解脫了。」

出乎沒藏空的意料，期盼已久的這天終於來臨，他卻感覺不到歡欣，反而有種無所依傍、不知何往的茫然。他禁不住喃喃道：「空啊空，你做慣了別人的奴隸，已經不懂得當自己的主人了。」

沒藏空起身離開，步子卻越來越慢，走到明神之宮的門口又折了回來。他按著右手小指上的黑密戒，心想：「無論如何，我不願這樣對她。即便要解除盟誓，也希望是她親手把白密戒還我。」

空雖然知悉靈府大陣的來龍去脈，想要進入惡德之牢救人卻不是件容易的事。這個七歲就在雙塔寺出家的僧人，本就無情無欲，修習真芝老祖的兩忘功後，更達到忘情之界。這樣的人，如何能體會世俗兒女的愛戀之心與嫉妒之情？

沒藏空卸去兩忘功的護持，在十六畫廊中流連不去，放縱自己的情感與思緒，甚至想起了離家赴居延時父母的切切叮嚀，還有不會說話的弟弟拚命追趕自己的模樣，跌倒在泥濘裡又爬起來再追，無聲地喊著哥哥。

空流下了睽違已久的淚水，感到前所未有的悲傷，卻始終看不見惡德之牆上的隱畫。他折騰半宿都不成功，沮喪地靠著熊皮椅，低聲歎息：「我怎麼就落到了這一步啊。」

是啊，沒有往日因，豈有今日果，空猛然省起，所以會發生這麼多事，不過是因為十一年前的夏天，自己在居延海邊帶回了一個小女孩。那麼純淨美麗的小東西，將她捧在掌心時，他連呼吸都變得輕細。於是鬼使神差地，他沒有將女孩兒交給老主人，而是把她帶到了老主人從不敢涉足的密魔之宮。

女孩兒和空的弟弟一樣不會說話，讓他更添了兩分憐惜。如果不是放縱她在密魔之宮中亂走，讓她闖出迷宮，在明神之宮的入口遇見老主人，最後不得已將她獻出，他將如何處置她？今日又是什麼局面？

沒藏空捫心自問，不敢回答這樣的問題，只在這剎那頓悟：「所以捨不下戴著密戒的小主人，並不是出於高尚的信義，不過是因為我需要這禁錮。一切惡事，所有罪愆，都可以歸結於密戒盟誓，自己仍然是潔白無垢的。所以在搜尋美貌孩童供主人吸血後，用險惡的毒藥害人後，內心還能感到平靜安寧，還能以清華之姿行走於佛前，我就是這樣一個自欺欺人的懦夫啊！」

沒藏空現在想起，才覺得將一個八歲的女孩兒禁閉在幽寂的地底，對她忒殘忍了。迷宮中那些殘暴血腥的壁畫，成年人見了都會戰慄不止，何況是她。她因恐懼而失聲。然而到了生死關頭，她竟講出那麼鏗鏘有力的話，震住了老主人，也打動了自己。

為了救這孩子，他引來雷景行，卻斷送了老主人的性命，從此心不甘情不願地陪著小主人走上復仇之路。是他造下的孽，卻從沒在精神上幫小主人分擔哪怕一點兒，總是以清高的姿態對她，甚至在她陷進惡德之牢時打算一走了之……空從來沒有這樣透徹地看穿自己的偽善。

多年後與觀音奴重逢，空發現，童年的恐怖遭遇並沒有讓她的心變得壓抑或扭曲。她並不遲鈍，甚至比一般人都敏感，所有的創傷卻像蒙在玉器上的塵埃一樣，拂去以後，玉質依然美好光潤。

反觀自己，以密戒盟誓的受害者自居，繼而毫無內疚地加害別人，以至背負一身罪孽。作為一名失敗的修行者，想到世上還有觀音奴這樣從未修煉卻隱然契合了天道的渾樸之人，沒藏空在慶幸之餘，油然生出一絲嫉妒，實在是昂藏男兒不如她啊。

沒藏空望著惡德之牆，一邊自省一邊懺悔。他清晰地看到了虛偽之牆的隱畫，嫉妒之牆的隱畫也浮現在面前。兩幅畫的線條都不繁瑣，只要依樣描畫一遍，便會觸發暗門的機關。

空看了良久，另外幾面牆卻是一點兒動靜都沒有，不禁懊惱：「這是天意麼？看不見貪婪之牆和恐懼之牆的隱畫，掉進裡頭的四人只怕凶多吉少了。」

靈府大陣既是當年真芝為陷害真蘇而精心設計的陷阱，也是真芝平日出入洄風洞的門戶。沒藏空聽師父傳授過出來之法，然而想要進去，則非得弄清隱畫的線條走向不可。譬如空的師父，便只進過傲慢之門。

沈皓岩和衛慕銀喜踏進嫉妒之門後，暈忽忽地一起向下墜落，直至陷進一張柔軟的大網。兩人這一摔，便從靈府大陣的幻境中掙了出來。

沈皓岩如夢初醒，晃亮了火摺子打量周遭，卻好像掉進了一個更大的噩夢。原來這大網以天蠶絲織成，張在洄風洞的又一口豎井中，上不巴天下不巴地，就這麼沒著沒落地懸著，正彷彿嫉妒之苦。

火光映著雪白的洞壁，有一面竟覆滿了紅流石。那流石的顏色和形態類似灼熱的岩漿，瀑布一般從洞壁上漫過，極瑰麗極壯觀，彷彿就要潑到網上來。銀喜轉眼望到，嚇得呆了，半晌才發出一聲驚叫。

沈皓岩並不理會銀喜，仰頭打量洞壁，見這素白岩石隱約泛著珍珠光澤，與那八角形廳堂同質。他拿匕首劃去，當的一聲被蕩開來，擦出一溜火花，留下一道淺淺的劃痕，看來沒法兒借匕首攀到洞頂。

沈皓岩並不驚慌，看準落點，解開腕上的馭風索用力拋去，貫注了真力的軟索在空中繃得筆直，隕鐵鉤牢牢地卡在了一道石縫中。他用力拽了拽，感覺無虞，正準備騰身而起，銀喜卻拉住了他的衣角，輕聲道：「請帶我一起走。」

沈皓岩不懂党項話，卻也猜出了大致意思，冷冷地道：「若不是你和那和尚搞鬼，我何至於落到如此境地。我要找夜來去了，你就在這兒涼快著吧。」

銀喜從他的表情中讀出了拒絕之意，而且還聽懂了一個詞兒，就是這男子時常掛在嘴邊的「夜來」，喚的是令沒藏空露出笑容的那位姑娘。憤怒壓住了獨留洞穴的恐懼，銀喜縮回手，心想：「該死，該死，我怎麼會去求她的情郎？現在自取其辱也是活該。」

沈皓岩有馭風索之助，攀得還算順手，十來個起落後，已接近了暴室。狂風從他頂上呼嘯而過，再近些便會被捲走。他進也不是，退也不是，只得掛在壁上等著，兩隻手臂先酸再麻，到後來已經不像自己的手臂。

不知等了多久，那風終於呼嘯著走了，沈皓岩攀上去一瞧，頓時傻眼。暗門早已關閉，他試著開啟，哪裡能撼動分毫？他灰心兼脫力，竟又掉了下去。

銀喜愣愣地看著沈皓岩的火摺子忽明忽滅，終於不見，只剩自己一個陷在這無邊無際的黑暗中，一點實在的東西都摸不著，有的只是虛無和空寂。

洞穴的涼意一點點鑽進銀喜的骨頭縫裡，冷也就罷了，感到背上涼颼颼的真有什麼爬過，她不禁驚跳起來，其實就在網裡掙扎了一下。她閉著眼，咬著牙，伸手在後頸一摸，滿把的冰涼滑膩，卻是洞壁滲下來的水。

銀喜起初還盼著沒藏空會來救自己，等的時間越長便越沒把握。畢竟平日用密戒轄制他，逼他幹了許多不情願的事情，能就此解脫，他該求之不得吧，她絕望地想。

就在銀喜愁腸百結、心傷欲死時，一個重物從空中墜落，直直地撞到網上。銀喜不會武功，目力平平，在這黑咕隆咚的地底等於瞎子，在那重物快撞上來時才聽見風聲，趕緊往旁邊一縮，險險地讓了過去。

黑暗中有人輕咳兩聲，微微動了動。銀喜拔下夜明珠釵，大著膽子湊過去照了一下，影影綽綽地照出一張俊逸出色的面孔，卻是沈皓岩。

銀喜呆了一下，將珠釵插回頭上，放聲大笑。那笑聲似大珠小珠濺落玉盤，滴溜溜地滿盤亂轉，一時竟停它不住。無論這男子如何傲慢可恨，他掉回網中的這一刻，她真的很歡喜，有人陪著自己不幸，總比獨個兒好。

沈皓岩功敗垂成，本就滿懷惱恨，聽到這不加掩飾的笑聲，怒氣越發湧上來，狠狠瞪著面前的放肆女子，卻見她鬢邊的髮釵上鑲了顆拇指大的夜明珠，在暗黑的地底發出柔和的光芒，映著她豔麗的容顏，像唐朝畫師繪在深色錦上的淺色花，豔而不媚，麗而不妖，每一筆每一劃都是好年華足風流。

沈皓岩如被雷擊，剎那間想起了那個有著同樣嫵媚的女人。自與觀音奴相遇相守，他似得到救贖，將那個可恨可鄙的女人埋葬到了光陰深處。然而建立在亂倫罪惡和冷峻死亡之上的情欲之火，早已在他的靈魂深處灼下不可癒合之傷。他想忘卻，終不能忘卻。

銀喜與沈皓岩近在咫尺，清晰地捕捉到了他眼底的震駭和迷亂，她將之解讀為驚豔。不知怎的，銀喜竟生出一種奇異的歡喜，像小蟲一樣酥酥麻麻地爬過心頭，爬著爬著還會咬上兩口，在細碎的、尖利的痛裡透出歡喜來。

「那個叫夜來或觀音奴的姑娘，若知道自己的情郎這樣望著我，會是什麼表情呢？真想看看啊。」

這麼想著，銀喜像一朵真正的花兒一樣，在深濃的黑暗中綻放了。到哪裡去找這樣鮮活生動的眼睛，這樣鮮豔飽滿的嘴唇呢？

沈皓岩情不自禁地湊過去，快要觸到銀喜的唇時，他猛然警醒，往後一縮。她恰於此刻把頭往後一仰，輕輕笑了起來，笑得很刻意，眼角眉梢俱是輕蔑。

沈皓岩沒想到時隔多年，自己還是會被這神似十九姨的妖女蠱惑。他騰地漲紅了臉，一股無法遏制的殺意開始在血管中飛躥，撲上去掐著她細膩的脖子，凶狠中挾著無法言喻的悲愴，似是威脅，又似哀告：「十九姨，十九姨，放過我吧，別再糾纏我。」

銀喜感到沈皓岩的手越收越緊，模糊地想：「空，你還不來麼？我這就死啦。」

沈皓岩卻在緊要關頭克制住了滿腔殺意，將銀喜拋到大網一角，再不看她一眼。他十四歲時遭逢十九姨之變，性子變得暴躁乖戾。幸而鳳凰沈家的薰風之功有養氣之效，隨著年歲漸長，城府漸深，人皆贊他君子如玉，他亦以此自詡，今日卻被銀喜壞了這麼些年的養氣功夫。

沈皓岩與銀喜各懷心事，各處一隅，再不搭理對方。

過了良久，沒藏空終於打開嫉妒之門，腰縛長繩下到洞中救了二人。

沒藏空環著銀喜的腰向上攀援，銀喜則像絲蘿附喬木一般抱著他。火摺子的光不算明亮，她只能模模糊糊地辨出空的輪廓，卻覺得他跟天神一樣英武。

她心中裝滿了歡喜，溢出的卻是悲傷：「真希望這洞跟天一樣高，我們永遠都攀不上。真希望這一刻有一生那麼長，就這麼歡喜，就這麼死掉。」

上到暴室，沈皓岩暗暗奇怪，和尚還是和尚，卻說不清是哪兒變了，面上竟隱隱有一層寶光流轉。沈皓岩暗地裡嗤了一聲，想自己莫不是在黑暗中呆得太久，連帶眼睛也跟著花了，問和尚道：「夜來他們呢？哪兒去了？」

沒藏空的漢話說得很標準，只是語速較慢：「他們掉到恐懼之門和貪婪之門下面了，我沒法兒打開。」

沈皓岩追問打開的方法，若是頓悟前的沒藏空，哪裡會說實話，現在卻坦然地告訴了他。沈皓岩當即道：「你打不開沒關係，佛塔外面不是還有二十個人麼？找幾個進來試試好了。」

沒藏空確實沒有想到這一層，微微皺眉：「又牽連新的人進來麼？不妥。」

沈皓岩微笑道：「法師太多慮了，只要能打開暗門，以你我的武功，難道還拉不住那幾個人？我包管他們想跳都跳不下去。」心裡卻暗罵：「好禿驢，設下這樣險惡的局害了大夥兒，現在倒扮起善人來。」

沒藏空轉頭用党項話跟銀喜解釋。銀喜驚疑地道：「這法子雖然是我想出來的，卻是你費盡力氣才引得他們入彀，怎麼在這當口反悔？眼看我的大仇馬上得報，你卻要我放脫仇人！空，你打的什麼主意，我真不明白。」

銀喜憎惡蕭觀音奴，尤其仇恨蕭鐵驪，不管是當年又髒又臭的小馬倌，還是現在一呼百諾的大將軍，對奪走父親性命的人，她絕不會原諒。

沒藏空平靜地道：「我一手安排了這個陷阱，現在卻很後悔。你也跟著掉進去的時候，我真的很後悔。請主人仔細想想，洞裡還陷著不相干的局外人，真的放手不管，我們可就造下三生三世都還不清的殺孽了。我想先將這些人救出來，至於蕭鐵驪，不管主人有什麼打算，沒藏空都會追隨左右。」

銀喜見慣沒藏空的冷漠疏遠，卻第一次領略他的溫和，聽他的話入情入理，處處都為自己打算，心中一暖，點頭道：「把不相干的人救出來吧。你知道，殺父之仇不共戴天，不管過去多久都不會磨滅，時間是洗不掉的，只有拿血來洗。我絕不會放過蕭家兄妹。」

沒藏空聽她現在把觀音奴也算了進去，唯有苦笑。

恐懼之門開啟後，沒藏空與沈皓岩一起下去救人，孰料這邊的洞雖只有三十丈深，底下卻是個八丈寬的深湖，湖通暗河，水流甚急，只撿到觀音奴的一根碧玉簪，斷成數截，散落水邊。

沈皓岩急紅了眼，便要沿著暗河去尋觀音奴，被沒藏空伸手拉住：「我原以為惡德之牢是密不透風的死牢，現在看來真芝老祖並沒有趕盡殺絕的意思，還給人留了後路。觀音奴掉下來後，嘉樹法師雖然沒有被靈府大陣迷惑，卻也跟著跳了下來，他本事大辦法多，一定會護住觀音奴的。洞中情況不明，你貿然闖進去，很可能跟他們錯過。」

沒藏空斟酌著道：「要進去救人，得備齊乾糧、清水、藥品、火把、繩索等物，所謂磨刀不誤砍柴工，不急在這一時。」

沈皓岩臉色蒼白，沉默著跟沒藏空回到暴室。

蕭鐵驪和衛清櫻身不由己地沿著一條螺旋式的洞道向下滑去，洞壁光溜溜的，滑得飛快，轉得兩人頭暈眼花。

滑出洞道時，衛清櫻像抓救命稻草一樣，手裡還緊攥著進地宮時沒藏空發給大夥兒的火把。她定了定神，摸出火石點燃了火把往四面一照，又感到一陣眩暈，以手加額道：「那個，蕭將軍，你瞧見了麼？」

蕭鐵驪跟她一樣才從靈府幻境中醒來，卻比她更相信自己的眼睛，緩緩點頭。「不會是幻象吧？」衛清櫻舉著火把走來走去，隨著她的移動，一個巨大的洞穴呈現在眼前，所有表面都被雪白的石膏晶體覆蓋著，不論是精緻的捲曲還是妖嬈的伸展，每一朵石膏花都堪稱鬼斧神工，人間無二，現在卻密密簇簇地鋪滿了視野，怎不令人屏息？洞頂垂下的透明石膏足有兩丈長，在火把的照耀下，彷彿一座倒懸在頭頂的夢幻森林。

滿洞流轉的奇麗光芒，越發襯出漫步其中的少女之美。鵝黃輕衫外露出的瑩白肌膚，有了剔透清冷的石膏晶體作對比，越發讓人感到柔和溫暖。當她興奮地向蕭鐵驪走來，問他這兒美不美的時候，蕭鐵驪胸臆間竟湧起一股熱流，乾脆地回答：「美！」這不解風情的男子接著道：「看完了？看完了就走吧。」

衛清櫻戀戀不捨地環顧四周：「就要走啦？好吧，好吧。」

兩人手腳並用地沿著螺旋式洞道往上爬。洞道太滑，攀起來實在費力，路程逾半，衛清櫻實在撐不住了，對斷後的蕭鐵驪道：「蕭將軍，我爬不動了，我感覺又要滑下去了。」

蕭鐵驪毫無怨言地蹲在洞道拐彎兒的地方，兩手死死撐住滑不留手的洞壁，讓她靠著自己歇一會兒。衛清櫻累得喘不過氣，也不把蕭鐵驪當成位高權重的大將，甚至不當他是男人：「就算是泰山石敢當好了，靠一靠也沒什麼。」她心安理得地靠過去，重新出發時瞥見石壁上有兩個凹陷的手印，不禁駭然。

爬上來一看，貪婪之門已經關閉，蕭鐵驪雖然內力絕倫，卻也沒法兒破門而出。衛清櫻拭著額上的汗珠道：「蕭將軍，別浪費力氣了，咱們要不就在這裡坐等，或許會有人來救我們，或許沒有；要不就折回去，剛才那個大洞的壁上還有一個小洞，或許走得通，或許不通。你看怎麼辦好？」

蕭鐵驪拍板：「既然這條不通，就試試那條吧。」

「剛才迷迷糊糊的不覺得，現在想起來，這麼滑下去挺玄的，我還真有點害怕。」衛清櫻想到那種天旋地轉的感覺就有點犯噁心，漂亮的靴子在洞道邊蹭啊蹭，為難地轉過頭來看著蕭鐵驪。

觀音奴是不懂撒嬌的，所以蕭鐵驪從來沒有見識過女孩子的嬌柔婉轉，呆了一會兒，伸出手道：「你要是不嫌棄，我帶你下去。」這話若嘉樹來說，必定在含蓄中蘊著深情，若沈皓岩來說，必定溫柔又倜儻，偏他有本事說得一板一眼、沒滋沒味。

衛清櫻從沒遇見過這樣實誠的男子，抿嘴一笑，把小手交到他的大手裡，安安穩穩地道：「那就再滑一次吧。」

回到下面的洞窟，果見洞壁中部還有一個小洞，以兩人輕功，攀上去並非難事。上去後發現真是柳暗花明又一村，小洞竟與一條寬達十丈、高達五丈的宏偉洞道相連，洞道中鋪滿了潔白的石膏晶體，人行其中，恍惚如夢。

衛清櫻只覺得這麼走下去，說不定會走到什麼地底魔宮，為免自己胡思亂想，便找些話題與蕭鐵驪說，蕭鐵驪的回答則包括「是的」、「不是」兩種。

「蕭將軍，從暴室掉下來的時候，你在想什麼？」衛清櫻暗想：「這次你可沒法兒說是或者不了。」

「我在想……」蕭鐵驪陷入了沉思，半晌方道：「我跟著天佑皇帝光復了遼國，趕走了女真人，最後帶著觀音奴回到故鄉的草原，死去的阿媽也復活了，一家人開心地生活在一起。」說完之後卻有些吃驚，這夢想深藏心底，從沒對人提過，在她面前竟很自然地說了出來。

衛清櫻嘀咕：「噢，重回好時光，你在想這個啊。」她等他反過來問自己，半晌都沒動靜，只好道：「話說我當時掉下來的時候，一心一意就想成為天下第一美人，武功卓絕，家財億萬。無數青年才俊跟在我後面，我卻不肯回顧，讓很多人傷心而死。後來遇到一個溫柔多情的天下第二美人，我們開心地生活在一起，生了很多漂亮娃娃。」

蕭鐵驪很震撼，張口結舌地道：「你……你這樣想麼？」

衛清櫻忍笑忍得臉都酸了，哀怨地道：「蕭將軍，這樣的話你都會信，我在你眼裡竟如此傻氣！」

蕭鐵驪不好意思，老老實實地問：「那你當時在想什麼呢？」

衛清櫻略去那些女孩兒的小心思，正色道：「我當時想了很多，不過最要緊的一條就是想成為蕭將軍這樣的人。」

蕭鐵驪再度被驚到：「我？你……」瞅著面前娉婷的玉人兒，反觀自己，他簡直無言以對。

「蕭將軍，這是我的真心話。在宋國的時候，夜來常跟我提起你。像你這樣的英雄兒郎，很容易得人傾慕，」衛清櫻微微一笑，「我卻不是羨慕你的絕妙刀法和盛大功業，我羨慕你的活法兒。十二歲就帶著夜來離家，在廣闊的草原上行走，那麼隨心所欲，那麼灑脫自在，我真是嚮往極了。」

蕭鐵驪搖頭道：「我們當時過得很艱難，還差點在暴風雪中凍死。」他把左手亮給她看：「我現在只有九根手指，腳趾也只剩七根了。」

「不管活得艱難還是舒適，蕭將軍，你會看別人的眼色嗎？你在乎別人的想法嗎？」

「這個倒是從來沒有留意過。」

衛清櫻鬱悒地道：「癥結就在這兒了。蕭將軍，我家人口多，有爹爹、大娘、二娘和三娘，有五個哥哥和三個姐姐，再加上嫂子、姐夫、侄兒侄女和甥兒甥女，熱鬧得很。我是家中老么，很受疼愛，也沒吃過什麼苦，卻活得不開心。

「因為我妄想得到每一個人的喜愛，我總是在琢磨家裡每個人的心思，投其所好地迎合他們。慢慢地，迎合變成了習慣，我也變成了牽絲傀儡，別人的臉色和想法就是絲線，牽扯著我的一舉一動。有時候一個眼神就可以讓我琢磨半天，寢食難安。

「我憎惡這樣的我，卻總是改不過來。沒想到在居延跟蕭將軍相處的這幾天，輕輕鬆鬆，再也沒有那些無聊的想頭，所以我決定向蕭將軍看齊，做蕭將軍這樣的人。」

「衛姑娘，我先生常說，待人要寬，律己要嚴，像你這樣卻嚴過頭了。不要想得太多。」蕭鐵驪搔搔頭：「你和觀音奴很不一樣，但你們都是好姑娘。」

衛清櫻把憋了很久的話一股腦兒地講了出來，心胸為之一暢，再聽他好言勉勵，感覺更加舒服。

兩人沉默下來，走了一段路後，衛清櫻恍然道：「怪不得咱倆掉進了同一個地方，原來心裡都存著這麼多妄求和貪念。」她無意間用了「咱倆」這樣的親密詞兒，話一出口臉便紅了，看蕭鐵驪卻沒什麼特別反應，不禁偷笑：「說他是石敢當，還真是石敢當。」

洞道有五里長，盡頭是一個半圓形的洞。各種顏色的流石從洞頂一直鋪陳到地面，寶石的豔紅、向日葵的金黃、杭州茶的青綠和蜀地桔的橙色搭配在一起，令衛清櫻目眩神馳，蕭鐵驪卻擰著眉想：「沒想到竟是條絕路。對了，剛才路過一條大裂縫，可以到那底下探一探。」

兩人下到裂縫底部，發現了一座小湖，還在湖畔的小洞中撿到一個包裹，用三層油布裹得嚴嚴實實，解開一看竟是乾柴、長索等物，仍然乾燥可用。

小洞通向三條岔道，蕭鐵驪在左邊那條找到了一個深紅色的箭頭記號，雖不知道是誰留的，卻深受鼓舞，決定在這兒休整一下，補充了淡水繼續前行。

衛清櫻從小到大就沒受過這樣的罪，坐下來便不想再站起，連動都不願動一下。出發之際，蕭鐵驪與她對峙了一會兒，無奈地道：「你要是不嫌棄，我背你一段，能走了再自己走。」

衛清櫻欣然從命，趴到他背上時，帶著點愧意道：「唉，重吧？我不像南方姑娘那麼嬌小。」

蕭鐵驪福至心靈，答道：「哪裡，你剛剛好。」背著這柔軟得不可思議的少女，聞著她清幽幽的處子香味，這性如鐵石的男子也不禁生出別樣的旖旎心思。

「等到走出這個洞，就要跟他各奔東西了。這樣的男子，錯過了就不會再遇到，想個什麼法子把他騙到東京給老爹看看呢？」衛清櫻苦苦思索，一時覓不到良策，暗暗發狠：「不管啦，直接攤牌。」

衛清櫻歪著頭，在他耳邊輕輕道：「蕭將軍，你娶妻沒有啊？」

溫熱的呼吸吹到蕭鐵驪的耳朵上，他竟抖了一下，停下來僵硬地站在當地：「我，我一直打仗，我沒娶妻。」

衛清櫻嫣然一笑，問道：「那侍妾呢？侍妾也沒有麼？你可是堂堂的樞密使大人啊。」

蕭鐵驪聽她不相信自己，將她從背上放下來，急躁地道：「真的沒有。」

衛清櫻見他這麼實在，又好笑又歡喜，幽幽道：「蕭將軍，有件事得跟你說明白。我們漢人有句老話叫男女授受不親，意思是男女之間為了避嫌，連相互遞東西都不可以。今天我與將軍同行，肌膚相接，耳鬢廝磨，雖然說事急從權，當時也顧不了那麼多，現在細想起來，於我確實是名節有虧，清白有損。」

蕭鐵驪壓根兒就沒想過自己雖然幫了她，卻沒強迫過她，結結巴巴地道：「名節？清白？」

衛清櫻一雙明眸隱隱含淚，要垂不垂，泫然道：「蕭將軍，我可不是輕浮女子，從來沒跟別的男子這樣親近過。為今之計，只有兩條路可行，一條麼，將軍也不必費心帶我出去了，將我一掌打死在這裡，也算全了我的名節，存了我的清白。另一條麼，將軍去見我爹爹，向他提親，娶我回家。」

衛清櫻個性雖強，究竟是女孩子，說到末一句時聲音漸小，雙頰滾燙如火，閉緊了雙眼不敢看蕭鐵驪。她聽到他急促的呼吸，等了良久卻一句話都沒有，心想：「完啦，完啦，遇到這麼一個不開竅的榆木疙瘩，以後再也沒臉見人了。」

蕭鐵驪呆呆地望著這玉器般美麗的少女，她羞不可抑的模樣令他的心軟得像要融化，愣了半晌才撲過去緊緊地抱住她，像要將她揉進自己的身體一般，咬牙切齒地道：「不！我絕不會打死你。」

衛清櫻笑吟吟地睜開眼睛，眼波軟得跟春水一樣，聲音軟得跟柳棉一樣：「蕭將軍，你真是個好人。」

他笨拙地親吻她的眼皮和嘴唇，她調皮地躲閃，一時洞中情致纏綿，風光無限。

衛清櫻是蕭鐵驪遇到的第一個宋國女孩，因為無從比較，他便以為宋國女孩就是這樣的，後來才曉得自己錯得有多離譜。在宋那樣講究禮法規矩的國家，要怎樣蔑視世俗的父親，才能養出這樣離經叛道的女兒？可是她騙也好，詐也好，他都心甘情願地被她吃定。

此後行程甜蜜萬分，共分一塊乾糧，共飲一袋清水，再怎麼難走的路都變成了坦途。蕭鐵驪征戰多年，從沒嘗過這樣的銷魂滋味，真是連睡著都要笑。

走出洄風洞，已是第三日正午，衛清櫻手搭涼棚望著驕陽下的廣闊荒漠，訝然道：

「唷，這樣就走出來了？」笑著回頭，「鐵驪，咱們可說好的，等這裡的事情了結，你先陪我回我的國家，我再陪你回你的國家。」

蕭鐵驪牽起她的手：「阿櫻，你說什麼就是什麼。」

嘉樹能於黑暗中視物，在急速的下降中感到一片清涼水色撲入眼簾，他的雙臂突然展開，下降的速度不可思議地變得緩慢起來，到鞋底沾到水面時，堪堪卸完墜落之力，像隻優雅的鶴一般掠過水面，在乾燥的岩石上站定。

嘉樹從衣囊中取出承輝珠，柔和的白光頓時滿盈，纖毫畢現地照出了洞壁上覆蓋的鮮紅流石，漣漪微微的深藍湖水以及觀音奴掉在湖對岸的碧玉簪。湖水與湍急的暗河相通，他沿河尋去，在半里外找到了她。

一根倒塌的大石筍擋住了隨水漂流的觀音奴。在青碧的暗河中央，她的長髮像藻類一樣飄拂，面龐則似波心的明月一樣皎潔。

嘉樹撈起觀音奴，將她橫置膝上，輕拍她的背心，迫她嘔出了腹中的清水。

觀音奴被嗆醒，睜大了眼睛道：「噢，嘉樹法師。」迷惑地打量周圍，「這是哪兒呀？鐵驪他們呢？」

「這是暴室底下的地洞，我下來以後只找到你，估計其他人掉落的洞跟這裡不通。」

觀音奴想起剛才的恐懼，奇怪自己現在竟如此平靜：「嘉樹法師，我剛才做了一個噩夢，夢見那個白面城主在暗血城的迷宮裡追我，我拚命地逃，連氣都喘不過來了，還看到很多血腥的幻象，真是可怕，所以我連自己怎麼掉下來的都不知道。」

嘉樹無奈地想：「是啊，感到你的靈魂蜷縮成一團，那麼驚慌，那麼害怕，我竟忍不住跟著跳了下來。」他將手搭在她的腕上，一邊察脈象，一邊問：「你恨那個城主嗎？若他當時沒被鐵驪殺死，你過後會不會找他報仇？」

觀音奴使勁點頭：「嗯，我恨死他了。他把我綁在祭臺上取血的時候，我先是害怕，然後就憤恨，憑什麼這樣害我呢？我一心一意地盼著鐵驪來殺了這個妖怪，結果鐵驪真的來了。」

她再想想，猶豫道：「如果鐵驪沒有殺死他……過後一定得報仇嗎？反正我也活得好好的，雖然當時很恨他，後來就淡忘了，這次回居延才想起來。」

她俏皮地揚著眉，「除非當時被他害死，那我就變成一個小鬼，天天纏著這個老妖怪，拖他到黑山大神那兒評理去。」

嘉樹喜愛觀音奴的這種特質，始終和悅明朗，始終相信愛和善，即便遭遇殘忍邪惡也不動搖。因為自己做不到，所以加倍地愛她。那樣純白無垢、懂得寬恕的靈魂，是他在陰暗泥沼中掙扎的困頓靈魂難以抗拒的。他微笑著，低聲道：「乖孩子。」

「唉，咱們這次都中了那壞和尚的圈套。」觀音奴打起精神道：「我每次倒楣都會得到嘉樹法師的幫忙，小時候是這樣，現在也是。」她雙手合十，誠心誠意地感謝：「嘉樹法師是我的貴人哪。」

嘉樹微哂，心想：「若不是我設計你來居延，你也不會吃這種苦頭。」見她頭髮、衣服都在滴水，便道：「地底寒涼，你這麼捂著，幾時才乾？我幫你吹吹。」手掌一翻，一股暖洋洋的風便裹住了觀音奴。

觀音奴乖乖地坐在他對面「吹風」，衣袂翻飛，髮絲輕舞，體內的奪城香一絲絲沁出來，將這不見天日的地底化作了花氣襲人的原野。

她將手臂支在膝上，托著腮道：「嘉樹法師，真寂寺的內功真特別，寒氣凍得人發抖，熱風又這麼舒服，一冷一熱兩種內力在經脈裡不打架麼？」

嘉樹道：「不會的，冰原炁行的是奇經八脈，呃……春野炁行的是十二正經。」

後一個名字是他隨口杜撰，觀音奴卻信以為真：「法師的春野炁跟鳳凰沈家的薰風之功很像呢，我表伯也能發出這樣的熱風。有次在山裡烤魚，我們丟了火石，表伯把風裡的熱集中在一個點上，好厲害啊，木柴就燃起來了。」她興致勃勃地道：「我突然發現嘉樹法師的名字跟表伯也很像，『後皇嘉樹，生南國兮』，『南有嘉魚，烝然罩罩』，像是兩兄弟的名字。」

最後一句話實在觸了嘉樹的逆鱗，若是旁人說的只怕會死得很難看，對著觀音奴，嘉樹只感到說不出的鬱悶：「說你笨吧，你還能看出這些；說你聰明吧，對我卻沒有一點疑心，太容易相信人了。」

待她衣服乾透，嘉樹道：「這洞中既有暗河，就一定能走出去。只是居延的泉水散布各處，不知道這暗河是跟哪個泉眼相通。」

觀音奴見他這麼篤定，安心不少，道：「說不定跟居延海是通的。」

嘉樹微笑：「嗯。」與觀音奴單獨在一起，這冰冷的人不知不覺地露出了和悅的一面。

其時正是居延的雨季，暗河的流量極大，甚至淹沒了很多在旱季時乾燥的洞窟，兩人不得不泅渡過去。有一個洞似羊腸般曲曲彎彎，長達七里，地底的水溫又極低，觀音奴游了一半，冷得實在受不了，攀到一根露出水面的石筍上，哆嗦著道：「早知道還會把衣裳弄濕，嘉樹法師剛才就不用費力吹乾了。」

嘉樹道：「不要緊。」見觀音奴凍得臉色發白、嘴唇發青，便將承輝珠遞給她，摸出一個小瓶，倒出兩顆暗紫色的丸子，自己含了一顆，遞給觀音奴一顆：「還好瓶子封得緊，水沒進去。這是九轉固元丹，吃了以後精力充沛，七日之內都不會飢餓。」

觀音奴學他含在口中，只覺藥味極重，實在難吃，忙不迭地吞下去道：「嘉樹法師的衣囊裡真是什麼寶貝都有。」這丹藥甚是靈驗，吃下去一會兒便覺得丹田發熱，全身暖洋洋地像泡在溫泉中一般。

將要游出羊腸洞時，嘉樹忽然道：「小心些，這水聲不對。」

果然，暗河出了洞後突然下降，形成一個寬三丈、高十丈的暗瀑布，飛珠濺玉，水霧氤氳。觀音奴雖得他提醒，卻收勢不及，竟隨著瀑布一起沖了下去。嘉樹騰身而起，後發先至，在半空中攬住了觀音奴，抱著她翩翩落地。

觀音奴覺得有趣，笑道：「想不到地底還有瀑布，真好玩兒。」

嘉樹卻被她嚇到了，淡淡道：「好玩麼？要不要再玩一次？」

觀音奴可聽不出是反話，躍躍欲試地想再攀上去，見嘉樹冷冰冰地睨著自己，總算省悟，小聲道：「算了，還是不上去了。」

如此走走歇歇，兩人在五天後進入一個宏偉的洞穴，底部是方圓五十丈的暗湖，宛如一塊碩大、清透的綠翡翠。沿岸環繞著猩紅的方解石，並有一溜兒延伸到了湖裡，恰似重重疊疊的荷葉一般覆在水面。嘉樹與觀音奴沿著這朱色「浮橋」一直踱到了湖心。

在承輝珠的照耀下，湖面映著洞穴的白色倒影，湖水瀲灩流轉、光影變幻，就算九天之上的星海也不過如此。

觀音奴忽然咦了一聲，彎腰在方解石的邊緣拈起一隻褐綠色的小蟹，小心翼翼地捧在掌中給嘉樹看，兩人對視一眼，歡喜無限。一路行來，所獲魚蝦都是通體透明、不生眼睛的，在這兒能捉到模樣正常的螃蟹，想必離出口不遠了。

兩人潛入湖中，在六丈深的湖壁上找到了出口，那是一條全充水的通道，潔白，細長，連承輝珠也照不到盡頭。嘉樹拉著觀音奴浮出水面，深吸了一口氣：「出口的通道太長，又充滿了水，不換氣的話，我可以潛行兩百尺，你也差不多，等不到游出去，先就窒息了。」

觀音奴沮喪地道：「怎麼辦呢？折回去找別的出口？」

嘉樹苦笑：「要有別的出口，我們早就出去了，也不會找到這裡來。」

兩人默默地坐在湖邊。突然間，死亡不再是一個虛無的概念，它不動聲色地橫亙在前路，沒有刀劍之利，沒有颶風之疾，安靜地等在那兒，等著他們崩潰、衰竭直至死亡。

觀音奴將臉埋在手心，開始小聲地啜泣，嘉樹安撫地拍著她的背，她便抬起頭，淚眼婆娑地道：「法師，我們走不出去了吧？會死在這裡吧？可我還想活著，想一直一直活下去。」

「吃了九轉固元丹，還可以撐個四五天，足夠把來的路再走一遍，興許會有漏掉的出口，現在說死為時過早。退一步講，真的沒法了，不得不死了，也要死得漂亮一點，別像花貓這麼難看。」

他輕聲安慰，用手擦掉她臉上的淚水，心酸地想：「我這一生，只為討回母親的血債而活，就算大仇得報，也不會生出什麼快樂，多出什麼意趣。這樣安靜地與你一起死去，再也不用籌謀算計，不知道是神的懲罰，還是神的恩寵？」

觀音奴漸漸鬆弛下來，倦倦地道：「我們歇一會兒再走回去，可以麼？」

嘉樹很少聽她喊累，現在這麼要求，可見已是疲憊不堪，點頭道：「好。」

觀音奴在嘉樹身旁蜷成一團，一忽兒便睡著了。他覺得她的睡姿像貓咪般可憐可愛，便將她的頭枕著自己的腿，令她可以睡得舒服點兒。

觀音奴醒來時，見自己枕著嘉樹，嘉樹則靠著石筍，呀了一聲，慌忙跳起來，囁嚅道：「我睡糊塗了，法師別怪我。」她已經懂得男女之防，但嘉樹法師在她心中是近於神的存在，並不曾當他是世俗男子。

嘉樹的歎息深藏心底，她沒有辦法聽見，只聞他淡淡道：「沒什麼。」

兩人沿原路回去，嘉樹不大說話，觀音奴也就默默，低著頭胡思亂想：「要能走出這個洞，我再也不來居延了，吸血怪、大沙漠、黑洞穴……每一樣都讓人倒楣透頂，吃盡苦頭。」

她忽然停住腳步，狂喜中不覺拉住了嘉樹的衣袖：「法師，法師。」

嘉樹實在沒法兒生她的氣，停步道：「怎麼？」

觀音奴喜不自勝地道：「小時候在居延，我和鐵驪被那個壞和尚逼進沙漠，遇到了黑風暴。師父領我們在沙子底下避風，那可是一點氣都不透的，我們也沒被悶死。後來請教師父，才知道他用了南海祕術中的胎息法，點了我們的十二處重穴。胎息法可以讓我和鐵驪在密閉的地方活一個時辰，當然囉，要是一個時辰後不解開穴道，將經脈寸斷而亡。」

她喘了口氣，道：「可是師父呢？師父是怎麼在沙子底下保全自己的？甚至還有餘力帶著我和鐵驪在沙子裡鑽進鑽出。我想這才是胎息法的真正力量。」

嘉樹道：「你會胎息法麼？」

觀音奴的聲音低了下去：「師父沒教過，不過我記得師父說的那十二處重穴。還有碧海心法的『微息篇』，我雖然沒用過，也能背得出來。」

嘉樹對武功一道有極高的天分，聽觀音奴將十二穴和微息篇背了一遍，又問了碧海心法的行功法門，竟自行悟出了胎息法。兩人返回湖中一試，果然靈驗，無須換氣也能在湖底暢游，當即游進湖壁上的通道。

那通道逼仄而漫長，承輝珠的柔光映著新雪似的洞壁和碧璽似的水紋，極幽邃，極美麗。

游了兩里後，通道漸漸抬高，水的壓力也陡然增大，令人耳鼓生痛。幸而這水的流向是自內而外、自下而上的，含著一種噴薄欲發之力，推著兩人往上游。

游到後來，通道抬起的角度已堪稱峭拔，兩人無須費勁，水中自有一股大力托著他們向上。驀地，觀音奴只覺眼前一亮，身子一輕，竟隨著一股噴濺的大水回到了地面。

她被摔得七葷八素，勉強睜眼一看，深藍的天幕上，碎鑽似的星辰閃爍不停。野生的那伽花盛開在泉眼周圍，有一枝柔軟地垂下來，拂過她的面頰。風中深深淺淺的是花香、草香、水香……。

觀音奴深深地呼吸著地面的新鮮空氣，喜悅像泉水一樣噴出來，跳起來抓著嘉樹，一迭聲地道：「法師，法師，我們出來了，我們出來了。」

他溫柔地抱住她，一半歡喜一半酸楚地想：「你永遠不會知道，地底這五天是我一生中最歡喜的時光。沒有仇恨，沒有算計，一心一意地對待你。然而幸福是這麼奢侈的東西，我本來就不該妄求，像現在這樣，已經足夠。」他卻不知道，幸福如同罌粟，既然已經嘗過滋味，又怎麼可能淺嘗輒止？

觀音奴實在開心，從他懷中滑出來，笑盈盈地摸摸那伽花，拍拍黃葛樹，還踹了樹下的石頭一腳。平日司空見慣的這些東西，現在光用眼睛看都嫌不夠，還要觸碰到才滿足。

他微笑著看她折騰，心想：「活著，不過是吃苦、負重、還債，看到這樣的你，突然覺得活著真是一件好事。」

兩人歇在泉水邊，待天亮後再去尋找蕭鐵驪等人。

睡了一個時辰，嘉樹察覺曠野中有人接近，突然醒來。

熹微的晨光中，潺潺的泉水映出一個挺拔的影子，竟是沈皓岩。

嘉樹微微蹙眉，心底生出冰冷的怒氣。沈家的小子憑什麼在這時候破壞他微薄的幸福？在漫長的離別後，在新的離別前，他只有這一點兒時間與她相處，還要被沈家的人打攪。嘉樹陰鬱地想：「好吧，我這一時的不痛快，要你用一世來還。」

嘉樹全神貫注地控制著觀音奴的靈魂，還在睡夢中的觀音奴很快臣服於他的意志，懵懵懂懂地站起來，擁住了他。嘉樹個兒高，觀音奴得使勁踮起腳尖，才能觸到他線條優美、微微生涼的薄唇。他掌著她盈盈一握的細腰，輕輕啜吸著她溫暖芬芳的氣息，不禁沉醉。

沈皓岩看到這一幕，憤怒像野火一樣躥起，燒得視野中一片血紅。他曾進入洄風洞尋找觀音奴，卻無功而返。因為沒藏空說洞裡的暗河可能與居延的泉水相通，他又沒日沒夜地尋找，甚至不願將時間花在睡眠上。不料人找著了，卻是這樣的光景，身為未婚夫，他都不曾與她這樣親密過。

觀音奴清醒時，晨光明澈，鳥鳴啾啾，正是一天中最清涼的時刻，心愛的人又奇蹟般地出現在面前，不禁開心地迎了上去。沈皓岩緊抱著她，用力之猛，彷彿要將她肺裡的最後一點空氣都搾出來。他滿懷痛楚地想：「前一刻背叛我，後一刻就這樣清白無辜地走過來，真是沒有心肝的人啊！」

嘉樹沒有理這對情侶，衣袂飄飄地走進曠野。對於這驕傲的男子，用上邪大祕儀來換取意中人的虛幻愛慕，不但傷心，更傷了自尊。

西夏元德八年（一一二六年）六月。

因靈府大陣而墜進洄風洞的人都逃出了生天，沒藏空的局被破，他感到如釋重負，衛慕銀喜卻恚恨難平。那對阿修羅一般的兄妹出沒於銀喜的每個噩夢，她想：這輩子跟他們是不死不休了。

蕭鐵驪在胡楊客棧收到一個沒有附拜帖的木匣，裡面端正地放著一本薄薄的冊子，名曰《迷世書》。嘉樹看了以後認定是真跡，蕭鐵驪也感到如釋重負，將冊子交代給二十鐵騎，並向皇上遞了告假的摺子：要到宋國討媳婦去，跟金國的半山堂也有一樁舊債要了結。

嘉樹先離開居延。細心的千丹發現，主人比以往更喜歡沉思默想。當他露出回憶的神氣時，讓人感到無法言喻的溫柔。一把冰冷、貴重的長劍，轉側間只應有寒光照人，怎麼也想不到是這樣的溫柔。

洄風洞一番歷險，於蕭鐵驪和衛清櫻是美妙開端，於沈皓岩和觀音奴卻是猜疑之始。無論如何，來時是三人，去時是四人，一路行去，榴花開盡，桂子漸香，風光正好。

注：

對洞穴愛好者來說，不會不知道位於美國新墨西哥州、號稱「世界上最美麗洞穴」的列楚基耶洞，我第一次見到它的圖片時，震撼至極，覺得只有滕王閣牌匾上的「瑰偉絕特」這四個字可以形容。

貴州屬於喀斯特集中分布區，洞穴多而且奇，最大的一個當屬雙河洞，截至二〇一四年底已測定的部分長達一百六十餘公里，洞內落差超過五百米以上。

其實想說的是，世界上不乏龐大美麗的洞穴系統，我以此為參照，臆造了洄風洞，並出於講故事的方便，跟同樣臆造的惠慈敦愛太后陵一起安置在居延這地方。

（待續）

親愛的讀者您好，感謝您購買本書。
只要您透過左方 QR CODE 或下方網址填寫讀者回函，我們將不定期寄送新書資訊，或讀者專屬的活動訊息給您。
http://goo.gl/forms/zJ9YOVDxO1

國家圖書館出版品預行編目 (CIP) 資料

三京畫本. 1, 黑山白水卷、南金東箭卷 / 盛顏著. -- 初版. -- 臺北市 : 日初, 2015.11
面 ;　公分. -- (武俠大乘 ; 1)
ISBN 978-986-91686-4-9(平裝)

857.9　　104019885

武俠大乘 001

三京畫本 第一冊：黑山白水卷、南金東箭卷

作　　者　盛顏

發 行 人　葉力銓
總 編 輯　劉叔慧
主　　編　鄭建宗
裝　　幀　海流設計
排　　版　王金喵
行政副理　蕭秀屏
法律顧問　郭承昌律師
印　　刷　緯峰印刷股份有限公司

出　　版　日初出版社 Arising House
地　　址　11071 台北市信義區忠孝東路四段 512 號 5 樓之 3
官方網站　http://www.arisinghouse.com.tw
電　　話　(02)2722-0321
傳　　真　(02)2722-0221
客服信箱　arisinghouse@coolersea.com

總 經 銷　知己圖書股份有限公司
台北公司　台北市 106 大安區辛亥路一段 30 號 9 樓
電　　話　(02)2367-2044
傳　　真　(02)2363-5741
台中公司　台中市 407 工業區 30 路 1 號
電　　話　(04)2359-5819
傳　　真　(04)2359-5493

訂購方式
銀　　行　華南銀行 (008) 忠孝東路分行
帳　　號　120-10-008090-9
戶　　名　酷樂戲有限公司
客服電話　(02)2722-0321#18

請將收據傳真或寄至客服信箱，並註明書名、郵寄地址及收件人
商品金額未滿 500 元 (含) 以上，須另自付運費 70 元 (海外另計)

I S B N　978-986-91686-4-9
初版一刷　2015 年 11 月
定　　價　NT149 元